誘拐されたドーナツレシピ

ジェシカ・ベック　山本やよい 訳

Tragic Toppings

by Jessica Beck

コージーブックス

挿画／てづかあけみ

早朝からドーナツショップで働いている、
ノースカロライナ州の仕事熱心な店員さんたちへ

ドーナツの穴をのぞいたとき、ドーナツ本体を見落とさないようにしよう。

（出典不明）

誘拐されたドーナツレシピ

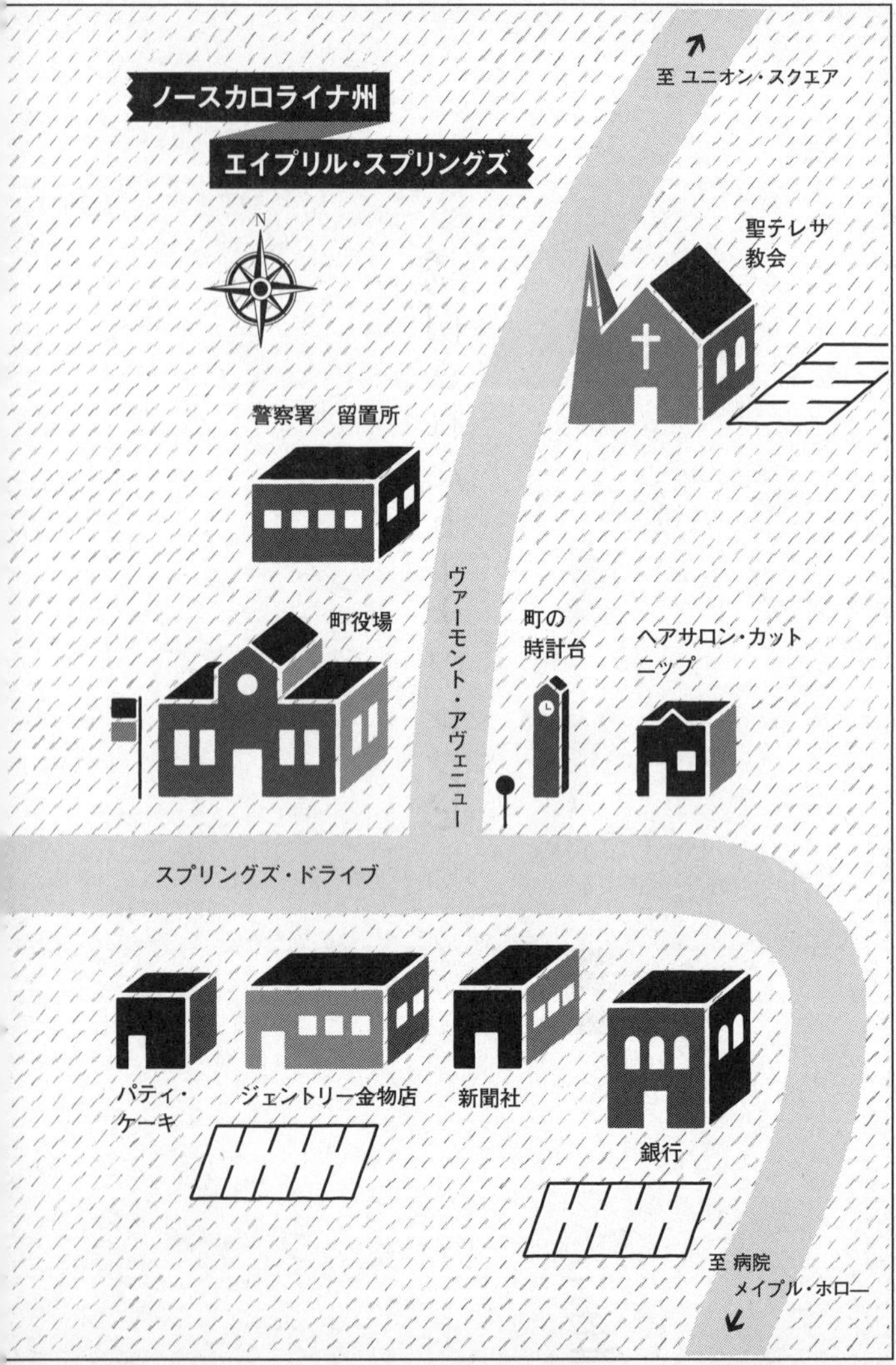

ノースカロライナ州
エイプリル・スプリングズ
至 ユニオン・スクエア
聖テレサ教会
警察署／留置所
町役場
ヴァーモント・アヴェニュー
町の時計台
ヘアサロン・カットニップ
スプリングズ・ドライブ
パティ・ケーキ
ジェントリー金物店
新聞社
銀行
至 病院
メイプル・ホロー

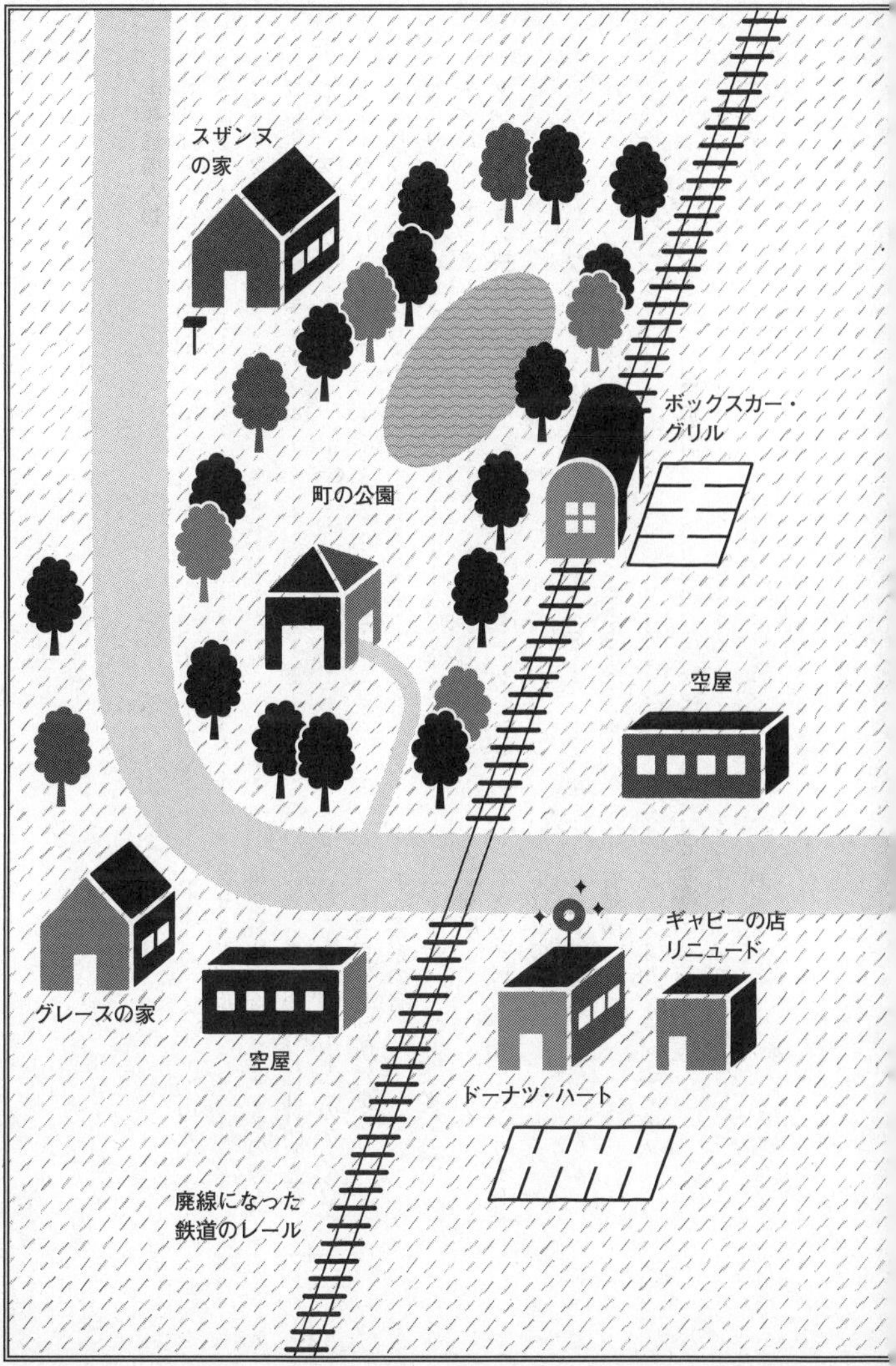

スザンヌ
の家
ボックスカー・
グリル
町の公園
空屋
ギャビーの店
リニュード
グレースの家
空屋
ドーナツ・ハート
廃線になった
鉄道のレール

主要登場人物

スザンヌ・ハート……………………………………………〈ドーナツ・ハート〉のオーナー
ドロシー・ハート……………………………………………スザンヌの母
ジェイク・ビショップ…………………………………………州警察捜査官。スザンヌの恋人
グレース・ゲイジ……………………………………………スザンヌの親友。化粧品販売員
エマ・ブレイク………………………………………………〈ドーナツ・ハート〉のアシスタント
ジョージ・モリス……………………………………………もと警官。裁判所廷吏
フィリップ・マーティン………………………………………地元警察の署長
エミリー・ハーグレイヴズ……………………………………ニューススタンドのオーナー
ティム・リアンダー……………………………………………便利屋
アンジェリカ・デアンジェリス………………………………イタリアン・レストランのオーナー。ティムの恋人
ベッツィ・ハンクス……………………………………………ティムの恋人
ペニー・パーソンズ……………………………………………看護師
ジーナ・パーソンズ……………………………………………ペニーの母。ティムの恋人
オーソン・ブレイン……………………………………………ティムのもと親友
ステュ…………………………………………………………ティムの知人
アンディ………………………………………………………便利屋

1

エミリー・ハーグレイヴズがうちのドーナツショップに顔を出したあとで行方知れずになったときは、まさか、なんの関係もなさそうな一連の出来事がここから始まり、わたしの大好きな友人の一人が死ぬことになるなんて、予想もしなかった。

正直なところ、そのときはエミリーと顔を合わせても、べつになんとも思わなかった。わたしはノースカロライナ州の小さな町にあるただ一軒のドーナツショップのオーナーとして、営業時間中はずいぶん多くの人と話をする。エミリーがきたからといって、とくに印象に残ったわけではない。ただ、いまから〈二頭の牛と一頭のヘラジカ〉へ行く、と彼女が言っていたことは覚えている。これは〈ドーナツ・ハート〉の少し先で彼女がやっているニューススタンド。また、エミリーは厳密に言えばうちの常連客ではないが、アイシングのかかった甘いおやつがほしくなると〈ドーナツ・ハート〉にやってくるのは、べつに珍しいことではない。しょっちゅう甘いものの誘惑に負けるタイプではないが、負けるときはとことん負ける。エミリーの感覚からすると、どんなトッピングも奇抜すぎることはないし、好みで何を加えてもやりすぎということはない。言葉を換えれば、エミリーはわたしの大好きなタイプ。彼女がカレッジを卒業してこの町に戻ってきて以来、仲良くしている。

エミリーの注文どおり、ブルーベリードーナツにチョコレートのアイシングをかけ、スプリンクルと星をちりばめ、虫の形をした甘酸っぱいグミキャンディをてっぺんにのせてから、小さな可愛いパック入りのチョコレートミルクと一緒に渡したときに、少しぐらい時間をとっておしゃべりすればよかったのだが、エミリーがきたのは店が大忙しの時間帯だったので、笑みを交わし、注文の品を差しだし、代金を受けとるのが精一杯だった。

どうやら、わたしが彼女に会った最後の人間だったようだ。エミリーがうちの店にきた二、三時間後に、マーティン署長からそう言われた。署長はわたしを見て不機嫌な顔になったが、それは、まあ、珍しいことではない。うちの母との仲が進展しないせいで八つ当たりしているのかどうか、定かではないし、こちらから尋ねるつもりもない。三人ともあまり触れたくない話題なので、わたしはなるべく避けて通ろうとして神経を遣っている。マーティン署長と母はここ何カ月のあいだに何度か、正式な初デートの約束をしたのだが、その日が近づくたびに、母は新たな、ときには天才的とも言える理由を見つけて延期してきた。けれどついに、これ以上ぐずぐず延ばすことはしないと署長に約束し、今夜ようやく、初めて正式なデートをすることになったのだ。

それまでは緊張状態が続くだろうから、わたしはこの数週間、署長と顔を合わせないようにしてきたが、エミリーが姿を消したため、そうもいかなくなってしまった。

　はっきり言って、エミリーが見つかることをわたし以上に強く願っている者は、この町にもそう多くはいないと思う。エイプリル・スプリングズは小さな家族みたいなもので、誰かがトラブルに見舞われれば、わがことのように胸が痛む。


「そのことならもう話したでしょ」ドーナツショップの店内に立ち、話が堂々めぐりをするなかで、わたしは署長に言った。マーティン署長は話をするあいだ、ドーナツから必死に視線をそらしていた。離婚が成立して以来、ダイエットに励んでいるからだ。ゆっくりしたペースながらも、体重が減ってきている。でも、ここまで徹底してドーナツを避けようとする人も珍しい。

　わたしはもう一度署長に説明した。「エミリーはドーナツとチョコレートミルクを買いにきたのよ。それきり姿を見てないわ」

「どんなドーナツを買っていった？」小型のノートに何やらメモをとりながら、署長が質問した。

「そんなことが関係あるの？」

「あるかもしれん。何が捜査の参考になるかわからんからな」

「ブルーベリードーナツよ」

「ブルーベリーだけ？」ノートの上で鉛筆を止めたまま、署長が訊いた。

「ううん。チョコレートのアイシングがかかって、スプリンクルと星がちりばめられ、虫の形をした甘酸っぱいグミキャンディがてっぺんにのってるわ」

署長がわたしに向かって眉をひそめた。「スザンヌ、ふざけたユーモアのセンスをひけらかしてる場合じゃない。深刻な事態かもしれんのだぞ」

信じてもらえなくても、わたしがちっとも驚かないのはなぜ？

「あのね、エミリーがそう注文したの。言っときますけど、あのドーナツに怪しい点はまったくありませんからね」こちらの防衛意識が過剰なのかもしれないけど、うちのドーナツが警察の捜査対象にされたことが過去に何回かあるので、エミリーが買っていったドーナツが彼女の失踪に関係しているかもしれないなんて、わたしとしてはぜったいに思いたくなかった。

「そうカリカリするんじゃない」ドーナツの特徴を残らずメモしながら、署長が言った。「こっちは質問しなきゃならんのだ。仕方がないだろ。重要な手がかりになるかもしれん」

署長はノートを閉じると、少しだけ申しわけなさそうにつけくわえた。「スザンヌ、いまはできるだけ情報を集めたくて、こっちも必死なんだ」

わたしは声をひそめて尋ねた。「どうして大騒ぎするの、署長さん？　エミリーの姿が見えなくなって、まだそんなに時間はたってないでしょ。事件性が疑われる理由でもあるの？」

署長は首をふった。「いや。これまでにわかったかぎりでは、何もない」

「じゃ、どうして？」

署長が急に声をひそめたので、聞きとるのに苦労した。

「じつを言うと、エミリーは自分の店で町長と会う約束になっていた。現在駐車禁止になっている区域に車を止められるよう、変更許可を願いでていたんだ。ところが、彼女の行方がわからなくなったため、自分のイメージ悪化につながるんじゃないかと町長が気をもんでるってわけだ」

あの町長はどうも好きになれない。やっぱり、職権濫用をためらうタイプじゃなかったのね。次期町長選挙に立候補を予定しているとなればとくに。

「きっと、なんでもないわよ。話はそれだけ？」わたしは訊いた。願わくは、エミリーの件で署長から説明を求められるのは、これっきりにしてほしいものだ。

「とりあえず、いまのところは」ノートをしまいながら、署長は言った。「ほかに何か思いついたら電話してくれ」

わたしは承諾のしるしにうなずいた。「ねえ、話を聞きたいなら、ギャビー・ウィリアムズのほうがいいわよ。一日の半分は、店のウィンドーの外をながめてる人だから、町のみんなが見逃したことだって目にしてるかもしれない」ギャビーはうちのとなりで店をやっている。〈リニュード〉というリサイクル衣料の店で、それほど着古されていないおしゃれな服を専門に扱っている。町で何か事件が起きたときは、たいてい、ギャビーが何か知っている。わたし自身、過去に何度かギャビーの情報に頼ったことがある。彼女が教えてくれる事実や噂はとても役に立つ。ただ、かならずその代価を払わなくてはならない。ギャビーのお気に入りの紅茶を一緒に飲むとか、エイプリル・スプリングズという世界に対する彼女の最新の意見を拝聴するという程度のことであっても。

「ギャビーとはすでに話をした」署長がぶっきらぼうに言ったので、わたしは一瞬、署長が心から気の毒になった。ふだんの署長なら、エイプリル・スプリングズの誰を相手にしてもけっして負けないが、ギャビーに立ち向かうときだけは、さぞ苦戦することだろう。ほとんどの町民がそうだ。このわたしだって、拡大する一方のギャビーの仇敵《きゆうてき》リストに入れられずにすむよう、いつも薄氷を踏む思いでつきあっている。

「参考になりそうなことが何か聞きだせた?」

「エミリーがあんたの店に入っていって、それが彼女の姿を見た最後だったそうだ。ギャビーが話してくれたのはそれだけだった」

わたしは首をふった。「署長さん、エミリーがまだうちの店にいるなんて思ってやしないでしょうね? なんなら店内を調べてくれてもいいわよ。エマが奥で皿洗いをしてるけど、エミリーはどこにもいませんからね」

エミリーもエマも同じルーツを持つ名前ということから、二人は何年も前から仲良くしていて、わがアシスタントはエミリーが姿を消したことを知って呆然としていた。二人が同じ部屋にいると、名前が似ているせいで会話がこんがらがってしまい、若い二人はいつもそれをおもしろがっている。

「エマは落ちこんでないか」署長がそっと尋ねた。

「二人が仲良しなのを署長がご存じとは知らなかったわ」

署長はうなずき、ちらっと笑みを浮かべた。「信じてもらえるかどうかわからんが、この小さな町のことなら何から何まで知ってるさ。あんたはここで客の相手をしててくれ。わたしは奥でエマとちょっと話をしてくる」

そのやりとりを拝聴したいのはやまやまだったが、わたしには店がある。商売に励んでいることをお客に伝えなくては。それに、どんな話が出たかは、マーティン署長が帰ったあとで、エマが残らず報告してくれるに決まっている。

「スザンヌ、何があったの？」六分後、母が〈ドーナツ・ハート〉の正面ドアから飛びこんできた。小柄で華奢な人だが、体格だけで母を判断する者は痛い目を見ることになる。灰色グマとピューマがタッグを組んで襲いかかってきても、うちの母なら勇敢に立ち向かい、二頭はあわてて山に逃げ帰ることだろう。

「エミリー・ハーグレイヴズがいなくなったの」わたしは言った。

母は愕然たる表情になった。「どういう意味、いなくなったって？　まさか、死んだわけじゃないでしょうね」

そうでないことを切に願った。「ううん、ニューススタンドで町長と会う約束だったのに、黙っていなくなってしまったの。だから、みんな、エミリーが失踪したと思いこんでるわけ」

しかし、母はそんな意見には同調しなかった。「くだらない。わけもなく失踪する人なんていやしないわ」

「でも、まさにそういう感じなの。エミリーがうちの店を出た十分後に、町長がニューススタンドに到着してね、ドアがあいてたけど、エミリーの姿はどこにもなかったそうよ」

「用があって出かけただけじゃない？」母が言った。

「わたしもそう思ったんだけど、エミリーが店のドアをロックせずに出ていくなんて考えられない。だって、坊やたちがなかにいるのに」〝坊やたち〟とは、ニューススタンドの名前のもとになった、ウシ、マダラウシ、ヘラジカのこと。エミリーが子供のころから大切にしていたぬいぐるみの動物で、〈二頭の牛と一頭のヘラジカ〉という店名もここからきている。現在、三匹はレジの上にある特等席の棚にすわっている。エミリーはこれだけでは満足せず、季節に合わせたお気に入りの衣装を可愛い坊やたちに着せている。ここ何年かのあいだに、三匹はサンタ、スーパーヒーロー、小さな妖精レプラコーン、アンクル・サム、その他さまざまなキャラクターに扮《ふん》してきた。

母が一瞬、わたしにきびしい視線をよこした。「で、あなたはこれにどう関係してるの？」

「なんでわたしが関係してるって思うのよ？」思いきり憤慨をこめた声で、わたしは訊いた。

「エイプリル・スプリングズで発生する奇妙な事件のひとつひとつに、わたしが関わってるわけじゃないわ」

「まあね」母は言った。「だけど、ほとんどの事件の中心にあなたがいるでしょ。だから、否定しようとしても無駄よ」

「今回もそうだと決めつけるのはどうして？　エミリーがけさ早くうちの店にきたのは、ほんとに偶然なんだから」

母は外に止まっている署長のパトカーを指さした。「かもしれないけど、捜査関係の用がないかぎり、フィリップがこの店にくることはありえないわ。きびしいダイエットの最中なんだから」

わたしは署長の話が出たのを幸い、話題をそらすことにした。「ママだってここにきちゃいけないのよ。そうでしょ？」

「どうして？」

「初めてのデートに出かける前に相手と顔を合わせるのは縁起が悪いって、世間で言われてない？」

「それはあなたが結婚したころの話でしょ。スザンヌ、くだらないこと言わないで。ママの交際についてあなたと議論する気はありませんからね」

「いいわよ。わたしの交際にも口出ししないでくれるなら」

母は聞こえないふりをすることに決めたようだ。

「今週、ジェイクはどこへ出かけてるの？」

「ディルズボロのほうよ」わたしの恋人ジェイクは州警察の警部。じつは、それが彼との出会いのきっかけだった。つきあいはじめてしばらくは波瀾の日々だったが、最近は、彼が捜査で州内を飛びまわっているために離れている時間が長すぎることをべつにすれば、波風が立つこともなく順調に交際が続いている。

母はうなずいた。「あ、そうそう。朝刊に記事が出てたわね。こんな時代に列車強盗だなんて考えられないわ」

大胆不敵な二人組の強盗がノースカロライナの山間部を走る観光列車を襲い、拳銃で乗客を脅しながら車両から車両へとまわり、そのあと、用意しておいた二台の四駆に飛び乗って森の奥へ逃げ去ったという。映画の『大列車強盗』には及びもつかないが、ジェイクの上司を捜査に駆り立てるには充分だった。おまけに、知事の娘がハネムーンでその列車に乗っていたため、捜査によけい熱が入った。わたしもあの列車には数えきれないぐらい乗っているが、幸い、この強盗事件のときは乗りあわせずにすんだ。

「ジェイクが言ってたけど、犯人たちは大量の金品を強奪して逃げたんですって」わたしは言った。「ジェイクは目下、警察犬を連れて田舎をまわり、捜索にあたってるところ」

「ずいぶん苛酷なことをやらされてるのね」

「とんでもない。仕事が好きで好きでたまらない人なのよ」

ちょうどそのとき、マーティン署長が厨房から出てきた。いかめしい表情だったが、母に気づいたとたん、でれっとした顔になった。

「やあ、ドロシー。今日もきれいだね」

あらら、母が赤くなるのを見てしまった。

「褒め言葉は今夜のためにとっておいたほうがいいわよ」母は言った。

「いや、大丈夫。まだまだたくさん用意してあるから」警察署長の顔に少年っぽい笑みが浮かぶのを見て、わたしは不思議な気がした。〝どこかに部屋をとったら？〟と言いそうになったが、珍しくも口を閉じておいた。署長は母に満面の笑みを向けて言った。「では、六時に」

母が困ったような顔になった。「新しい事件の捜査が始まったばかりなのに、わたしと出かけたりしていいの？　約束を延期してエミリー捜しを続けたいなら、ぜんぜんかまわないのよ」

「とんでもない。初めてのデートだぞ。もう一分だって待てない気分だ。ずいぶん長いこと待ったからなあ」それは事実だ。署長は小学校のころから母に恋い焦がれていた。声をひそめて、さらにつけくわえた。「それに、本物の事件かどうか、まだはっきりしていない。エミリーは一人前の大人だ。所在がはっきりするまで、警察としても、結論に飛びつくようなまねはしたくない」

母がふたたび男性とデートするようになったのはうれしいことだが、こうして二人のやりとりを聞かされるのはもううんざり。「署長さん、ほかにご用はありません?」

署長はわたしが同じ場所に立っているのを見て驚いた様子だった。

「ん? いや、用はすんだ。とりあえず、いまのところは」

「よかった。じゃ、そろそろ失礼させてね。仕事がたまってるから」真っ赤な嘘。だって、お客は一人もいないし、奥の仕事はエマがきちんと片づけてくれてるから。でも、店の前にパトカーが止まったままなのは、あまり歓迎できない光景だ。警官とドーナツのあいだに存在する友好関係を、町の人々がどう考えているにしても。

「そうだな、わたしもそろそろ退散したほうがよさそうだ」署長がかぶってもいない帽子のつばを母に向けて傾けるしぐさを見て、わたしは自分の目を疑い、何か言わなくてはと思ったが、母に先を越されてしまった。「じゃ、今夜ね、フィリップ」

「待ちきれないな」店を出ながら、署長は言った。

署長が帰ったあとで、母は言った。「悪いけど、今夜は一人で食べてね、スザンヌ」

「大丈夫よ。すでに予定も立ててあるから」

「まさか、あなたを食事に連れていくために、ジェイクがわざわざ時間をとって、エイプリル・スプリングズに戻ってくるんじゃないでしょうね？」

わたしは首を横にふった。「ううん。でも、そのつぎにすてきな案なの。グレースと二人で食事に出かけるのよ」グレース・ゲイジはわたしの親友、たびたび事件調査に協力してもらっている。調査に首を突っこむのが大好きなグレースだが、ここしばらく、平穏無事な日々が続いていた。

少なくとも、どこへ行くのか誰にも告げずに、エミリーがニューススタンドから出ていくまでは。


もうじき正午というころ、本日の営業を終える準備をしていると、外で何やら動きがあった。男性が足をひきずって、よたよたと〈ドーナツ・ハート〉のほうにやってくる。一瞬、誰なのかわからなかった。しかし、近づいてきた姿をよく見たら、ジョージ・モリスだった。リタイアした警官で、わたしの良き友達。しばらく前に大怪我を負ったのだが、それはわたしのために事件の手がかりを追ってくれたせいだった。その事故以来、わたしは罪悪感に苛まれている。いえ、正確に言うと〝事故〟ではない。ジョージが怪我をしたのは意図的に仕組まれたことで、わたしがその原因となったことを思うと、いまも申しわけなくてたまらない。

ジョージのためにドアをあけようと飛んでいき、彼の姿を見た瞬間に湧きあがった悲しみを顔に出すまいとした。無理ににこやかな笑みを浮かべて、「ジョージ、元気そうね」と声をかけた。

ジョージがニヤッと笑った。「スザンヌ、よくもまあ、ぬけぬけと嘘がつけるものだ。だが、その気配りはうれしいね。元気だったかい？」

「そっちこそ元気？」脇にどいて彼を招き入れながら、わたしは言った。

「元気だよ」ジョージは言葉を切り、店に入るときにかすかに顔をしかめた。「とりあえず、順調に回復している。それ以上何を望めばいい？」笑みを浮かべようとした。もっとも、少々無理をしているように見えたが。

「ずいぶん歩けるようになったのね」

ジョージは杖を床に軽く打ちつけた。「努力の賜物だ。さて、わたしの話はもういい。エミリー・ハーグレイヴズの噂を耳にしたが、どういうことだ？」

「どこから聞いたの？　この町は噂の広がるのが速いわね」

「あんたが想像してるよりずっと速い。なんでまたエミリーの失踪にあんたが関係してるんだ？」

わたしは渋い顔でジョージを見た。「どうして誰も彼も、わたしが関係してるって思うのよ?」

「まあまあ、スザンヌ、わたしはもう警官じゃないが、退職したといっても、捜査技術やコネまでなくしたわけではない。噂も耳に入ってくる。エミリーの姿が最後に目撃されたのはこの店だったことが、町じゅうの噂になってるぞ」ジョージはふたたび杖を床に打ちつけた。「こいつのおかげで、動きが少々鈍くなってはいるが、ある意味では、なかなか役に立つ。あんたも驚くと思うが、杖をついた老人に対しては、誰もが警戒心を解くものだ」いったん言葉を切り、それからつけくわえた。「こんなことになってなきゃ、あんたはきっと、エミリーの身に何が起きたのか自分で調べてみようと思っただろうな」

「こんなことって?」ジョージはわたしの関心を惹く方法をちゃんと心得ている。

「噂を耳にしたんだが、エミリーがいなくなった理由はあんたにあるって、町の一部の連中が思ってるようだ」ジョージはリトル・リーグの試合結果を告げるかのように、淡々とした口調で言った。

「最後に目撃されたのがこの店だからって、わたしがエミリーの行方不明に関係してることにはならないわ。それに、なぜ姿を消したのか、誰にも理由がわからないのよ」わたしの声が少々高くなりすぎたようだ。店内に残っている何人かのお客がこっちをちらちら見ている。

「ちょっと待ってて」わたしはジョージに言った。お客の前でこんな会話はできない。最高に愛想のいい笑みを浮かべて言った。「みなさん、そろそろ閉店時刻です。ご来店ありがとうございました。明日のお越しをお待ちしています」

お客がみんな帰ったあとで、ドアをロックし、ふたたびジョージと向きあった。「ごめんなさい」少し心が落ち着いたところで言った。「あんな大きな声を出しちゃいけなかったわね」

「謝らなくていいんだよ。わたしは町の噂をあんたに伝えただけだ。われわれの手で何かしなくては。エミリーを見つけるために」

わたしは箒《ほうき》をとってきて、床を掃きはじめた。「落ち着いてちょうだい。わたしがこの件を調べるかどうかはべつとして、あなた、今回は首を突っこんじゃだめよ。リハビリ中なんだから。覚えてる？」

「これか？」ジョージは宙で杖をふってみせた。「この杖なら、なんの邪魔にもならん。まあ、少々不便ではあるが。誰かを走って追いかけるのは無理としても、まったくの役立たずになったわけではない」

ジョージの口調からすると、どうも怒らせてしまったみたい。それだけは避けたかったのに。「わかってくれないの？　わたしの立場にもなってよ。あなたにまた怪我をさせるような危険は冒せないわ」わたしは言った。真剣な声になってしまい、われながら意外だったが、どうやらジョージも驚いたようだ。

ジョージは首を横にふっただけだった。「スザンヌ、十秒後に空から隕石が落ちてくる危険だってあるんだぞ。そうなれば、わたしはその場で死んでしまう。生きることには危険がつきものだ。ただ、生きるのをあきらめようとは思わない」ジョージは顎《あご》を軽く掻き、それからつけくわえた。「あんたの調査に参加させてもらえなくても、べつにかまわないが、エミリーの身に何があったのか、自力で調べてまわるのをやめる気は、わたしにはないからな。エミリーはわたしの友達でもある。何があったのか、かならず探りだしてみせる。あんたの許可があってもなくても。わかってもらえたかな？」

こちらの負けだと悟った。彼の暴走を止めるためには、わたし自身が調査に乗りだすしかない。エミリーの身を案じるべき理由があるのかどうか、まだ判断がつかないけれど。

「あなたの気持ちはよくわかった。でも、少なくともいまのところ、そう大騒ぎしなくてもいいんじゃないかしら。ドーナツはいかが？」

「せっかくだが、遠慮しとくよ。朝はすでに食べたし、昼めしを食うつもりで出かけてきたんだ」

「袋に入れて家に持ち帰って、あとで食べればいいでしょ」わたしはプレーンなケーキドーナツを一個とり、袋にすべりこませた。彼に渡しながら言った。「捜査のプロのあなたに協力してもらっても、結局、これぐらいのお礼しかできないけど」

ジョージは笑顔で袋を受けとり、それから言った。「おや、コーヒー抜きかい？　これまでは、協力するたびに両方もらえたのに。せちがらい世の中になったもんだ」

わたしは不安だったにもかかわらず、笑ってしまった。

「じゃ、コーヒー追加。あなたって交渉の達人ね」

ジョージはわたしに笑みを向けた。「いやいや、あんただって相当に手強いぞ」

わたしはテイクアウト用のカップにコーヒーを注いで彼に渡した。

「さ、これで準備オーケイね」ニッと笑って言った。

「いつから始める？」ジョージは訊いた。

わたしがジョージの協力を得ることに同意したのは、エミリーの人生を探る必要に迫られたからではなく、勝手に調べてまわろうとする彼に歯止めをかけるためだった。わたしだって、無断で〈ドーナツ・ハート〉を留守にしたとき、誰かにうるさく騒ぎ立てられるなんていやだもの。「店を閉めたらすぐ、グレースに電話しておくわ。三十分ほどどこかで時間をつぶしてから、またきてくれない？」願わくは、その前にエミリーが現われてくれますように。

「わたし抜きで調査を始めるつもりじゃあるまいな？」ジョージの顔にはっきりと懸念の色が表われていた。

「〈ドーナツ・ハート〉を出る前に、片づけておかなきゃいけない作業が山ほどあるの。エマと二人で店内の掃除をして、現金を数えて、レジの売上げデータに目を通さなきゃ。それだけでもずいぶん時間がかかるのよ」わたしはジョージの肩に軽く手を置いてつけくわえた。

「ほらほら、ジョージ、被害妄想はやめましょ。あなたには似合わないわ」

「仰せのとおりだ」ジョージは肩をすくめた。「軽く食事してくるとしよう。じゃ、あとで」

ジョージが店を出たあと、わたしは歩き去る彼を見送った。気のせいかもしれないが、ジョージの足のひきずり具合が急に軽くなったように見えた。人生にふたたび目的ができたおかげで、怪我のことを忘れたのかもしれない。いまの会話を頭のなかで思いかえしてみて、たしかにジョージの言うとおりだと思った。わたしには、人生をどう送るべきかをジョージに指図する権利はない。生きている実感がほしくて、ジョージがわずかばかりの危険を冒す気でいるなら、邪魔しないでおこう。わたしにできるのは、危険度を低くすることだけだが、ジョージが一人で調査に出かけてしまったら、それもできなくなる。

フロントのほうの掃除を続けていると、しばらくして、エマがタオルで手を拭きながら出てきた。「皿洗い完了、トレイもきれいにしたわ」陳列ケースにちらっと目を向けた。「売れ残りのドーナツ二ダースも箱に詰めたのね。ほかに手伝うことはない？」

「ううん、もうおしまい。帰っていいわよ。レジの現金をチェックしたら、わたしも帰るから」

エマが箒をつかんだ。「大丈夫よ。よかったら、床掃除をやっておく」

「さっきすんだわ」わたしは言った。エマをしげしげと見て、それから尋ねた。「エマ、ぐずぐずしてるのには何か理由があるの？」

「正直に答えなきゃだめ？　あたし、家に帰りたくないの」

　ふと見ると、エマは涙をこらえていた。

「どうして？」わたしは優しく尋ねた。ときどき父親と揉めることがあるのは、わたしも知っているが、ドーナツショップで長時間働いたあとで家に帰りたくないと言いだすなんて、初めてのことだった。

「父も悪気はないんだろうけど、エミリーのことで根掘り葉掘り訊かれそうだから。どう答えていいかわからない。居所がわからなくて心配なのに、父はそんなことおかまいなし。あたしにとって、エミリーは父の新聞記事の単なるネタじゃないのよ。仲のいい友達なの」

「わたしにとっても友達よ」わたしはそう言って、エマの肩にそっと手を置いた。「きっと無事だわ。みんなが心配してるなんて、エミリーは夢にも思ってないのよ」

「だといいけど」

「心配しないで。いまからグレースに電話してみるわ。ジョージはすでに協力を申しでてくれてるし、みんなで力を合わせてエミリーの居所を突き止めましょう。さっきの話に戻るけど、お父さんを避けつづけるわけにはいかないのよ。いまわたしに言ったのと同じことをお父さんに話して、うるさく質問しないでくれるよう頼んでごらんなさい。お父さんもそんな悪い人じゃないんだから」

「わかってる」エマは言った。そして、あわてて笑顔を作ろうとした。「やってみるわ」

「いい子ね」わたしはそう言って、エマを帰らせた。レジの現金を集計したら、なんともうれしいことに、一回目でぴったり合ったので、銀行に預ける分をべつにした。ドアをロックする準備ができたところで、携帯を手にとり、グレースの自宅に電話した。今日は家で書類整理をしているはずだ。それも企業のスーパーバイザーという地位にある彼女の仕事の一部。

「もしもし、いたのね」電話に出たグレースに、わたしは言った。

「ちょうど電話しようと思ってたのよ」グレーズが答えた。

「どうしたの?」

「じつはね、困ったことになって。あなたも知っているあの人が姿を消してしまったの」

エミリーの件がすでにグレースの耳に入っていることに、わたしは驚きもしなかった。

「ええ、その件ならわたしも知ってる。大騒ぎするほどのことかどうか、よくわからないけど、最後に姿を目撃されたのは、けさ彼女がドーナツショップにきたときだったのよ」

電話の向こうで長い沈黙が続き、やがて、グレースが言った。「いったいなんの話?」

わたしはグレースの反応にとまどった。「エミリー・ハーグレイヴズが行方不明なの。あなたが心配してるのって、それじゃないの?」

「ううん、わたしが言ってるのは、この町に住むほかの人。失踪って伝染性でもあるのかしら」

2

「それ、誰のこと？」携帯を握りしめて、わたしはグレースに訊いた。

「ティム・リアンダーに仕事を頼んでて、二時間前にくるはずだったのに、結局こなかったの」

町で便利屋をしているティムとは、わたしも仲良くしている。ティムの自慢のひとつが時間に正確なことだ。約束に遅れそうなときは、かならず電話をくれる。町の人みんながティムを頼りにしている。二年前、真冬にわが家の暖房装置が故障したときだって、ティムは質問ひとつせず、文句ひとつ言わずに、夜の夜中に修理に駆けつけてくれた。誰かがティムを必要とすればいつでも喜んで力になってくれる彼を、町のみんながさまざまな理由から愛している。「ひとつ前の仕事がなかなか終わらないのかも」そうであってほしいと願いつつ、わたしは言った。

「ティムらしくないわ。だったら、電話をくれるはずよ」グレースが言った。わたしは二人のあいだに何か特別な絆があるのを知っている。ただし、その理由をグレースからくわしく聞きだすことはどうしてもできない。はっきりわかっているのは、グレースが電話をすれば、どういう状況であれ、ティムがただちに駆けつけてくるということだけだ。

「たしかに、約束の時間に現われないのはティムらしくないわね。でも、エイプリル・スプリングズで二人の人間が同時に姿を消すなんて、ちょっと考えられないわ」わたしの心に、不意にある考えが浮かんだ。「まさか、あの二人が一緒にいるなんて、そんなわけないわよね？」

でも、そう言いつつも、エミリーとティムが同時に消えたことを説明するには、それしかないような気がしてきた。

「なるほど、二人で駆け落ちしたのかも」グレースが笑いながら言った。「今日の午後、わたしがボガタヴィア国の女王として戴冠式をする予定なのに、あの二人には見てもらえないのね」

グレースがそんな冗談を言うのももっともだ。どう考えたって、エミリーとティムがそういう仲だとは思えない。

「わかってる。ありえないわ。でも、ほかにどう説明できる？」

「できない」グレースは言った。「単なる偶然としか言えないけど、あなたと同じく、わたしもそんなこと信じてないわ。だからこそ、こちらで調査に乗りださなきゃ」

「偶然ねえ。わたしもそう思ったから電話したのよ。じゃ、まず二人のどっちから捜すことにする？」

「二人とも行方不明なのよ。どっちを先にするとかいう問題じゃないでしょ」グレースが答えた。「深刻な事態かもしれない」

「あるいは、ユニオン・スクエアで一緒にランチしてる可能性もありよ」

「でも、もしそうじゃなかったら？　わたしがティム捜しを担当するから、あなたはエミリーのほうを調べてちょうだい」

「二手に分かれるのって、好きじゃないけどな」ためらいつつ、わたしは言った。仲間の多いほうが心強い。少なくとも、わたしたち二人としては。ジョージはときどき、一人で勝手に調べてまわっているが、彼が訓練を積んだもと警官なのに対して、グレースとわたしは素人探偵にすぎない。

「二人で一緒に調査するのなら、急いでとりかからなきゃ」

ドーナツショップのドアを軽く叩く音がしたので、ギクッとして顔を上げた。グレースとの電話に夢中だったため、誰かがやってきたことに気づいていなかった。

店の外にジョージが立っていた。ニタッと笑っている。杖をついていたって、こっそり忍び寄ることができるんだぞ、という自信に満ちた表情で。

「ジョージがきたわ」ドアをあけ、彼にシーッと合図をしながら、わたしは電話に戻った。

「調査を手伝ってもらうことにしたの」

ジョージは言われたとおり、沈黙を守ったが、ニタニタ笑いだけは消えなかった。

グレースが言った。「いまからそっちへ行く。わたし抜きでどこかへ出かけるなんて、ぜったいだめよ」

「約束できないわ」

「スザンヌ・ハート！」

グレースが怒りだす前に、わたしはあわてて言った。

「冗談よ。でも、ぐずぐずしないでね。ドーナツが二ダース売れ残ってて、わたし一人で全部平らげたら、あとが大変だから」

「心配しなくていい。喜んで手伝おう」ジョージが言った。

「わたしの分も残しておいてね」グレースはそう言って電話を切った。

わたしはドーナツの箱の蓋《ふた》をあけて、「好きなだけどうぞ」とジョージに言った。

「冗談だよ。さっきここを出るとき、昼めしに行ってくるって言っただろ。満腹だ」

「あら、デザートにうちのドーナツじゃご不満？」

ジョージはあわてて前言を撤回した。「降参だ。ひとつもらおう。レモンクリームはないかな」

わたしは箱をのぞいた。「ごめん、残ってないわ。ジャーマンチョコレートならあるけど」すごい意地悪。だって、前に試食してもらったとき、ジョージはこの味のドーナツが大の苦手だってわかったんだもの。

ジョージの笑みが薄れた。「いいよ、それにしよう」

一個とろうと彼が手を伸ばしたが、わたしはそれ以上意地悪を続けられなくなった。箱の蓋をさっと閉めた。「冗談よ。だから、このチョコドーナツが好きなふりをするのも、ドーナツ一個ぐらいなら入る余地があるようなふりをするのも、やめてちょうだい」

ジョージの顔に浮かんだ安堵の表情は滑稽だった。「白状すると、満腹でもうひと口も入らないが、コーヒーが残ってたら少しもらおうかな」

ポットはすでに空っぽだったが、その問題を解決するのは簡単だ。

「いまから淹れるわね。グレースがくるころには用意できてるわ」

「わたしのためにそんな手間はかけないでくれ」

「いえいえ」わたしは笑みを浮かべた。「わたしも飲みたいから」

ジョージはうなずき、それから尋ねた。「訊いてもいいかな？　あんたのブレンド？　それとも、エマ？」

「あら、うちの店のエキゾティックなコーヒーがお気に召さないの？」

わたしの言葉が冗談なのかどうか、ジョージは明らかに迷っている様子だったが、やがてこう言った。「わたしがどんな人間か、よく知ってるだろ。何か変わったものを試してみたいほうだが、コーヒーの好みに関しては、エマと一致するとは言いがたい」

「じつはね、わたしもエマが淹れるコーヒーはどうも好みに合わないの。エキゾティックなフレーバーは週に一度だけにするよう、どうにかエマを説得したんだけど」

コーヒーを淹れる準備をしながら、ジョージに尋ねた。「いったい何があったのかしら。二人でどこかに身を潜めているのか、それとも、単に姿が見えないだけなのか。わたしたち、なんでもないことに大騒ぎしてるだけ？」

「二人？」ジョージはわたしの質問を聞いて、明らかに戸惑っていた。「スザンヌ、いったいなんのことだ？」

「あ、そうか。まだ聞いてなかったのね」ティムも姿を消してしまったことをジョージに話すと、真剣に耳を傾けてくれた。

わたしの話が終わったところで、ジョージは言った。

「二人が一緒にいるとは思えん。断言できる」

「どうしてわかるの？」

ジョージはむずかしい顔で考えこんだが、やがて、深刻な口調で言った。

「刑事の勘とでもいうのかな。一人がトラブルに巻きこまれ、もう一人は無事でいるような気がする」

ジョージの言葉に背筋が寒くなり、なぜだか、彼の意見を無条件で信じる気になった。裏づけとなる事実は何ひとつないのに。「どうしてそんなことが言えるの？」

「スザンヌ、正直なところ、わたしにもわからん。ただの勘だ。しかし、よけいな心配はやめて、いい結果を待つとしよう」

そこでわたしたちの会話はとぎれ、二人それぞれに暗い物思いのなかに沈みこんだ。

コーヒーの用意ができたちょうどそのとき、グレースが表のドアをノックした。十五分のあいだに二回も不意打ちを食らうのはいやだったので、彼女がいつ姿を見せるかと、こちらも目を光らせていた。

わたしがドアをあけると、グレースは店に入ると同時に深々と空気を吸いこんだ。「わたしの考える文明の地とは、コーヒーがある場所のことよ」

わたしはこの友に優しい笑みを向けた。彼女と一緒にいるだけで、いつもハッピーになれる。「同意しかねるけど、議論してもわたしに勝ち目はなさそうね」

グレースの背後でドアをロックしてから、全員のマグにコーヒーを注ぎ、三人でカウンターにすわった。残りもののドーナツを食べる気はなかったのに、コーヒーにはドーナツがつきものなので、無意識のうちに一個とり、あとの二人に箱をまわした。体重がどうしても減らないのも仕方がない。でも、激太りすることもほとんどないから、ありがたく思わなきゃ。どうにか我慢できる数字を保っている。理想とする体重を何キロも上回ってはいるけれど。

姿を消した二人に関するジョージの意見をグレースに話そうとしたが、言葉にできなかった。胸の思いを声にしたら、ひどく気が滅入ってしまいそうだ。

ついに沈黙を破ったのはグレースだった。「コーヒー、おいしいわね。さてと、ここでじっとしてても、なんにもならないわ。何から始める？」

わたしが返事をしようとすると、横からジョージが言った。「どっちか一人をあんたたちが調べてくれ。わたしはもう一人を担当する」

「誰がどっちを担当するのか、どうやって決めるの？」わたしは訊いた。深刻なトラブルに巻きこまれているほうを、ジョージがわたしたちにまかせるとは思えない。だから、彼がどう答えるのか、とても興味があった。

でもグレースのせいで、返事が聞けなくなってしまった。「エミリーのお母さんに質問しに行くのなら、ジョージよりわたしたちのほうがいいと思うわ」グレースはスツールをまわしてジョージのほうを向いた。「あなた、あのお母さんが苦手なんでしょ？」

ジョージはマグを置いて向きを変え、グレースと視線を合わせた。

「なんで知ってるんだ？」

「父からよく聞いてたの。学校のころ、あなたと父がよくクリスティーンをいじめてたから、あちらはいまでも二人を恨んでるって」

ジョージは微笑した。「おいおい、われわれ二人は腕白小僧だったんだぞ。弁明させてもらうと、誰彼かまわず思いきりいじめたものだった。おたがいを含めてな」コーヒーをもうひと口飲み、さらにつけくわえた。「あんたのおやじさんが亡くなって、ほんとに寂しいよ」

「わたしも」グレースはしんみりと言った。

「わ、悪かった、グレース」ジョージはしどろもどろになった。

「いいのよ。二人がとっても仲のいい幼なじみだったことは知ってるから」グレースはジョージの手を軽く叩き、それから言った。「あなたもわたしと同じぐらい、父のことが恋しいでしょうね」

ジョージはうなずいた。「そうだな。まさにそのとおり」コーヒーを飲みほし、それから尋ねた。「お二人さん、開始の準備はいいかな?」

「そう言われただけで、立派な作戦を立てたような気になるわ」わたしは言った。

「ねえ、分割統治作戦で行きましょうよ」グレースがコーヒーを飲みほし、前に置いたドーナツを食べおえてから言った。「今夜、あらためて集合よ。おたがいのメモを比べて、どんなことがわかったかチェックしましょ」

ジョージが席を立ちながら言った。「では、今夜また。その前に何か重大なことが起きたら電話してくれ」

「そっちもね」わたしはジョージに約束させた。つきまとうわけにはいかないが、それでもやはり、ジョージが何をしているかを知っておきたかった。

ジョージが出ていったあとで、わたしはグレースのほうを向いた。

「このマグを洗ったら、すぐ出かけられるわ」

「頼もしい」グレースはそう言いながら、三人が使ったナプキンをくずかごに捨て、わたしはそのあいだに、三個のマグを持って奥にひっこんだ。

フロントのほうに戻ると、置きっぱなしにされたドーナツの箱をグレースがのぞきこんでいた。

「ほしかったら、適当に持って帰って」

グレースは首をふった。「誘惑されるわねえ。でも、やっぱりやめとく。親切に言ってくれてありがとう。残念だけど、処分するしかなさそうね」

わたしは微笑した。「ご心配なく。そんなもったいないことはしないわ。いいことを思いついたの」ひとつの箱にまとめると、ぎゅう詰めになったが、小さなドーナツがぎっしり並ぶ光景はお祭りみたいに楽しかった。とくに、チョコレートをかけたエクレアとスプリンクルを散らしたドーナツが並んだ姿が愛らしい。

「隠さないで教えてよ」グレースが言った。「そのドーナツ、どうする気？」

「これを使ってクリスティーン・ハーグレイヴズの家に入りこむのよ」


「スザンヌ、何かわかった？」

十五分後、エミリーの家の玄関先に立ったわたしたちに、母親のクリスティーンが訊いた。でっぷりした女性で、いつも髪をきれいにセットし、すてきな服を着ている。たしか五十代になったばかりだが、いまは苦悩の表情がひどくて年齢もわからないぐらいだ。でも、最悪なのはその点ではなかった。目の奥のライトを誰かが消してしまったかに見える。いまのクリスティーンからは、そんな印象しか伝わってこない。やたらと芝居がかったタイプだと町の人々に思われているが、わたしも今日だけはクリスティーンを非難する気になれなかった。

「悪い想像ばかりするのはやめましょう。なんでもないかもしれないし」

「わたしも自分にそう言い聞かせてるの」クリスティーンは言った。「ただ、どうにも信じられなくて。町の人たちがなんて言ってるか知らないけど、エミリーは分別のある子よ。たまに軽はずみなこともするけど、急にいなくなるなんて、あの子らしくないわ」

どう答えればいいのかわからなくて、わたしは肩をすくめるだけにしておいた。

「あの、これ、どうぞ」ドーナツを差しだした。「少しは気が紛《まぎ》れるかと思って」

「まあ、ご親切に」ドーナツの箱を受けとりながら、クリスティーンは感情のこもらない声で言った。「あの子ったらどこにいるのかしら。十回以上電話したんだけど、携帯の電源が入ってないの」

「居所がわかればいいのにね」グレースが言った。「話をする時間はあります？　クリスティーン」

「ええ、もちろん」クリスティーンは靄《もや》を払いのけようとするかのように、軽く頭をふった。

「わたしったら礼儀知らずね。お入りになる？」

「お邪魔でなければ」わたしは言った。

「邪魔だなんてとんでもない。喜んで」

「ご主人にご迷惑なんじゃありません？」案内されてリビングに入りながら、グレースが言った。家具はかなり時代遅れだし、ハードウッドの床に敷かれた絨毯《じゅうたん》はくたびれていて、ほつれやしみ汚れがあり、ハーグレイヴズ家の家計が豊かでないことを示している。少なくとも、家のなかをきれいにするために使えるお金はなさそうだ。

「いえ。出かけてるから」クリスティーンはあっさり答えた。

「エミリーを捜しに？」グレースが訊いた。

クリスティーンは首をふった。「じつは、けさタンパへ出かけて、まだ連絡がとれないの。向こうに到着したら、すぐ電話をくれるよう夫に伝えてほしいって頼んであるんだけど。ああ、もう、気が変になりそう」蓋もあけていないドーナツの箱をテーブルの上であちこちへ押しながら、クリスティーンは言った。自分が何をしているのか、たぶん気づいてもいないのだろう。「わたしたち夫婦は子供ができるかどうかわからなかったの。エミリーが生まれたときは、ほんとにうれしかったわ」

「エミリーの行きそうな場所を教えてもらえたら、何かわかるかもしれません」わたしは言った。「どこか心当たりはありません？ ひょっとして、新しい交際相手ができたとか？」

クリスティーンはかすかにうなずいた。「そのことでちょっと困ってるの。お恥ずかしい話だけど、あの子、最近、隠しごとをするようになったのよ。大学進学のために家を離れるまで、わたしとはほんとに仲がよかったのに、実家に戻って以来、ときどき、知らない人間のように見えることがあるわ」

その方面のことなら、わたしもよく知っている。「親子がふたたび同居するというのは、慣れるまでけっこう辛いものです。おたがいに苦労すると思いますよ。わたしが離婚して実家に戻ったときも、母とのあいだがそんな感じでした」

これを聞いて、クリスティーンは驚いたようだった。「あなたのところも辛い思いを？信じられない。母親と娘というより姉妹みたいだって、いつも思ってたのよ」

グレースとわたしが思わず噴きだすと、クリスティーンが訊いた。「わたし、何かおかしなことを言った？」

「いえいえ」わたしはあわてて答えた。「人間関係って外側から見るとずいぶん感じが違うものだと思って。うちもそれなりに摩擦があったんですよ」

「わたしに言わせれば、必要以上にね」グレースがつけくわえた。

妙なことに、これを聞いて、クリスティーンが笑みを浮かべた。

「あら、今度はわたしが首をかしげる番だわ。何がおかしいのかしら」わたしは言った。

クリスティーンはクスッと笑いながら言った。「あなたたち母子こそ、誰もが見習うべき理想像だと思ってたの。でも、お宅にもいろいろ問題があったとわかって、ちょっと気が楽になったわ。わたしもエミリーとうまくやっていけるかもしれない」

「実家に戻るって、楽なことじゃないんです。わたしもときどき、息苦しくなります」いまからぶつける質問の衝撃を和らげようとしながら、わたしは言った。「エミリーも何か事情があって逃げだしたとは考えられません？」

「店を無人にして、戸締まりもしないまま？ 考えられないわ。しかも、ぬいぐるみ三匹が残ってるというのに。あの子が大切なものをすべて置き去りにしたとしても、ウシとマダラウシとヘラジカをほったらかしにして出ていくなんてありえない。マダラウシはとくに」

「どうしてマダラウシが特別なんです？」好奇心に負けて、わたしは尋ねた。「えこひいきがあったとは知りませんでした」

「マダラウシは昔からずっとあの子の牛だったの。ウシはわたしの子。そして、夫はヘラジカをしぶしぶ養子にしたの。でも、夫もやがて、わたしたちに劣らず空想の世界を大切にするようになったわ。小さいころのエミリーは、自分だけのお友達を持たなきゃと言いはってたけど、結局そのとおりになったというわけ」クリスティーンは誰かに聞かれるのを警戒するかのように声をひそめた。「バカみたいなのはわかってるけど、三匹を店に置いておく気になれなくて。家に持って帰って、あの子のベッドに寝かせてあるのよ。昔と同じように」

「エミリーを捜すとしたら、どこから始めればいいでしょう？」わたしは訊いた。

この質問にクリスティーンは驚いたようだった。「捜してくださるの？ うちの娘とそんなに仲がいいなんて知らなかった」

「意外と仲良くしてたんですよ。でも、理由はそれだけじゃありません。エミリーの姿が最後に目撃された場所が〈ドーナツ・ハート〉だったんです。ですから、エミリーが無事に見つかるまで、わたしは知らん顔をしてるわけにいかないんです」

「その気持ちはよくわかるわ」クリスティーンは言った。さらに続けて何か言おうとしたが、そこで彼女の携帯が鳴りだした。「エミリーなの？」クリスティーンは息を切らして尋ねた。一瞬の沈黙ののちに言った。「ああ、チェット。悪い知らせがあるの。エミリーがいなくなったの。〈ドーナツ・ハート〉に寄ったところまではわかってるんだけど」そこでクリスティーンは口ごもった。電話の向こうから夫の泣き叫ぶ声が聞こえてきた。「チェット、落ち着いて。死んだわけじゃないんだから」

ふたたび沈黙。やがて、クリスティーンは言った。「行方不明なの。店は戸締まりもしてなくて、ぬいぐるみが残ってたわ。とにかく帰ってきて。そばにいてほしいの」心臓の鼓動二拍分のあとでつけくわえた。「帰りの飛行機の予約がとれたら、知らせてちょうだい。気をつけてね」

クリスティーンは電話を切ったあとで、ふたたびこちらを向いた。わたしたちを見て驚いた様子だった。こちらの存在など忘れていたかのようだ。「ごめんなさい。もうお話しする気力がないわ。一人になりたいの」

「よくわかります」わたしはそう言って、グレースと二人で立ちあがった。「何か参考になりそうなことがあれば、遠慮なく知らせてくださいね」

クリスティーンがうなずいたので、玄関まで行くあいだに訊いてみた。

「エミリーの交際相手のことでちょっと困ってるって、さっきおっしゃいましたね。最近誰とつきあってたのか、ご存じなんでしょうか」

「ええ」クリスティーンは答えた。ただ、返事をためらったのは明らかだった。

「相手の名前を教えてもらえません？」グレースが頼んだ。

クリスティーンは眉をひそめ、ようやく言った。「この話はしたくなかったんだけど、相手の男から真実をひきだせる人がいるとすれば、それはあなただわ」

「わたし？」グレースが訊いた。

「いいえ、あなたのほう」クリスティーンはわたしを指さした。

「どうしてわたしにそんなことが？」そのとき、理由も根拠もなく、クリスティーンがわたしに話すのを渋ったわけがわかった。「エミリーはわたしのもと夫のマックスとつきあってる。そうなんですね？」

クリスティーンはうなずいた。「午後からずっとマックスに電話してるんだけど、出ないのよ。折りかえしかかってもこないし。マックスと話してみてくれない？」

「やめろと言われたって話しますとも」わたしは笑顔で言った。

玄関を出てステップをおりようとしたところで、グレースに呼び止められた。

「ねえ、そんなに急がないで。待ってよ」

わたしは足を止め、彼女のほうを向いた。「マックスが関わっているとわかっても、わたし、どうして驚かないのかしら」

「マックスのことを知りすぎてるからじゃない？」

「ええ、きっとそうね」わたしのジープに二人で乗りこみ、別れた夫が住むアパートメントへ向かった。こういうゴタゴタが起きると、決まってマックスの登場となる。それにしても、エミリーったら、彼のどこに惹かれたの？　この問いを声に出すまでもなく、答えはすぐにわかった。マックスには長所も短所も含めてさまざまな面があるが、リストのトップ近くにくるのが、抵抗しがたい彼の魅力だ。その気になれば、脱水症状で死にかけている女性から、ひと口だけ残っている水を口先巧みに奪うこともできる。彼の言葉にだまされたエミリーを責めるわけにはいかない。

むしろ、彼の魅力に抵抗できる女性がいるとしたら、そのほうが驚きだ。

「いまこの瞬間も、どこかで会ってるのかしら」ジープでマックスのところへ向かうわたしに、グレースが言った。

「だとしても、意外だとは思わないわ」わたしは道路に視線を据えたまま答えた。

グレースが慎重に言った。「二人ともシングルだし、一人前の大人なのよ。わかってるわ

「もちろん。あのね、二人がつきあってても、わたしは平気よ。エミリーの無事を確認したいだけなの」

彼のアパートメントに到着し、わたしはグレースのほうを向いた。

「マックスから返事がひきだせるかどうか、やってみましょう」

玄関のチャイムを二回鳴らし、つぎにドアをノックしたが、応答はなかった。

「留守みたいね」グレースが言った。

「あと一秒待ちましょ」チャイムを押しつづけると、部屋のなかで鳴っているのが聞こえた。ようやくマックスが玄関に出てきた。かなりご機嫌斜め。

「スザンヌ。グレース。二人そろってなんの用だ？」

「あなたに話があるの」わたしは言った。

マックスは背後にちらっと目をやり、それから言った。

「悪いけど、いまちょっと忙しいんだ」

「ひょっとして、エミリー・ハーグレイヴズの相手をするのに？」わたしは訊いた。

「なんで知ってる？」

「マックス、あなたは一人前の大人。こっちも野次馬根性で訊いてるわけじゃないのよ。エミリーがどこにいるか知らない？」

マックスが答えようとしたそのとき、背後にエミリー本人が姿を現わした。

「スザンヌ、どうしたの？　どうして二人でわたしを捜してるの？」

「あなた、町じゅうの人から行方不明だと思われてるわよ」わたしははっきり言った。「今日の午前中、町長との約束をすっぽかして、ニュースタンドの戸締まりもせずにいなくなってしまったでしょ」

エミリーは蒼白になった。「あの子たちは無事？」

「ええ、大丈夫」エミリーの思いがまずそこへ向いたことに感心しながら、わたしは答えた。「お母さんが家に連れて帰ってくれたから。あなたのことが心配で、お母さん、おろおろしてたわよ」

エミリーは首をふり、マックスの肩をバシッと叩いた。「だから言ったでしょ。誰にも何も言わずに店を空けるわけにいかないって。衝動的に行動するのも大胆で楽しいものだって、あなたに言いくるめられたけど、あなたとつきあいはじめてからトラブルばかりだわ」

エミリーがわたしたちの横を通って飛びだしていくと、マックスが険悪な顔でこちらを見た。「ありがとよ」

わたしは彼に最高の笑顔を向けた。「どういたしまして。じゃーね」

ジープに戻ったわたしに、グレースが訊いた。

「ジョージに連絡をとって、いまわかったことを報告したほうがいい？」

腕時計を見ると、五時近くになっていた。もうじき母が大切なデートのための身支度にとりかかる。母のそばにいて手を握っていてあげると、わたしは約束した。そうでもしないと、母のことだから、またまた逃げだす口実を見つけだすに決まっている。

「あなたの家で降ろしてあげるから、エミリーのことはもう心配しなくていいって、みんなに電話してくれない？　警察署長のところにも。わたし、家に帰らなきゃいけないの」

「お安いご用よ」

うれしい電話をかける役をグレース一人にまかせることに、わたしはなんの抵抗もなかった。

それ以上に大事な用がある。父の死後、初めて新たな人生に踏みだそうとする母を支えなくてはいけない。

母もわたしを頼りにしている。期待を裏切ることはできない。

帰らなくてはならないと言うと、グレースも理解してくれた。「お母さんの大事なデートのことを忘れるところだったわ。お年を召したお嬢さんの身支度を整えるのに、何かお手伝いが必要？」

わたしはグレースにニヤッと笑いかけた。「ううん。でも、あなたが母に面と向かってその質問をしたら、母がどう答えるか、わたしも同じ部屋にいて聞いてみたい」

グレースが笑いだし、わたしはあらためて、グレースとなぜこんなに気が合うのかを知った。「おことわり。あなたが蒸しかえしても、わたし、そんなこと言った覚えはないって突っぱねるもん」

わたしは首をふりながら微笑した。「あなたのことだから、きっとそうね」

「当然でしょ。いつもなら、わたしたちの調査が最優先って言いたいところだけど、お母さんのデートのほうが大事だわ。ジョージを手伝ってティム捜しをするのは、明日まで延期にしましょう。わたしの車のところで降ろしてくれればいいわ。そしたら、あなたも早く家に帰れるでしょ」

「あとで食事につきあってくれない？」

「いいわよ。あなたの恋人が町にいないときは、喜んで代役を務めさせてもらいます」

「つまり、ほぼいつもということね」わたしは正直に言った。「ほんとにいいの？」

「何言ってるの？　食事のおつきあいはだーい好き。とくに、最近はわたしの恋愛生活が停滞気味だから。ジェイクはいつ戻ってくる予定？」

「たぶん、ディルズボロの捜査が終わりしだい。でも、はっきり言って、いつ終わるのか誰にもわからないの」

「だとしても、心配ご無用。それまでのあいだ、喜んで代役を務める人間がここに控えてますから」グレースは言った。

　グレースの車はドーナツショップのところに止めてあったので、そこで彼女を降ろした。ジープでわが家へ向かいながら、いまこの瞬間、母はどんな思いでいるのだろうと考えずにはいられなかった。神経をピリピリさせてる？　もちろん、そうね。何年ぶりかのデートだもの。父とつきあってたころ以来だとしても、わたしは驚かない。少々怯《おび》えてる？　当然だわ。でも、いちばんの問題は、ふたたびデートをすることにほんのわずかでも興奮してるかどうかってこと。母の心に火花が残っているよう願いたい。残っていれば、母の人生に愛が復活する可能性が出てくるもの。

「ただいま」実家のコテージに入りながら、わたしは大声で言った。コテージのそばの公園は美しく、愛と思い出に満ちているけど、わたしにはコテージのほうがもっと大切だ。実家に戻った当時は、おたがいのペースを調整していくのが大変で、母もわたしもけっこう苦労したが、いまでは、ここ以外の場所で暮らす自分の姿など想像できないほどになっている。

「こっちよ」母の大きな声がした。

その声をたどっていくと、母はマスター・ベッドルームにいた。狭苦しい部屋を本気でそう呼べるならの話だけど。正直なところ、威風堂々《マスタリー》たるところはまったくない。まあ、小さな化粧室がついているので、スイートルームと呼べなくもないけど。母が白いスリップ姿でベッドに腰かけているのを見てびっくりした。羽根布団の上にワンピースが六着、丁寧に広げてある。

「準備できた？」部屋に入り、ドアの脇の壁にもたれて、わたしは訊いた。

「ええ、まあ……」母の声には感情らしきものがほとんどなかった。「あいにく、今夜は出かけられそうもないわ」

「なんで？」

「着ていく服がないから」部屋のなかを見まわして、母は言った。

わたしは噴きだしそうになったが、それはまずいと気がついた。

「赤いワンピースはどう？」そちらを指さした。

「着てみたけど、なんだかお祭りに出かけるみたいな感じ」

どういう意味なのか、よくわからなかったが、しつこく追及するのはやめにした。

「オーケイ。じゃ、黒いのは？」

「陰気すぎるわ」母は言った。「食事の席に合わない」

なんとかしないと、ひと晩じゅう延々と続けることになりかねない。

「いいこと思いついた。わたしのワンピースを着てみない？」

バカねえと言いたげに、母がわたしを見た。

「スザンヌ、あなたのほうが十五センチ背が高くて、体重は十キロも多いのよ。あなたのを借りたら、裾をカーテンみたいにひきずって、生地のなかでママの身体が泳ぐことになるわ」

「もうっ、背の高さが違うってところで止めてくれればいいのに」わたしは笑顔で言った。

「体重のことまで持ちだすなんて、めちゃめちゃ意地悪」

「深い意味はなかったのよ」母は眉をひそめた。抑揚に欠ける口調からようやく脱した。

「わかってるわ」わたしは笑おうとした。「正直な意見がほしい？」

「もちろん」母はわたしを見て言った。まるで母が溺れかけていて、わたしが救助のロープを投げようとしているかのようだ。

わたしはワンピースをふたたびじっくり見て、一着を選びだした。「この紺色がいいわ」

母は左側のワンピースにちらっと目を向け、視線をはずし、それからふたたびじっと見た。

「ほんとにそう思う?」

「もちろん。ぴったりよ」

「わかった。じゃ、紺色にする」

するりとそれをまとった母を見て、わたしは拍手した。「わぁ、ママ、きれい」

「バカね」母は言った。でも、微笑を隠そうとしているのがわかった。「きれいなんて言葉には、もう何年も前から縁がないわ」

「そんなことないわよ。鏡をのぞいてみて」

全身の映る鏡に母がちらっと目を向けた。ありもしない皺《しわ》を払おうとする母の目に満足そうな光が浮かんだことに、わたしも気がついた。

「まあまあ見られるってとこかしら」母は言った。

「ご謙遜でしょ。よく似合ってる。マーティン署長がうっとりしそう」

「あんまり喜ばれても困るけど」

「あのね、ママがトラックスーツとくたびれたピンクの帽子で出かけても、署長は大感激するわよ。そのすてきなワンピースはおまけみたいなもの」

「わたしったら、何をしてるのかしら」母は言った。「もういい年なのに、こんなバカなことをして」

わたしは母を抱きしめた。「それは違うわ。こういうバカなことをするのにぴったりの年齢なのよ」

「断わるにはもう遅すぎる?」母の声にかすかな不安がのぞいた。

この期におよんで尻込みする母を黙って見ているわけにはいかなかったが、玄関のチャイムが鳴ったおかげで救われた。わたしは母を見て微笑した。「そうね、わたしの意見がほしいなら、遅すぎるって言わせてもらうわ。デートのお相手が到着したみたい」

母をひきずるようにして玄関まで連れていかなくてはならなかったが、ドアをあけたあとは、邪魔にならないようキッチンにひっこんだ。でしゃばるのは禁物だけど、声の聞こえないところへ行くつもりはなかった。

母を見たとたん、マーティン署長は低く口笛を吹いた。

「ドロシー、うっとりするほどすてきだ」

「うれしいわ、フィリップ。あなたもすてきよ」

ドアの隙間からのぞくと、署長がグレイのスーツを軽く払うのが見えた。ピカピカの新品で、値札がぶら下がっていないのが不思議なほどだった。

署長はうなずいた。「どうも。さて、出かけようか」

「そうね」母は言った。玄関ドアのほうへ行きながら、大きく叫んだ。「楽しい夜をすごしてちょうだい、スザンヌ」

「クレイジーなお二人も楽しんできてね」わたしは顔をのぞかせて挨拶した。

母が鼻先で軽く笑ったが、驚いたことに、署長のほうは楽しげに笑いだした。

「ご心配なく。そうさせてもらう」

二人が出かける前に、わたしは玄関へ飛んでいった。

「署長さん、グレースから連絡はあった？」

「いや。なぜだね？」

わたしは思わず微笑した。自分の口からいい知らせを伝えられるのがうれしかった。

「エミリーが見つかったこと、聞いてない？」

署長はうなずいた。「エミリーが家の玄関をあけたとたん、母親がわたしに電話してきてくれた。無事でホッとしたよ」

「わたしも。便利屋のティムも朝から行方がわからなくなっていて。早く見つかるといいんだけど」

「へえ、そうだったのか。そのうち見つかるだろ」署長は母のほうを向いて尋ねた。「出かけてもいいかな？」

「ええ」

わたしが窓辺へ走ると、ちょうど、署長が母をエスコートして、コテージの前に止めたすてきなブルーのセダンのほうへ行くのが見えた。まあ、驚き。署長ったら、初デートのために思いきりがんばったのね。署長が母のためにドアをあけた。彼にプラス一点。車が走り去ったとき、うしろにレンタカー会社のステッカーが貼ってあるのが見えた。署長がふだん必要とするのはパトカーだけだが、そんなもので母をデートに連れだそうとしなかったことが、わたしにはうれしかった。

二人が出かけた一分後に、グレースの車がやってきて、さっきの署長と同じ場所で止まった。

「完璧なタイミングだったわ」彼女を迎えに出て、わたしは言った。「ママたち、たったいま出かけたのよ」

「わたしもわが家のポーチに出て、二人が通りすぎるのを見張ってたの。レンタカーだったから、危うく見落とすところだった。うーん、署長もなかなかやるじゃない。まさか、制服じゃなかったでしょうね？」

「大丈夫よ。新品のスーツだった」

グレースはわたしを見てニッと笑った。「尾行しようか」

「そういうことは考えるのも禁止。あの二人からできるだけ離れてましょ。いいわね？」

「はい、了解。どこで食べる？」

わたしが食事をしたい場所は、この町にひとつしかない。「〈ボックスカー〉に寄って、日替わりメニューを見てみない？」

「わたしはチーズバーガーさえあれば満足よ」

不意にあることを思いついた。「いい考えがあるわ。車はここに置いていくことにしましょ。車で行くより、公園を通り抜けるほうが楽だわ。歩けば短い距離ですむから」

グレースはうなずいた。「大賛成。爽やかな夜だし」

二人で公園をのんびり散歩しながら、愛国者の木と、ブランコと、蹄鉄投げのピットのそばを通りすぎた。線路のところに出たので、〈ボックスカー・グリル〉までの短い距離を線路伝いに歩いた。〈ボックスカー〉には明かりが灯っていて、わたしはこのダイナーにあらためて惚れなおした。昔の鉄道の駅舎でドーナツショップをやるのはすてきなことだけど、ほかにもまだ、人々が列車で旅をした時代の名残をとどめるものが町に残っていると思うと、うれしくなってくる。

「トリッシュのお店、今夜は忙しそうね」〈ボックスカー〉をめざして歩きながら、グレースが言った。「テーブルが空いてるかしら。なんだったら、家でピザをつまみながら昔の映画を見てもいいのよ」

わたしはグレースと腕を組んだ。「大丈夫よ。トリッシュがわたしたちのテーブルを用意するために、誰かをブースから追いだしてくれそうな気がする」

グレースはうなずいた。「トリッシュが町の人気者でよかったわ。でなきゃ、誰を追いだすかを決めるとき、もう少し用心しないとだめでしょうから」

それを聞いて、わたしは笑いだした。「トリッシュは自分で決断できる人よ」

「あら、あなたは違うの？」グレースが笑いながら言った。

「さあ、どうかしら。〈ドーナツ・ハート〉では、お客を追いだすような贅沢はできないもの」それは事実だ。帳簿が黒字になるか赤字になるかは、ドーナツの売上げのわずか二、三ダースの差で決まる。だから、一人一人のお客に満足してもらえるよう、がんばらなくてはならない。もっとも、お客にこちらの本音をぶつけてやりたいのを、ぐっと我慢するしかないときもあるけど。

でも、いまはそんなことまで考えたくない。〈ドーナツ・ハート〉の経営は順調で、万一に備えて用意してある資金もこのところ潤沢だ。

わたしたちが〈ボックスカー〉に入っていくと、混んでいるにもかかわらず、トリッシュが心からうれしそうに迎えてくれた。彼女のそんなところがわたしは大好き。笑顔を絶やさない人だ。

「今夜はレディーズ・ナイトのようね」トリッシュは笑いながら言った。「あなたたちのテーブルにもう一人すわる余地はあるかしら。わたし、午後から何も食べてなくて、飢え死にしそうなの」

「持ち場を離れちゃっていいの？」わたしは訊いた。「ヒルダがいないときは、休憩なしで接客しなきゃいけないんだと思ってた」

トリッシュは声をひそめた。「ふだんはそうだけど、リリー・ジャクスンの娘のアリスンを雇ったばかりでね。あの子、レジとフロントを担当させてほしいって、うるさいったらないの。あの子にフロントをまかせて、シフトの終わりにプラスマイナス二十ドル以内の誤差ですめば、大成功とみなすことにするわ」わたしを見て、トリッシュは苦笑しながらつけくわえた。「あなたのためにわかりやすく表現するなら、できそこないのグレーズドーナツってとこかしら」

「クビにすればいいじゃない」わたしは言った。

トリッシュは肩をすくめた。「そうできればいいんだけど、わたし、リリーに大きな借りがあるの。これでようやく借りを返すことができるのよ」

「でも、アリスンがいると、経営に響きかねないでしょ」あたりに目をやりながら、わたしは言った。

「いまのところは大丈夫よ」トリッシュはさらに説明した。「心配しないで。噂によると、どこで働いても、一週間もしないうちに飽きるそうだから。つぎはぜったい、あなたの店で働きたいって言いだすわ」

「たぶん、スザンヌがつぎのターゲットね。とくに、アリスンが地理的条件を第一に考えて職探しをする気なら」グレースが言った。

わたし自身はリリーと関わりを持つ気などないので、できればそういう会話はせずにすませたい。「ひょっとしたらね。でも、率直に言って、エマとわたしが日々こなしているような勤務時間に耐えられる子が、ほかにいるかしら。ま、そんなことで悩む必要はないかもしれないけど。先のことはわからないもの。アリスンがここでずっと働きたいって言うかもしれないし」

「や、やめて！」トリッシュが言った。

わたしは席を探してあたりを見たが、残念ながら空席はどこにもなかった。まして、三人分の席なんてとうてい無理。「あなたが加わってくれるのは大歓迎だけど、どこにすわればいいの？」

「ご心配なく。わたしにまかせて」

トリッシュはあるテーブルまで行った。そこでは、ほぼ空になったアイスティーのグラスを前に、年配客三人がぐずぐずしていた。「そろそろおすみでしょうか」

一人が笑顔で答えた。「いや、まだだ。世界の問題の半分を解決して、いまから残り半分にとりかかるところでね」

トリッシュは笑みを絶やすことなく言った。「でしたら、残りはべつの日になさったら？」

男たちの一人を見てつけくわえた。「トラヴィス、いまごろきっと、パティがあなたを捜しまわってるわよ」

もう一人の男が笑いだした。「違いない。亭主を束縛するタイプだからな」

トラヴィスは肩をすくめた。「おれは一人の女と四十一年も連れ添ってるんだ。ボブ、おまえが別れた奥さん三人と暮らした年月を合計すると何年になる？」

べつの一人が言った。「こいつの勝ちだ、ボブ。さて、みんな、そろそろ退散して、こちらのレディに食事のチャンスを譲るとしよう」

旧友三人は立ちあがり、ダイナーを出ていくあいだも冗談を言いあっていた。すぐうしろのテーブルにいた女性の二人連れまで笑いだした。たぶん、自分たちは妻の座を失わずにすんだと思い、安堵しているのだろう。

トリッシュが皿を片づけ、テーブルをきれいに拭いたあとで、グレースとわたしは席についた。

「当ててみましょうか。チーズバーガー、ポテト、コーク？」トリッシュが訊いた。

「それを三人前。あなたがつきあってくれるのなら」グレースが言った。

トリッシュはうなずいた。「もちろんよ。うれしいわ。調理場のグラディスにオーダーを伝えてから、すぐ戻ってくるわ」

三人分のコークを持って戻ってきたトリッシュに、わたしは訊いた。

「ヒルダはどうしたの？　まさか、アリスンを雇うために、クビにしたわけじゃないでしょうね？」

〝何バカなこと言ってるの？〟という顔で、トリッシュがわたしを見た。

「ヒルダをクビに？　とんでもない。貴重な人材なのよ。ウェストバージニア州に住む娘さんに会いに行きたいって言うものだから、相談の結果、休暇中の穴を埋めるのにアリスンがちょうどいいだろうってことになったの」

ふとあたりを見ると、おしゃべりに夢中のわたしたちに、何人かがちらちら視線をよこしていた。最初は、挨拶のつもりかと思ったが、興味津々でこちらを見ている誰かと目が合ったとたん、向こうは恐怖と非難が半々という表情になり、あわてて視線をそらした。

友人たちのほうに向きなおったわたしに、グレースが言った。「ごめん、スザンヌ。あなたが気づかないよう願ってたんだけど」

「どういうこと？」

「エミリーの失踪のせいよ」トリッシュが言った。「人のことはほっといてくれればいいのにね」

「でも、エミリーは今日の午後、無事に見つかったじゃない」わたしは言った。

「えっ？」それを聞いて、トリッシュはひどく驚いた様子だった。「聞いてない」

グレースが簡単に説明した。「マックスと一緒だったの」

トリッシュは首をふった。「そう言われても驚かないのはなぜかしら。マックスって、女を口説くのがほんとに上手ね」

「ただ、ティム・リアンダーは行方不明のままなの」

「ティムも姿を消したの？　聞いてない。この町はどうなってしまったの？」

「わたしにわかればいいんだけど。でも、とりあえず、エミリーは無事よ」ついでに、思わず言ってしまった。「トリッシュ、わたしたちね、ティムの行方を捜そうと思ってるの」

トリッシュはうなずいた。「その気持ちはよくわかるわ。何かわたしに手伝えることがあったら、遠慮なく言ってちょうだい」

「そのときはよろしく。でも、エミリーの場合は判断を誤っただけですんで、ほんとによかった」

「同じ意見の女性がこの町にかなりいるでしょうね」一秒後、トリッシュがわたしの背後に目をやった。「よかった。頼んだ品がきたわ。ようやく」

アリスンがトレイにのせて運んできたのは、チーズバーガー、サラダ、フライドチキンが一人前ずつだった。

「チーズバーガー、わたしがも〜らった」わたしはアリスンがトレイを置く前に言った。

「腕相撲で決める必要はないのよ」トリッシュが言った。トレイを指さした。「アリスン、オーダーを確認して、それから、そのトレイを見てごらんなさい」

「合ってますよ。九番テーブルでしょ」アリスンは得意そうに言った。つやつやの黒髪、きれいな肌、そして、見たこともないほど鮮やかなブルーの目。うっとりするような美人だ。頭の中身がそれに追いついていないことが惜しまれる。

「ひとつだけ勘違いしてるようね。ここ、六番テーブルよ」トリッシュは言った。どなりつけたいのを必死に我慢している様子が、わたしにも伝わってきた。トリッシュにそんな我慢ができるなんて夢にも思わなかった。リリーにいったいどんな借りがあるというの？

「このチーズバーガー、わたしのじゃないってこと？」わたしは訊いた。

「残念でした」トリッシュは言った。立ちあがり、テーブルに並べられたものを集めてトレイに戻した。「すぐ戻るわ」

新人スタッフのほうを向いて、柔らかな口調で言った。「一緒にきて」

アリスンがトリッシュのあとをついていった。不安の表情がちらっとよぎるのが見えた。心配そうなアリスンを責める気にはなれない。たとえリリーの怒りを買うことになろうとも、ドジばかりやっているアリスンをトリッシュがこのまま雇っておくかどうかは、大いに疑問だ。

トリッシュは注文の品を正しいテーブルに運んだあとで調理場に姿を消し、ほどなく、わたしたちが頼んだ品をトレイにのせて戻ってきた。

「ごめんなさいね」わたしたちの前にバーガーやポテトを置きながら、トリッシュは言った。

「アリスンはどこ？」彼女からお皿を受けとるさいに、わたしは訊いた。

「今夜は早退してもらったわ」

「クビにしたわけじゃないわよね？」

「しばらく我慢するしかなさそう」トリッシュは肩をすくめた。「頼みを聞いてくれない？食事に専念して、いまの騒ぎは忘れることにしない？」

「名案ね」わたしは明るい口調を心がけた。いまはとにかく、自分が置かれた状況についてくよくよ考えるのはやめて、友人たちとの時間を楽しまなくては。過去に警察の捜査に関わったおかげで何か教訓を得たとすれば、大好きな人々と一緒にいられることを当然だと思わないことが大切、ということだろうか。

みんなで食事を楽しみ、食べおわると、汚れた皿を集めるトリッシュをグレースと二人で手伝った。

「いろいろありがとう」ドアまで送ってくれたトリッシュに、わたしは言った。

食事代を現金でカウンターに置くと、トリッシュはレジを打ち、そのお金を手にして言った。「ありがとう。ご馳走になってしまって、ちょっと申しわけない気分だわ」

「でも、〝ちょっと〟なのね？」わたしは言った。

「ええ、ちょっと」

わたしはトリッシュに笑顔を向けた。「あなたの気が軽くなるなら白状するけど、チップは省略よ」

トリッシュが笑みを返した。「とっても気が軽くなったわ。おやすみなさい。すごく楽しかった。またきてね」

グレースと二人で〈ボックスカー〉を出ると、迫りくる黄昏のなかに九月のかすかな冷気が感じられた。昼間は暖かかったが、いまはやや肌寒くなっている。ノースカロライナのこのあたりが厳寒の季節を迎えるのも、そう遠い先のことではないだろう。

いまはもう使われていない鉄道線路を離れて公園に近づくと、グレースが言った。

「あなた、子供のころもこの公園のそばに住んでたけど、夜になってもちっとも怖がらなかったでしょ。不思議だったわ」グレースは小さかったころ、暗くなってから出歩くのを禁じられていたが、うちの両親は、わたしが好きなときに公園をうろついても、べつに気にもしなかった。グレースはさらにつけくわえた。「このあたりは黒い影がたくさんあるから、いまでも、木や茂みの陰に悪い人が潜んでるような気がしてならないわ」

「小さいころ、二人でよくここにきたじゃない。あなた、怖がってるようには見えなかったけど」

「だって、ここで遊ぶときはたいてい、あなたにくっついてたもの。それに、わたしは夕暮れになったら急いで帰らなきゃいけなかったのよ。そのこともお忘れなく」

「信じてもらえないでしょうけど、わたしは影を見るとホッとするのよ。どれもなじみのある形で、だけど、少しずつ違ってる。それに、いまはまだそんなに暗くないわ。月の光であたりが見えるし、本格的に暗くなるのはあと三十分ぐらいしてからよ。一度、真っ暗闇のなかでこの道を歩いてみるといいわ。それこそ、ぞっとするわよ」

「あなたは一度もそういう怖い思いをしてないの？ 子供のころから」

「そうは言ってないわ」わたしは正直に答えた。「ご存じのとおり、わたしって想像力豊かな人間だから。でも、影を見るたびに跳びあがってたら、いつまでたっても家に帰れないじゃない」

あたりに目をやって、暗くなった公園をグレースの目で見てみようとした。影を見たときにその正体がわからなかったら、たぶん、なんとなく不気味な気がするだろう。それに、グレースは両親から夜の恐怖をさんざん頭に叩きこまれて育ったのだから、いくら大人になったとはいえ、わたしと歩いて帰宅しようというだけでもたいしたものだ。

「あっちのほうを見て」茂みが集まっているあたりを指さして、わたしは言った。「何が見える？」

「ナイフを持った変質者の姿がおぼろげに」グレースは言った。誇張しているのか、本心からの言葉なのか、わたしには判断がつかなかったが、たぶん、真剣にそう思っているのだろう。

「目の錯覚ね」わたしはその輪郭を指さしながら言った。「注意深く見てみれば、ほんとは太ったおじいさんだってことがわかるわよ。捕虫網を持って蛾を追っかけてるの」

グレースはしかめっ面になって闇に目を凝らした。「なるほど、そんな感じね」

さらに何歩か行ったところで、グレースはべつの影を指さした。「やだ、気味が悪い。あれはぜったい、マシンガンを持った男だわ」

わたしは笑った。「変ねえ。わたしの意見とまったく違う。わたしに見えるのは、ビリヤードのキューを手にして、むずかしいショットに挑戦しようとしてる女。あの姿勢からすると、成功の見込みはなさそうね」

「想像力過剰だわ」グレースが言った。ふたたびどこかを指さしたので、見ると、愛国者の木のほうを示していた。「誰かが木からぶら下がってるように見えるけど、違うわよね？」

その木と周囲の様子を見て、わたしは凍りついた。「グレース、九一一に電話して」

「どうして？　何か変？」

わたしは用心深くそちらを見たが、近づくにつれて、見間違いでないことがはっきりしてきた。「あれは影じゃないわ、グレース。本物の人間がぶら下がってる」

4

グレースが彼女の携帯のボタンを押すあいだに、わたしは恐る恐る、公園のなかでもとくにお気に入りの場所のひとつに向かって歩いていった。愛国者の木はわたしたちの先祖の忠誠心をいまに伝え、南北戦争で裏切り者がどんな最期を迎えたかをまざまざと見せつけてくれるものだ。わたしにとっては心安らぐ場所だが、今夜だけは、安らぎも心強さも消えていた。近くまで行っても、被害者の性別ははっきりせず、ましてや、誰なのかわかるはずもなかった。かつてこの枝から何かがぶら下がっているのを見たのは、地元のハイスクールの子たちが詰めものをした校長先生の人形をいたずら半分に吊るしたときだけだが、今夜は近づくにつれて、人形ではないことがはっきりしてきた。なんてひどい死に方なんだろう。

顔が見えるぐらいの距離まで行ったとき、グレースに腕をつかまれた。「スザンヌ、何するの？」

「誰なのか見てみないと」わたしは言った。友達の一人かもしれない。別れた夫ということもありうる。誰なのかわからないけど、とにかく確認しなくては。このあとどうすべきかを決めるために。

「警察がくるのを待ちましょうよ」グレースが言った。

「木のそばで待っててもいいでしょ」グレースを見ると、恐怖で顔面蒼白だった。なぜわたしも同じように恐怖を感じないのかと、一瞬、不思議に思った。なぜだかわからないが、自分でも信じられないぐらい冷静だった。たぶん、このときはまだピンときていなかったのだろう。そばまで行って誰なのかがわかれば、冷静でいられなくなりそうな気がした。そのとき、もうひとつの理由が頭に浮かび、早くしなくてはという焦りに駆られた。

「グレース、あなたはここにいてくれてもいいのよ。気持ちはよくわかるから。でも、とにかくわたしは見に行ってくる。助けが必要かもしれないから。もしかしたら、まだ息があるかもしれない」

「でも、動いてないわ」グレースが言った。蚊の鳴くような声だった。

「見たかぎりではね。でも、ほんとに死んでるかどうか、わからないでしょ。助かる可能性がわずかでもあるとしたら？　だったら、早く調べなきゃ。ねっ？」

グレースは深く息を吸い、それからきっぱりとうなずいた。

「オーケイ、見に行きましょ」

「無理しなくていいのよ」

グレースは息を吐き、それから言った。

「いえ、大丈夫。ま、ほんとは大丈夫じゃないけど、がんばる。心配しないで」

わたしはうなずいて、グレースの手をとった。愛国者の木のほうへ歩いていくあいだに、グレースが上のほうへ視線を向けて尋ねた。「知ってる人だと思う？」

「ここからじゃなんとも言えないけど、ひょっとするとね」

足跡が残っている場合のことを考えて、歩く場所に神経を遣いながら近づいたが、地面は土と砂利がほとんどだった。

近づくにつれて、ついに、男性であることが確実になった。

まだ三メートルほど離れていたが、顔がはっきり見えた。

それは町の便利屋、ティム・リアンダーだった。助けの手を差しのべる段階はとっくにすぎていることに、もうなんの疑いもなかった。

間違いなく絶命していた。


グレースと二人でどれぐらいの時間そこに立ってティムを見あげていたのか、わたしにはわからないが、つぎに気づいたのは背後で足音がしたことだった。マーティン署長が上等のスーツ姿で駆けよってきた。「たったいま、通信指令係から連絡が入った」

「ティム・リアンダーよ」わたしは虚ろな声で言った。心から敬意を寄せていた大好きな男性が亡くなったことをようやく実感し、誰かに殴られたような痛みを胸に感じた。

マーティン署長が慎重な足どりで木に近づき、ティムを見あげた。

「この男を殺したがるやつがどこにいる?」低くつぶやいた。「わけがわからん。エイプリル・スプリングズじゅう探しても、敵は一人もいなかった。長年にわたって、わたしのために何度もいい仕事をしてくれたし、悪い噂を聞いたことは一度もなかった」

「わたしだって、まだ信じられないわ」

ティムはいい友達で、〈ドーナツ・ハート〉の常連客でもあった。ティムの笑顔を見られなくなるのが寂しい。遺体が木の枝からぶら下がっている光景を頭から消し去って、もっと楽しかったころの光景をとりもどすには、長い時間がかかることだろう。

パトカーが三台到着し、公園に入ってきた。小道など完全に無視だった。そうするしかないことはわたしにもわかるが、公園の神聖さがさらに汚されたような気がした。

わたしはグレースの存在をほとんど忘れていたが、その彼女が署長に訊いた。

「自殺かしら?」

わたしが答えようとしたとき、署長に先を越された。「なんとも言えないな。自殺だとすると、あんな高いところまで木に登り、ロープを首に巻いて、それから飛びおりなきゃならん。もっと簡単に死ねる方法がいくらでもあるのに」

「こんな無惨な死に方はないわね」わたしは言った。

「そう言えるなら、あんたは恵まれてる」マーティン署長が言った。「考えたくもないような死に方を、わたしならいくつでも挙げられるぞ。九一一へのあの通報に何かつけくわえることはないかね？」

「ないわ」わたしは答えた。「〈ボックスカー〉で食事をしたあと、歩いて家に帰る途中、あそこでティムを見つけたの」腕時計にちらっと目をやり、不意に、署長と母のデートのことを思いだした。「どうしてこんなに早く戻ってきたの？」

「あんたのお母さんが頭痛を起こしたんだ」署長はそっけなく答えた。その話はしたくないらしい。「グレースと二人で家に戻って、おとなしくしててくれないか」

「帰るときに寄ってくれる？」わたしは訊いた。たとえ一晩じゅう起きて待つことになろうと、警察が何を発見したかを教えてもらいたかった。

「いや、今夜はちょっと……」署長は言葉を濁《にご》した。

母の頭痛って本物だったの？　それとも、つまらないデートを早めに切りあげるための口実？

「行きましょ、スザンヌ」グレースがわたしの腕をひっぱった。

こんなに簡単にあきらめていいものかどうか、決心がつかなかったが、今夜はもう何もつかめそうにないと悟った。少なくとも、警察は何も教えてくれないだろう。

「そうね。行こうか」

わたしの家に向かって二人で歩いた。正面のステップに近づいたとき、グレースが身を震わせた。

「寒いの？」

「気温のせいじゃないけどね」グレースは震えを止めようとし、それから言った。「ねえ、あなたとお母さんが今夜わたしの家に泊まる気になったら、部屋はいくらでもあるわよ」

「どうしてお宅に泊まらなきゃいけないの？」グレースの申し出に、わたしはきょとんとした。

「だって、スザンヌ、あの木はここからそんなに離れてないじゃない。さっきの光景をどうやって頭から消し去るつもり？　わたしなんか、これから何週間も悪夢にうなされそうだわ。うちは公園から少し離れてるのに」

「母とわたしのことは心配しないで。大丈夫よ」わたしは言った。母もきっと同じことを言うはずだ。以前、わが家に災難が迫ったことがあったけど、たとえひと晩でも怯えて逃げだすようなことはしなかった。母とわたしにとって、この家は単なる住宅ではない。聖域だ。ここを汚そうとする者は、誰であろうと許さない。

「わかった。わたしが知らん顔だったなんて言わないでよ」グレースは言った。「もし気が変わったら、いつでもうちにきてね。真夜中でもかまわないから」

わたしは立ち止まり、グレースの肩を強く抱いた。「心から感謝してる。母もきっと感謝するはずよ。ねえ、うちに寄ってかない？」

「じゃ、ちょっとだけ」グレースはそう言いつつ、事件現場に視線を戻していた。

「大歓迎よ」わたしは言った。必要以上にグレースをひきとめる気はなかったが、後味の悪い思いのままで帰らせるのはいやだった。死体のことは忘れ、わたしたちの友情を胸に抱いて帰ってほしかった。わたしにその力があるなら、グレースのためにわが家を癒しと避難の場にしてあげたかった。

コテージのステップを二人でのぼっていくと、ポーチの明かりがついた。

「どうしたの?」母が訊いた。まだ紺色のワンピースのままだ。心配そうに眉をひそめていたが、その美しさに、わたしはあらためて目をみはった。

「頭痛のほうはどう?」母の質問を無視して、わたしは訊いた。

「だいぶましになったわ」母は答えた。「公園で見つかった人って、誰なのかわかった?」

言葉を濁したところでなんにもならない。いずれ母も知ることになる。

「ティム・リアンダーだったわ」

それを聞いて母が呆然としたので、グレースとわたしは母を支えようとステップを駆けのぼった。「大丈夫?」ポーチのブランコのほうへ母を連れていきながら、わたしは訊いた。

「大丈夫よ」母はブランコに腰をおろした。「ちょっとショックを受けただけ。先週もティムにパンクしたタイヤを交換してもらったばかりなの。その話、あなたにしたかしら。オートクラブに電話しようとしたら、ティムがさっと交換してくれたの。そのあとで代金を払おうとしたのに、どうしても受けとってくれなかった。現金より友情のほうが大切だと言って」母はいまにも泣きだしそうだった。「ティムに危害を加えたがる人間がどこにいるというの?」

「署長もさっき同じことを言ったわ。ねえ、デートはどうなったの、ママ?」

母はふたたび眉をひそめた。今度は全面的にわたしを非難するためだった。

「とっても楽しかったわ。ただ、頭痛がしてきたから、帰ることにしたの。これ以上のことは言いたくないわ」

「つまり、デートのくわしい話は聞けないわけね?」

グレースがわたしの腕をひっぱったが、わたしは無視した。せっかく初めてのデートにこぎつけたというのに、母が署長をそっけなく放りだしたとなれば、わたしも黙ってはいられない。わたしが署長の大ファンでないことは、周囲の誰もが知ってるけど、いくら署長だって、もう少しましな扱いをしてもらってもいいと思う。

「しつこく言わないで、スザンヌ」母の声の調子からすると、この話題から離れたがっているのは明らかだった。できることなら、永遠に離れたいのだろう。

わたしは母の言葉を無視しようと決めた。こんな重大な件を葬り去るわけにはいかない。

「わたしの恋愛に二度と口をはさまないってママが約束してくれれば、もう何も訊かないことにするわ」無駄な意見であることは自分でもわかっていた。そんな約束、母がするわけがない。でも、そう言っておけば、今夜のデートで本当は何があったかを話しあうのが重要だってことを、母もたぶんわかってくれるはず。母がすべてを放りだし、デートなんか二度とするものかと思ったりしたら大変だ。

母はわたしをにらみつけて黙らせようとした。でも、ほとんどの人は萎縮するかもしれないが、わたしは違う。長年にわたってこの視線を浴びてきたので、かなり免疫ができている。ついに母が首をふり、わたしの耳に母のためいきが届いた。ふたたび母が口を開いたとき、さきほどのきびしさは消えていた。「ほんとに頭痛だったのよ。頭が割れそうに痛かったの」

「でも、もう治ったのね」わたしは嘲りの口調にならないよう気をつけた。今度母を怒らせたら、それこそ大変。それをわたし以上に理解している者は誰もいない。

母は宙で手をふった。「この辛さが誰に説明できるというの?」

「近いうちにデートのやりなおしをする予定?」

グレースが〝なんてこと言うのよ?〟という目でわたしを見たが、ひきさがるつもりはなかった。

「たぶん数日中にね」母は言った。「ほんとに楽しい時間だったのよ。ところが、急に頭が痛くなったの」不意に黙りこんだ。ここまで正直に言ってしまったことに母自身が驚いている様子だったが、そのあとでつけくわえた。「あわてて帰らなきゃいけなくて、すごく残念だったわ」

わたしは母を抱きしめた。離れるときに、「いまのはどういう意味?」と、母に訊かれた。

「ママは一度挑戦し、もう一度挑戦しようとしている。わたし、最高にうれしい。自慢のママだわ」

この説明に、母はきょとんとした。「ばかばかしい。自慢に思ってもらうようなことは何もしてないのに」

「僭越《せんえつ》ながら、なさったと思います」グレースが言った。

「あなたたち、なんだかよく似てきたわね」母は言った。そんな思いをふりはらったあとで、訊いてきた。「アップルパイの入る余地はある?今日の午後、焼いておいたの」

わたしは母に笑顔を見せた。「マーティン署長と一緒に食べたほうがいいんじゃない?署長はすぐそこにいるのよ。パイが食べられるなら、十分ぐらい喜んで時間を作ると思うけど」

「フィリップは目下、捜査で大忙しなのよ」愛国者の木の方角へちらっと視線を向けて、母は言った。「心配してくれなくても大丈夫。この先いくらでも機会があるんだし、パイもまた焼けばいいんだから。今夜はとにかく、あなたたち二人と一緒にパイを食べたいの」

一人ずつパイを切りわけてもらい、リビングのテーブルを囲んですわったが、外から射しこむ光が、わが家の神聖さを侵そうとする無言の脅威のように感じられてならなかった。またしても死神がエイプリル・スプリングズに現われた。わが家のすぐ近くに。でも、方法を見つけてなんとか対処していこう。これまでだって、数々のトラブルを切り抜けてきたんだもの。


三十分後、グレースが立ちあがって伸びをし、それから言った。

「さてと、そろそろ失礼しなきゃ。パイをごちそうさまでした」

「どういたしまして」母が答えた。わたしのほうを向いて言った。「スザンヌ、グレースを車まで送ってあげて」

わたしも立ちあがり、ドアのほうへ行った。「さあ、グレース。行きましょ」

「送らなくていいわよ。一人で大丈夫だってば」

「わかってる。でも、いいじゃない」

「はいはい。おやすみなさい」わたしと一緒にドアへ向かいながら、グレースは大声で母に挨拶した。

「楽しい夢を見てね」母は答えた。

わたしたちが外に出る前に、母はさらにつけくわえた。「スザンヌ、外をうろつくんじゃないわよ。警察がまだ捜査中なんだから、邪魔しないようにね」

「そんなこと考えてもいないわ」わたしは笑顔で答えた。明らかな嘘であることは、おたがいに承知のうえだ。グレースを車まで送るよう母が言ったのは、本心からではなかったのだと、わたしはハッと気づいた。捜査状況を知りたいだけなのだ。お節介をおおっぴらに勧めることなく、様子を探ってくるようわたしに頼むには、それを口実にするしかなかったのだ。

母を落胆させてはならない。

グレースと外に出てから、わたしは言った。「じゃ、また明日」

ふたたび愛国者の木のほうへ向かうわたしに、グレースが訊いた。

「お母さんにああ言われたのに、また現場に戻るつもり？」

「何バカなこと言ってるの？　早く様子を探りに行くよう、母が懇願してたじゃない」

グレースは眉をひそめた。「変ねえ。ひとことも聞いてないけど」

わたしは微笑した。「それはあなたが〝ママ語〟を知らないからよ。お望みなら、ついてきてもいいのよ」

「行く行く」グレースは土壇場で方向を変え、わたしのところにきた。本気で誘ったわけじゃないのに、意外にも誘いに乗ってきた。ひょっとして、平気になってきたの？

現場に近づくと、警察がティムを木からおろしたことを知ってホッとした。遺体はすでに運び去られていた。わたしはティムが大好きだった。だから、さっきの光景をもう一度目にするのは、できれば避けたいと思っていた。

マーティン署長は脇にどいて、警官二人が強力な懐中電灯を手にして現場を調べるのを見守っていた。警官の片方はグラント巡査だった。うちの店の常連客で、わたしともけっこう仲良しだが、彼の注意を惹くような行動は慎むことにした。グラント巡査は捜査に没頭している。手がかりを見つけようとしているに違いない。わたしが捜査中の警官の注意をそらしたなどと署長に非難されてはたまらない。

グレースとわたしがそばへ行くと、署長は腕時計に目をやり、低く口笛を吹いた。

「感心だな」

「ありがとう」わたしは言った。「何が感心なの？」

「様子を探りに出てくるまでに四十七分もかかった。十分で戻ってくるものと思っていたが」

わたしは署長にニッと笑ってみせた。「そのつもりだったけど、母が今日の午後パイを焼いたものだから。あのパイの誘惑に抵抗できないことは、署長さんもおわかりでしょ」パイが手近にあることを署長に教えるなんて、わたしも意地悪だけど、母が本当は署長に食べさせるつもりでいたことを伝えたかったのだ。

「ひょっとして、チェリーパイ？」食べたそうな表情で、署長が訊いた。

「アップルパイよ」

「なおさらいい」

わたしは同意のうなずきを示し、それから訊いた。

「ティムの身に何があったのか、少しはわかった？」

署長はどう答えるべきか迷っている様子だったが、やがて言った。

「これまでの捜査の経過を説明してもいいが、まあ、その必要もあるまい。新たにわかったことは何もない。医者のほうから解剖医に連絡を入れ、われわれは現場に残された証拠を残らず集めた。何があったにせよ、ティムが誰かを裏切ったことは明らかで、犯人はおそらくエイプリル・スプリングズに住むやつだと思う」

この推測はわたしの理解を超えていた。「どうしてそう言えるの?」

署長は肩をすくめた。「おいおい、愛国者の木に人を吊るすことの意味を、まさか忘れてはいまい? 裏切り者のための場所だ。昔からずっとそうだったし、ここで何が起きたかを人々がいつか忘れる日まで、それは変わらんだろう」

考えてもみなかったことなので、わたしはひどく戸惑った。そう言われれば、たしかに象徴的な場所だ。でも、そこで疑問が生まれる。ティムは誰を裏切ったの?

「鋭い推理ね」わたしはつぶやいた。自分では意識しないまま、声に出していた。

そう言われて、署長は大いに照れた様子だった。「褒め言葉かい、スザンヌ?」

わたしは署長に笑顔を向けた。「やだ、わたしまで照れてしまう。捜査状況を教えてくれてありがとう」

「礼にはおよばん」署長は答えた。歩き去るグレースとわたしに向かって言った。「お母さんに〝おやすみ〟と伝えてくれ」

「はーい」

声の届かないところまで行ったとたん、グレースがわたしの腕をひっぱって訊いた。

「いまの、どういうこと？」

わたしは正直に答えた。「署長の推理が賞賛に値すると思ったから褒めたのよ。ティムがあの木に吊るされた意味に、わたしは気づいてなかったけど、まさに署長の推理のとおりだわ。人目につきかねない場所で、危険を承知であんなことをした理由として、多少なりとも納得できるものはそれしかないわ。裏切りは容認できないというメッセージを、誰かが伝えようとしたのよ。それが誰だかわかればいいんだけど」

「たしかにそうね」家が近くなったところで、グレースが言った。

母がポーチに立ってわたしたちを待っていた。

「すぐ戻ってきたでしょ」わたしは言った。「帰りを見張ってる必要なんてなかったのに」

「そうじゃないの」母が言った。「スザンヌに電話なの」

「ジェイクから？」

母は下唇を噛み、それから慎重に言った。「いえ、マックスから」

わたしは首をふった。電話の理由はわかっている。あの男は人から悪く思われるのが大の苦手なのだ。別れた妻も含めて。「こっちからかけなおすって言っておいて。怖い思いをしたあとだから、今夜はマックスと話す気になれないわ」

ところが、母はひきさがらなかった。わたしに電話を突きつけた。

「とにかく電話に出なさい、スザンヌ」

わたし以上にマックスを毛嫌いしている人間がエイプリル・スプリングズにいるとすれば、それはうちの母だ。どうしても必要と思わないかぎり、電話に出るようわたしを急かすことはないはずだ。「わかった、出るわよ」

母から電話を受けとった。「もしもし、スザンヌだけど」

「マックスだ」もとの夫が言った。

「わかってます。なんの用？」

「あのさ、今日の午後のことを謝っておきたかったんだ」

わたしは笑った。「うぬぼれないで。わたしはエミリーのことが心配だっただけ。あなたとはもう夫婦じゃないのよ。弁解してもらう必要はないわ。たとえ、あなたが弁解の必要を感じたとしても、わたしは聞きたいとも思わない。おわかり？」

「わかったよ。本気で言ってるのなら」

「本気よ。おやすみ、マックス」

「おやすみ」

「いまの電話、なんだったの？」グレースが訊いた。母も返事を聞きたがっているようだ。

「マックスがどんな男か知ってるでしょ」わたしは言った。「人の怒りを買うのが苦手なの」

「男の子はいつまでたっても男の子ね」グレースは言った。母がつけくわえた。「そして、けっして大人になれない子もいる」

5

母はカウチにすわって、先日から読んでいるミステリの最新作を手にとった。このところ、手工芸をテーマにしたミステリに夢中で、驚異的なペースでむさぼり読んでいる。「そんなに次々と読んだら、ごっちゃにならない？」わたしは訊いた。

「そんなことないわよ。このシリーズに登場するのはキャンドルだし、この前のはキルトだったし、つぎに読むつもりのシリーズはカード作りの世界なの。まるっきり違うでしょ」母は本を脇に置いた。「エミリーが見つかってよかったけど、ティムは気の毒に、殺されてしまったのね。あの二人には特別な絆があったのに」

「ティムとエミリーに？　知らなかったわ」

母はうなずいた。「エミリーが生まれたときから、ティムは伯父さんのようなものだったの。ティムとエミリーのお父さんが幼なじみでね、ティムはエミリーをずっと見守ってきたのよ」

「わたし、どうして知らなかったのかしら」

母はかすかに微笑した。「あなたはエイプリル・スプリングズで起きることを残らず知ってるわけじゃないもの」

「ま、わたしたちの片方が知ってるなら、それでいいわ」

母はしばらくじっとすわっていたが、やがて、低くつぶやいた。

「ティムがいなくなって寂しいわ」

「町じゅうの人が同じ気持ちだと思う。わたしもそうよ。こまごました修理をやってくれる人がいなくなってしまって、これからどうすればいいかしら」

母が一枚の紙をふってみせた。「その点は心配しなくていいかも。さっき帰ってきたとき、郵便受けにこれが入ってたわ」

〝便利屋《ハンディ》アンディ、エイプリル・スプリングズに初お目見え。仕事は迅速丁寧、地下室の漏水から屋根の雨漏りまで、家庭内のどんな修理でもおまかせあれ。とびきりの便利屋《ダンディ》をお求めなら、アンディにお電話を〟

その下に電話番号が書いてあり、工具箱を抱えて走りまわる男の鉛筆描きのスケッチがついていた。

ティムがあんなことになった直後にこの広告を目にして、なんだかぞっとした。古顔の便利屋が殺されたその日に新しい便利屋の広告が入るなんて、ずいぶん妙なこと。ハンディ・アンディの登場はとてつもなく奇妙な偶然のひとつにすぎないの？　この男がエイプリル・

スプリングズで便利屋を新規開業するにあたって、ライバルを消そうと決心した可能性がたとえわずかでもあるのではないかと、思わずにはいられなかった。荒唐無稽のような気もするが、ティムが亡くなったのは事実で、つまり、彼を殺した犯人がいるわけだ。事件の真相を突き止めようとすれば、いかに動機が薄弱であろうと、どの容疑者もなおざりにはできない。明日、アンディに電話をかけて、ティム・リアンダーの死についてどの程度知っているのか、探ってみることにしよう。

それはともかく、ふたたびドーナツ作りにとりかかる時間になる前に少しでも睡眠をとっておきたいなら、いますぐベッドに入ったほうがいい。寝る前にジェイクから電話がくるのを期待していたが、人里離れたところにいるのなら、携帯の電波が届かないかもしれない。とりあえず、恋人がいるというだけで満足しなくては。わたしのことを深く気にかけてくれる人、そして、わたしも心から大切に思っている人。かつては、どうにもならない絶望だけを抱えてベッドに入った夜が何度もあった。でも、いまのわたしなら、平穏に眠りにつくことができる。

午前一時二十九分、電話のベルに叩き起こされた。起床時間までまだ一分もあるのに。

「おはよう、お日さまくん」ジェイクの声を聞いて、眠気が吹き飛んだ。

「ジェイク。すごく会いたい」

彼の声はちょっと枯れていて、まるで、前日に長時間わめきちらしていたかのようだった。体調を崩しているのでなければいいけど。

「ぼくも」咳払いをしてから、ジェイクは言った。さっきよりまともな声になった。たぶん、こちらの取越し苦労だったのだろう。離れていると、ついよけいな心配をしてしまう。「なんとかしないといけないな」

ジェイクの声が楽しげな響きを帯びた。ちょっといたずらっぽい感じ。

「そちらの捜査は進んでる？　たしか、列車強盗を追いかけてたんでしょ」

電話のやりとりなのに、彼がニッと笑うのが伝わってきた。「じつはさァ、捜索隊を組織して、悪党どもを追い詰めてやったんだぜィ」西部劇ふうに巧みに語尾を延ばして、ジェイクは言った。

すごい。「どうやって見つけだしたの？」

「犯人追跡にあたって、警察の優秀なる捜査技術を駆使し、最新テクノロジーが現代の法執行機関に与えてくれる恩恵を残らず利用した」

「単に、幸運に恵まれただけでしょ？」わたしは笑いながら尋ねた。

「主として、木の枝が折れたり、茂みが踏みつぶされたりしてる場所をたどったにすぎない。犯人の二人組は森に慣れていないようで、おかげで、やつらを追い詰めるのにそれほど時間はかからなかった」

「犯人はどこに隠れてたの？」わたしは訊いた。ジェイクが上機嫌だと、こっちまでうれしくなる。いまの彼は浮き浮きした口調だった。

「森の奥にいまは使われていない猟師の野営地があって、警察が見つけたときは、そいつら、火のそばにうずくまって暖をとっていた。野営地に残された薪《まき》は苔《こけ》だらけで湿ってたから、やけを起こして、札束を燃やそうとするところだった。もしかしたら、ぼくらが現われたのを見て、ホッとしてたかもしれないな。抵抗する様子もなかった」

「犯人たちはたしか、四駆で逃げたんじゃなかった？　どうして逃亡に失敗したの？」

わたしは時計に視線を据えながら尋ねた。仕事の前にジェイクとおしゃべりできるのは、とっても貴重なこと。開店時刻までにドーナツ作りを終えるため、大車輪で働くことになっても、ちっともかまわない。

「ふたたびハイウェイに出ようとして、二台の四駆の片方を大破させ、その事故で犯人の一人が脚を骨折したらしい。それだけでも災難なのに、奪った金をもう一台のほうに積んで二人で逃げようとしたら、それもだめになった。車が故障してしまい、二人は疲労困憊《こんぱい》する前にようやく野営地にたどり着いたってわけだ。二人とも拘束され、一人はバンカム郡の留置場に放りこまれた。そして、もう一人はアッシュヴィルの病院。大冒険のあとで、二人にはしばらく別々の時間が必要だからね」

「で、わたしが仕事に出かける前にその報告をしたくて、ものすごく早起きしたわけ？　なんて優しいのかしら」

「そんなに褒めないでくれ」ジェイクは笑いながら言った。「まだベッドに入ってなかったんだ」いったん黙りこみ、それから続けた。「スザンヌ、きみがそろそろ出かけなきゃいけないことはわかってるけど、その前に質問したいことがあったんだ」

「なんでも訊いて」起きてベッドメーキングを始めながら、わたしは言った。

「今日の午後、何か予定が入ってる？」

ティムのことと、いつもの仲間でさっそく殺人事件の調査に乗りだしたことを、ジェイクに話したかったが、せっかくの楽しいおしゃべりに水を差す気にはなれなかった。それに、彼が何を予定しているかがわからない。「まだはっきりしてないけど。どうして？　何か計画でも？」

「きみさえよければ、早めの食事に誘おうかと思って。五時でどう？」

「すてき！　デートなのね」わたしは言った。それならティムの事件を調べる余裕もある。

「少しでも寝てちょうだい。デートのあいだ、ちゃんと起きててほしいから」

「いますぐベッドに入ることにする。ドーナツショップのほうが忙しくなる前に、きみと話したかっただけなんだ」ジェイクは最後のあたりであくびをこらえようとした。声の調子からすると、ひどく疲れているようだ。

時計をちらっと見たら、すでにかなりの遅刻だった。「ええ、最高のタイミングよ。顔を見るのが待ちきれないわ、ジェイク。電話してくれてありがとう」

「じゃ、そろそろ切るね」

「おやすみ」電話を切った。

急いでシャワーを浴び、仕事に出かける支度をしながら、ティムが殺された事件を調べる権利が自分にあるだろうかと考えこんだ。エミリーの失踪のときは、わたしが関係しているかのような目で見られたから、彼女の行方を自分で突き止めようとしたのも当然のことだと思った。だけど、ティムの死に関しては、わたしに指を突きつける者は一人もいない。事件に首を突っこむ権利がはたしてあるだろうか。

今回はやはり、調査から手をひくべきかもしれない。

でも、考えてみたら、ティムはわたしにとっても、グレースにとっても、エイプリル・スプリングズの人々にとっても、良き友達だった。みんながティムの死を嘆き悲しむことだろう。彼のことを大切に思っていた人々もいるはずだ。とくに、エミリーとの絆は強かったようだ。伯父がわりの人が殺されたことを知って、エミリーが果たして耐えていけるだろうか。

いつもの時刻に――わたしより三十分遅れて――ドーナツショップに入ってきたエマが、「おはよう、スザンヌ」と挨拶した。足を止めて、エプロンを着け、それからじっとわたしを見た。「今日はやけにうれしそうね。どうしたの？」きっと、わたしの様子がどこか違うことに気づいたのだろう。もっとも、どこが違うのか、わたし自身にはわからないけれど。いまはケーキドーナツ作りの最中で、安定したペースで作業が進んでいた。

「なぜそんなこと言うの？」作業台から小麦粉の残りをこそげとってゴミ容器に捨てながら、わたしは訊いた。

エマは笑った。「さあ、知らない。マスクでも隠せそうにないニタニタ笑いが、スザンヌの顔に広がってるせいかしら」

「罪を認めます」わたしは作業台をきれいに拭きおえて言った。「ジェイクが町に戻ってきて、今夜、早めの食事に出かけるのよ」

「あら、今日の朝刊にうちの店の広告が出るからだと思ってた」

「あ、そうだったわね」広告の件をほとんど忘れていた。以前〝ドキドキワクワクの火曜日〟という企画を立て、エマが型破りなブレンドのコーヒーを淹れて、わたしがそれに合う奇抜なドーナツを考案することにしたのだが、本格的なスタートはまだなので、《エイプリル・スプリングズ・センティネル》に広告を出すことにしたのだ。エマの父親のレイがわたしたちのために大サービスをして、料金の安いグラフィック・デザイナーを頼んでくれ、広告料も格安にしてくれた。今回の企画に関することはすべてエマにまかせることにしたので、わたし自身は広告を見ていない。エマに一任してもなんの不都合もないし、エマ自身、店の役に立ったという充実感が味わえるだろうと思ったのだ。

エマがうれしそうに微笑した。「広告を見るまで待っててね、スザンヌ。バッチリなんだから」

「楽しみだわ」いったいどんな広告なのか見当もつかないが、エマの興奮ぶりを見るだけで、わたしまでうれしくなってくる。彼女がいずれ大学に入ったときは、かわりの子を見つけるのに苦労するだろうが、それまでのあいだ、ドーナツショップで楽しく働いてもらえるよう、わたしも支えていくつもりでいる。

エマがしかめっ面になり、それから言った。「新聞が届くのをじっと待ってたら、頭がおかしくなりそう。スザンヌに見てもらうのが待ちきれない」バッグに手を突っこんだ。「これ、父が今日印刷してくれることになってる広告のゲラ刷りよ」

たたんだ紙を差しだしたので、わたしはそれを受けとり、丹念に目を通した。とても気に入った。楽しい雰囲気に満ちている。ユーモラスな広告にしたいというのが、わたしたちの一致した意見だったのだ。ドーナツとコーヒーカップが手をつないで踊っているイラスト。まわりに音符が浮かび、こんなコピーがついている。〝ドキドキワクワクの火曜日は、エイプリル・スプリングズのダウンタウンにある〈ドーナツ・ハート〉でドキドキワクワクしようね！　一ドル《バック》あれば、幸運《ラック》はあなたのもの！〟　わたしの好みからすると、ちょっとにぎやかすぎるけど、でも、どこか風変わりな魅力があって、けっこう気に入った。

そのとき、広告のいちばん下の細かい活字が目に入った。

エマが広告デザインにとりかかる前に、二人で相談し、コーヒーとドーナツのセットを頼んだお客にドーナツを一個サービスすることにした。それで一ドルという値段では、儲けは出ないけれど、それだけしか注文せずに帰るお客はたぶんいないはずだ。

ところが、ゲラ刷りの活字に問題があった。〝お一人さまに一個無料サービス〟ではなく、誰がどこで間違えたのか、十一個になっていた！　たとえ完売しても、今日は赤字だ。

「エマ、お父さんに原稿を渡す前にチェックした？」ゲラ刷りを彼女に返しながら、わたしは訊いた。

わたしの質問に、エマは怪訝な顔をした。「もちろんよ。最高の出来だと思わない？」

「最終チェックのときに、まったく手を入れなかったのね？」

エマは眉をひそめた。「何がいけないの、スザンヌ？　全部あたしの好きにしていいって言ってくれたじゃない。広告サイズや契約条件についてはスザンヌに相談したけど、あとのデザインはあたしの担当だったでしょ」

「お世辞じゃなくて、すばらしい出来だと思うわ」

「じゃ、何が問題なの？」

「広告のいちばん下を見てちょうだい」

エマはきょとんとした表情だったが、一分近くたってから、ようやく気がついた。真っ青になった。「これ、まだゲラの段階よ。父が訂正してくれたはずだわ。ぜったいそうよ」

「ゲラに変更を加えてもいいって、お父さんに言った？」

「ううん」エマは正直に答えた。涙声になりかけていた。「どうして見落としたのかしら」

わたしはエマの肩に軽く手を置いた。「もしかしたら大丈夫かも。お父さんに電話してみて」

エマはうなずき、携帯をとりだした。短いやりとりののちに、泣きそうな顔で電話を切った。望んでいた返事が得られなかったのは明らかだった。「父が言うには、客寄せの宣伝だろうと思ったんですって。スザンヌ、悪夢だわ。どうしよう？」

わたしは考えこみ、それから言った。「はっきり言って、打つ手はないわね。たしかにあなたのミスだけど、ミスは誰にでもあるものよ。わたしだって、呆れるぐらいミスを重ねてきたわ」エマの下唇が震えはじめるのを目にして、いまは泣きくずれる従業員の相手をしている場合ではないと覚悟を決めた。「心配しないで、エマ。大丈夫よ。ただ、念のため、お客が殺到したときの準備をしておかなきゃ。品切れになるのを避けるため、ドーナツを余分に作っておきましょう」

「コーヒーのブレンドはすんだわ。スザンヌが今日のために考えてたレシピは、もう完成してる？」エマが訊いた。

「うーん、冒険するのはやっぱりやめておこうかな」わたしはそう言いながら、レシピノートをざっと見ていった。定番ドーナツのレシピだけでなく、チャンスがあればいずれ試してみたいアイディアも書きとめてある。鮮やかな色彩のドーナツが目についた。紙に描いてみただけで、一度も作ったことはないが、これならエマの〝雷コーヒー〟にぴったりだ。「今日は虹色のアイシングをかけたオレンジケーキドーナツを作りましょう」

「まだ作った経験がないけど」

「ええ。でも、きっと、可愛くて陽気な仕上がりになるわ。虹のようなデコレーションをするだけで、あとは特別変わったことをする必要もないし」

「よさそうね」エマはふっと黙りこみ、それから続けた。「スザンヌ、ほんとにごめんなさい」

すんだことをくよくよ考えるのは、このへんでやめにして、開店前の作業に集中しなくては。「バカねえ、気にしなくていいのよ。さ、始めましょ。このドーナツ、きっと楽しく作れるわ」

「責めないでくれてありがとう」エマが言った。声に安堵の気持ちがあふれていた。

「もしかしたら、災い転じて福となるかもしれないわ。そもそも、広告を出す目的は、店にお客を呼ぶことにあったわけでしょ。これが客寄せにならなかったら、ほかにどんな手段があって？　よけいなことは考えないで、有意義な一日にしましょう。いいわね？」

「うん、わかった」エマが言い、わたしたちは作業にとりかかった。

「この店、いつもこんなに混んでるのかい？」

ようやくカウンターにたどり着いて注文できることになった新顔のお客が言った。中年男性で、胴まわりからすると、無料のドーナツを辞退したことは人生で一度もなかったに違いない。無料で十一個となればなおさらだ。ざっと計算してみると、一ドルでは高級ブレンドのコーヒーの原料費ぐらいにしかならない。この状況を知ったとき、コーヒー豆の質を落とそうとエマが提案したが、わたしとしては、できればお客をがっかりさせたくなかった。認めなくてはならないことがひとつあった。広告の目的が〈ドーナツ・ハート〉の集客力アップにあったのなら、まさに大成功だった。わたしは新たに考案中のレシピに目を通しておこうと思い、レシピノートをフロントのほうに持ってきていたが、見る暇もなかった。開店してからずっと客でごったがえしていた。表のドアをあける前から行列ができていたのは、ここで店を始めて以来、ほとんどなかったことだ。大量のドーナツとコーヒーを売ったものの、利益が出ているのかどうか、正直なところ、まったくわからない。大赤字にならないよう願ってはいるが、下手をすれば、もっと悲惨な結果になっているかもしれない。追加のドーナツを作るつもりはなかった。全部売れたら、それでおしまい。後日あらためてという予定もなし。早くも何人かのお客からそういう問いあわせがきていたが。

一ドル札を握りしめた男性を見て、わたしは言った。「ご冗談でしょ。今日は暇なほうなのよ」最後の言葉はふと思いついてつけくわえたものだった。まじめな表情を崩すまいと必死に我慢しながら。

「へーえ、すごいね」男性は周囲を見まわしながら言った。

空いている椅子やスツールはどこにもなかったし、何人かは窓辺や壁ぎわに立っていた。わたしはドーナツを売るときの条件をひとつだけ変更した。持ち帰り禁止。こうしておけば、半径百五十キロ以内のあらゆるオフィスにドーナツが運ばれるのを防ぐことができる。今回のミスの顚末《てんまつ》をみんなに説明すると、誰も文句を言わなくなり、店内が笑い声と笑顔でいっぱいになった。お客の多くは無料の十一個を一個か二個に減らしてくれた。もっとも、一個の値段で一ダースよこせと要求するお客もわずかにいた。そういうお客にはカウンターで食べてもらったが、五個か六個でギブアップする者がかなり出てきた。そこでルールを変えて、一ダース注文しても食べきれず、コーヒーも飲みきれなかったお客には、おまけの分の代金を払ってもらうことにした。これが功を奏して、無茶を言うお客はいなくなった。

今日は暇なほうだなどと、この男性に思わせておくわけにもいかないので、わたしは説明した。

「いまのはほんの冗談。今日は〝ドキドキワクワクの火曜日〟なんです。虹のドーナツを用意したんだけど、何時間も前に売り切れてしまいました。残ってるドーナツのなかから、お好きなものをなんでもどうぞ。コーヒーのほうも、〈雷〉がなくなったあとは、〈ハーモニー〉に切り替えて、いまは〈星明かり〉を出してるの。それもなくなったら、いつものブレンドに戻るしかないわ」エマは自分でブレンドしたコーヒーに風変わりな名前をつけるのが大好きで、わたしも火曜日のセレクションにちょっと謎めいた雰囲気が加わるのを歓迎している。

「スペシャルブレンドを一杯もらおう。ドーナツはあんたのほうで二個選んでくれ」男性はカウンターに一ドル札をすべらせた。わたしは最初のうち、一ドルに加えて税金ももらっていたのだが、太っ腹なお客が入ってきて、みんなの税金分だと言って五十ドルのチップをくれた。なんとも気前のいい人。お礼にドーナツ二ダースを渡すと、そのお客は喜んで受けとり、「もう少し空腹だったら、これを完食して二ドル払うだけですんだのになあ」と、笑いながら言った。

わたしはレモンクリームドーナツ一個と、定番のグレーズドドーナツ一個を選び、コーヒーを用意してから、トレイにのせて男性に渡した。「はい、どうぞ」

「ありがとう」男性は言った。列を離れる前に早くもレモンクリームのほうをつかみ、ひと口食べてから、わたしに笑顔を見せて言った。「うまい！　店のオーナーは誰だね？」

「わたしです。スザンヌ・ハートといいます」

「ハートにちなんで〈ドーナツ・ハート〉か。なるほど」もう一度ドーナツを大きくかじってから、男性は言った。「店の売却を考えたことはないかね？　わたしならいい値段を提示できる。フライヤー、調理器具、テーブル、椅子、レシピ、陳列ケースなど、すべて込みで。

店の名前も買いとろう」

わたしは店内を見まわした。どれだけお金を積まれても〈ドーナツ・ハート〉を売る気はないし、この店はわたしにとってかけがえのないものだと、あらためて思った。

「せっかくだけど、その気はありません。わたしにとって、ここはわが家ですもの」

男性は肩をすくめ、彼が立ち去ると同時に、わたしは「つぎの方どうぞ」と言った。

エマのミスのおかげで、刺激的な午前中になったことだけは間違いない。

一時間後、エミリー・ハーグレイヴズがベビーカーを押して店に入ってきた。わたしはどこの子のベビーシッターをやっているのかと訊こうとして、ウシとマダラウシとヘラジカがベビーカーにすわらされ、安全ベルトをしていることに気づいた。三匹ともサングラスをかけ、派手な色の帽子をかぶっている。正直な感想を言うと、なかなか小粋な姿だった。

三匹を見た瞬間、思わず口もとがほころんだ。「坊やたちを連れてお散歩?」

エミリーはうなずいた。「きのう、この子たちをほったらかしにして出かけてしまったから、せめてもの罪滅ぼしに」

わたしは声を上げて笑った。「ねえ、この町には、あなたのことを頭がおかしいんじゃないかって思ってる人たちもいるわよ。あ、わたしじゃないけどね。でも、人の噂ってどういうものか、あなたにもわかるでしょ」

エミリーはわたしににこやかな笑みを見せた。「何を言いだすのかと思ったら。そりゃね、自分でも常識はずれだと思うことはあるけど、誰にも弁解するつもりはないわ。楽しいんだもん。この楽しみがわからない人には、わたしのことも理解できないわね」ベビーカーを見おろして声をかけた。「そうでしょ、みんな」

わたしはほんの一瞬、三匹のなかのどれかが返事をするのを待った。あらあら、ほんとに頭がおかしいのは、エミリーとわたしのうちのどっちかしら。エミリーはわたしの背後の陳列ケースを見た。早朝からふだんの二倍の量を作ったのに、ケースはほぼ空っぽだった。

「あんまり残ってなくてごめんね」わたしは言った。「今日は大繁盛だったの」

「広告のミスのこと、聞いたわ。どれぐらいの損害になりそう？」こう訊かれたのはこれが初めてではなかった。しかも、訊いてくるのは小さな店をやっている人ばかり。自分の店を持つと、利鞘《りざや》がどんなに薄いかが、ほかの誰よりも骨身にしみてわかるものだ。

「いまはまだ考えたくないわ」わたしは答えた。「店を閉めたあとで、ざっと計算してみるつもり。陳列ケースの状態からすると、お客があと二、三人きたら閉めることになると思うけど。あなたも本日のスペシャルね？」

わたしがコーヒーを注ぎはじめると、エミリーは首をふって言った。

「あなたさえかまわなきゃ、ドーナツ一個とコーヒー一杯のほかに、お願いがひとつあるの」

わたしは向きを変えてエミリーにコーヒーを渡した。「お願い?」

エミリーは声をひそめ、ベビーカーを脇へどけて、わたしのそばにきた。

「スザンヌ、ティムおじさんの身に何があったのか、あなたに調べてもらいたいの」エミリーの目に涙が浮かび、声がわずかに震えた。

「無理よ、そんな」わたしは答えた。でも、お節介はやめようと何度も心に誓いながら、じつはエミリーと同じことを考えていた。できれば事件から離れていたいけど、それができるかどうか自信がない。

「お願い。前にも事件を調べたことがあるじゃない、スザンヌ。警察署長のほうで通常の手がかりを残らず追ってくれることはわかってるけど、あなたには、署長とはべつの角度から物事を見る才能があるわ」苛立ちを顔に浮かべて、エミリーはさらに続けた。「犯人がこのまま逃げてしまうなんて許せない。でも、どうすればいいのかわからないの。お願いだから断わらないで」ベビーカーに手を伸ばしたので、マダラウシを抱きあげる気かと思ったが、そうではなく、なかから封筒をとりだした。「この子はわたしの警備担当の牛なの」マダラウシをもとの位置に戻しながら、エミリーは説明した。一瞬、封筒を握りしめ、それからカウンターに置いて、わたしのほうにすべらせた。「受けとって」

言われるままに受けとり、あけてみると、二十ドル札と五ドル札が詰まっていた。

わたしは封筒を彼女に向かってふり、「なんのお金?」と訊いた。

「あなたの協力に対するお礼よ。わたしにとって、それぐらい大切なことなの」

わたしは封筒をエミリーの手に押しもどした。「だめよ。受けとれないわ」

エミリーは落胆の表情になった。「協力してもらえないってこと？　ほかに誰に頼めばいいの？」一瞬ためらい、それから訊いた。「マックスのことがあるから？　彼とはもう終わったわ。ほんとよ」

まあ、ついに口にしたのね。これで遠慮なく話ができる。「エミリー、マックスに誘われてつい応じてしまったことを弁解する必要はないのよ。わたし自身、誰よりもよく知ってるもの。気にしないで。何も弁解しなくていいのよ」

「だったら、どうして協力してくれないの？」

「できる範囲でやってみるわ」わたしはエミリーの手を軽く叩いた。「でも、あなたのお金は十セントだって受けとれない。友達のあいだでそれはないでしょ。具体的なことは何も約束できないけど、やれるだけやってみる」

エミリーの顔に大きな安堵の表情が浮かんだ。「ありがと。ほんとにありがとう」

自分がどこまでやれるのか、どうにも自信がないけど、エミリーに手を貸そうとすることで彼女が心の安らぎを得られるなら、知らん顔はできない。

店を出ようとした彼女に、わたしは言った。「ちょっと待って。まだドーナツを渡してなかった」

「ありがとう。でも、コーヒーだけで充分よ」

残っていたドーナッツはつぎの二人のお客が受けとった。時刻は十時半をすぎたばかりだった。〈ドーナツ・ハート〉は新記録を打ち立てようとしている。売上げ記録ではなく、完売までの最短時間という記録を。

「そろそろ閉店します」店に残っていたお客に告げた。「ご来店、ありがとうございました」

「でも、閉店時刻までまだ一時間半もあるわよ」店のドアに出ている営業時間を見て、マギー・ブレントウッドが言った。

「ほんとはね。でも、ひとつだけ問題があるの。売るものがもうないんです」わたしは答えた。「ドーナツは完売、コーヒーもほとんど残っていません。本日のドーナツとコーヒーを楽しんでいただけたことと思います」

驚いたことに、店に残っていた十人のお客全員が拍手を始めた。たとえ赤字になるとしても、やはり広告の内容どおりに実行してよかったと思った。

〝閉店します〟という言葉をエマが厨房で聞いていて、わたしが最後のお客を送りだしてドアをロックすると、背後にやってきた。

「スザンヌ、朝からずっと考えてたことがあるの。頼みを聞いてもらえるといいんだけど。あたしのミスなんだから、今日のバイト代は返上します。多少は赤字減らしになるかもしれない」

わたしは思わず笑顔になり、エマを抱きしめた。

「エマ、そんなお願いは聞けないわ。今日は二人とも、これまでで最高にがんばって働いたのよ。むしろ、わたしたち両方がボーナスをもらわなきゃ」

エマは身をひいたが、わたしと目を合わせるのを避けていた。「どれぐらいの赤字になったの？」

わたしは考えこみ、それから答えた。「正直なところ、まだわからない。でも、たとえ大赤字だとしても、宣伝効果は抜群だったわ。当分のあいだ、町じゅうが今日の噂で持ちきりでしょうね」

ところが、そう言われてひきさがるようなエマではなかった。

「スザンヌ、はぐらかすのはやめて。材料費なんかはきちんと見積もってあるでしょ。だから、今日の経費がどれぐらいになるのか、おおよその見当はつくはずだわ」

それは否定できなかった。店をオープンした当時から、経費を意識するよう心がけてきたので、今日だって、お客にドーナツを提供するために使った材料費をざっと推測するように言われれば、たぶん数ドル以内の誤差で金額をはじきだすことができるだろう。

「さっきも言ったでしょ。気にしなくていいって。このつぎ広告を出すときに気をつければすむことよ」

エマは信じられないと言いたげにわたしを見た。「また広告を出すつもりなの？」

わたしはエマを抱きしめて、それから言った。「もちろん。ただし、つぎのときは、新聞社へ送る前に、わたしにも目を通させてね」つぎに広告を出すときは、エマがうっかりミスをする可能性は百万にひとつもないだろうが、またしてもミスをした場合のことを考えて、二人で平等に責めを負うようにしておいたほうが、こちらとしても気が楽だと思ったのだ。

「わかった、そうする」エマは言った。「ところで、次回はハワイアンをテーマにしようかと思ってたの。パイナップルとココナツを使ったドーナツを何か考えてくれる？　それに合わせるなら、コナコーヒーがぴったりだわ。店内をハワイふうに飾りつけて、買ってくれたお客さんにプラスティックのレイをかけてあげるとか」

「いいわねえ。楽しそう。さてと、二人とも今日の収益を知りたくてたまらないわけだから、あなたが最後のお皿を洗うあいだに、今日の売上げデータをチェックしておくわ」

「了解」

エマが奥へ姿を消すと同時に、わたしはレジまで行き、今日の分の精算にとりかかった。そろそろ、店がどれほど打撃を受けたかを見てみなくては。

6

レジの売上げデータに目を通し、その合計額を引出しに入っている現金と突きあわせてみた。二つの数字には大きな隔たりがあり、どう調整すればいいのかわからないほどだった。朝のあいだ、多くのお客から〝釣りはいらない〟と言われて、金額を数えようという気もなしに、レジの引出しに放りこんでおいた。ドーナツ作りにかかった経費をざっとはじきだし、つぎに、現金総額からその分を差しひいた。

結果を知らせたくて、奥にいたエマを呼んだ。

エマは陽気な笑みを浮かべて出てきたが、わたしが売上げデータを手にしているのを見て、たちまち笑みをひっこめた。

「どれぐらいひどかったの？」

「データの数字と現金の額に大きな差があるの」わたしは言った。

エマはその知らせにショックを受けた様子だった。

「どういうわけで？　またあたしのミス？」

わたしは首を横にふった。「あなたがレジに手も触れていないことは、おたがいにわかってる。だから、ここで何かミスがあったとすれば、すべてわたしの責任よ。お釣りはいらないって言った人が何人いたのか覚えてないけど、朝から大忙しだったでしょ」

「それで、金額は？」エマが知りたくてうずうずしているのは明らかだった。

「二百十ドル」わたしは大真面目に言った。

エマは愕然とした。「あんなにたくさん売ったのに、たったそれだけ？　あたしが予想してたよりさらに少ない。ほんとにごめんなさい」

わたしは微笑を隠しきれなくなった。「そうかしら？　あれこれ考えあわせると、今日の純益としては上々だと思うけど」

エマはまさかという顔になった。「利益が出たっていうの？　どうしてそんなことが？」

「大きなお札で払って、お釣りはいらないって言った人が、思ったより多かったみたい。それと、忘れちゃだめよ。特別サービスにつけこもうとした人たちから、代金をしっかりもらったし、ほかにもいろいろ売れたしね。全体としては、満足すべき結果だったと思う」

「さっきの金額だけど、チップジャーのお金も含まれてるの？」エマが訊いた。

何人かのお客からリクエストがあったため、二、三カ月前から店にジャーを置くようになり、エマは遠慮したが、わたしが説得して、ジャーに入ったお金はすべて大学へ行くための資金にすることにした。「いけない、チップのことを忘れてた」わたしは言った。

「それも足しましょうよ。含めるべきだわ」

「あなたの大学進学の資金なのよ」

「スザンヌ、ミスをしたあたしがいけないのに、そんなことで口論するつもり？」

そう言われてわたしは考えこみ、エマの言うとおりだと気がついた。誰もがミスをするのは事実だが、ミスの償いをするのも大切なことだ。そうしないと、ミスがなんの教訓にもならない。

「はいはい、降参。今日だけは、チップを売上金に加えることにするわ。いくらあるか数えてくれる？」

エマはチップを数え、誇らしげに告げた。「百ドル近く入ってた」

「だったら、大儲けの一日だったわね」わたしは言った。嘘みたい。理由はひとつしか考えられない。店のお客と友人たちの気前のよさのおかげだ。この人たちがいなかったら、〈ドーナツ・ハート〉はドーナツを買いに寄るだけの、どこにでもある店になってしまうだろう。

銀行の入金票の記入をするわたしに、エマが言った。「バカな子だって思われるかもしれないけど、ひとつ質問させて。次回も同じようにやってみる？」

エマの大胆さに、わたしは思わず苦笑した。「ドーナツを一個買えば、十一個おまけするってやつ？　冗談は言いっこなし。今回はたまたま運がよかったのよ。下手をすれば悲劇になってたかもしれない」

「うまくいったから、ちょっとハッピーな気分なの」エマは言った。

「わたしも」

エマが皿洗いを終え、フロント部分の掃除をすませると、わたしはすぐに彼女を帰らせた。わたしも掃除を手伝おうとしたのだが、エマがこれも償いのうちだと言いはったので、口論は控えることにした。ふだんの日にこんなに早く仕事が終わったら、これから何をしようかと悩むところだが、今日はエミリー・ハーグレイヴズに依頼されたことがある。約束を破るわけにはいかない。ティムの身に何があったのかを突き止めるのに、全力を傾けなくては。ただ、一人では何もできない。

いつもの仲間が必要だ。

ジョージとグレースという援軍を召集するときがきた。


驚いたことに、二人ともグレースの家にいて、フロントポーチで話しこんでいた。

「あら、お邪魔じゃなかったかしら」ステップをのぼり、二人のそばまで行って、わたしは尋ねた。

「気をつけて。手すりがぐらぐらだから」グレースが言った。

「じゃ、事件のあった日にティムを待ってたのは、その修理のためだったの？」

「ううん。裏のデッキを広げたくて、ティムに相談するつもりだったの。手すりがぐらぐらなのは、アンディのためにジョージとわたしでネジをゆるめたからよ」

「どうしてそんなことを？」二人とも頭がおかしいんじゃない？

ジョージがチラシをかざしてみせた。母が見せてくれたのとまったく同じだが、こちらは鮮やかな緑色の紙に印刷されている。「便利屋《ハンディ》アンディに見積もりを頼もうと思ってな」ニッと笑ってジョージは言った。

「そして、アンディがここにいるあいだに、ティムの件で彼を質問攻めにしようっていうのね」感心してうなずきながら、わたしは言った。

「わたしは遠慮しとこう」ジョージが言った。「わたしがいると、アンディが怪しむかもしれんから、家に入ることにする。グレース一人が無力にたたずむって筋書きだ」いまにも噴きだしそうな顔でジョージが言ったので、わたしも思わずうなずいた。グレース・ゲイジにはいろんな面があるけど、無力というのは、リストの上位千位以内にすら入っていない。

「ちゃんとやれる？」わたしは訊いた。

「何言ってるの？」グレースはわたしたちに向かってまつげをパチパチさせた。「あなたも知ってるでしょ。わたしは生まれついての女優なの」

「無力な女だと誰かに信じこませるには、メジャーリーグ級の演技力が必要よ」

「まかせといて。それに、あなたよりわたしのほうが上手にできるに決まってる。あなたなんか、脚を骨折して、脳震盪《のうしんとう》を起こしたって、無力に見せる演技は無理だわ」

「あら、わたしだってできるわよ。学芸会のときは、いつもあなたと一緒に出たじゃない」

「判断は審判にまかせましょ」グレースは言った。「ジョージ？」

「悪いな、スザンヌ」ジョージは両手の人差し指をグレースに向け、彼女が勝者だと示した。

「ところで、あんた、なんでここに？」

「まあ、ありがとう」わたしは言った。「友人たちに歓迎されてると思うと、とってもうれしいわ」

「どういう意味かわかってるくせに。少なくともあと一時間は店があるはずだろ」

わたしはできるだけ悲しそうな顔をして説明した。「いつもはそうなんだけど、あの広告のせいで、ドーナツが全部売れちゃったの」

「広告のことなら、わたしたちも聞いてるわ」グレースとジョージの顔が曇った。

「大変だったな」ジョージが言った。

「同情してくれなくてもいいのよ」わたしはニッと笑った。「結果オーライだったから。さて、どっちが最優秀女優賞かしら」

「やっぱりわたし」グレースが微笑して答えた。

わたしはあたりを見まわした。「はいはい、譲ります。ハンディ・アンディがやってきたら、わたしはどこにいればいい？」

「一緒に家に入ってくれ」ジョージが言った。「窓があいてるから、グレースたちのやりとりは残らず聞こえる」

「それはいいわね。ポップコーンとソーダ水も用意してくれる？」

グレースは首を横にふった。「あーあ、二人に見られてると思うと、最高の演技ができなくなりそう」

「あら、あなたなら大丈夫よ。でしょ？」

「よくおわかりね」

「ハンディ・アンディは何時にくる予定？」

ジョージが答えた。「あと十五分ぐらいかな。身を隠す時間は充分にある」

通りのほうへ目をやると、車体に派手なステッカーを貼った小型トラックがやってくるのが見えた。「早めにきたようよ」わたしはジョージに手を貸して立ちあがらせた。「急いで家に入らなきゃ」

ジョージとわたしがようやく窓辺に身を隠したとき、小型トラックがグレースの家の前で止まった。いつもは活動の中心に身を置くのが好きなわたしだけど、たまにはのんびりすわって、ほかの誰かが動きまわるのを見物するのもいいものだ。

さて、いよいよショーの始まり。

トラックから若い男がおりてくるのが、この特等席からよく見えた。赤いシャツ、ぱりっとした新品のブルージーンズ、そして、白い帽子。アンディはどうやら、アメリカ国旗の配色をとりいれて、愛国者っぽいスタイルをめざしているらしい。

アンディがグレースに近づいて帽子を軽く傾けるのを見たときは、信じられない気がした。「おはようございます」彼が挨拶した。近くで見ると、二十歳そこそこの感じだったので、修理方法をちゃんと知っているのかどうか心配になった。わたしの知りあいの便利屋さんはたいてい、もっと年上だ。でも、年齢だけで判断してはならないことは、わたしも知っている。

アンディはしばらくグレースに視線を据えた。未来のお得意さんを見つめるにしては、いささか無遠慮な視線だった。「おたくがミセス・ゲイジ?」と訊いた。

「正確に言うと〝ミス〟だけど、グレースって呼んでちょうだい」

「グレース。いい名前だな。あなたに似合いだ」アンディはサーファーに目を光らせるサメのように、もうしばらくグレースを見ていた。笑顔になったが、どこか脂ぎった印象だった。

「グレース、アンドリュー・マーティンっていうんだ。よろしく」

「よろしくね、アンディ」彼を寄せつけないようにしながら、グレースは差しだされた手をとった。アンディがなかなかグレースの手を放そうとしないので、わたしは、グレースがどんな表情をしているのか見てみたくなった。信じられないほど長い握手のあとで、グレースはようやく手をひっこめることができた。

「じゃ、問題点を相談してもいいかしら」

アンディは手にしたクリップボードを見た。「ええと、ポーチの手すり修理の見積もりを頼みたい。そうですね？　じゃ、ちょっと見せてもらいましょうか」

グレースがジョージと二人でネジをゆるめておいた手すりに近づくのを、わたしはじっと見守った。そこに手をかけて、グレースは言った。「ちょっとぐらぐらするの。ほらね」

アンディは片膝を突いて、手すりを支えている横木を調べた。三十秒ほどしてから、顔をしかめ、立ちあがった。「思ったより深刻なようだ」

「ネジか何かの単純な問題じゃないわけ？」グレースが訊いた。純真そうなその口調ときたら、まったく信じられない。

アンディがもったいぶった表情を作ろうと必死になっているのが、こっちには丸見えだった。「もっと厄介です。アンカーボルトが紛失してるし、手すりが倒れないようにするには斜めの支柱が必要だ。大々的な補修作業が必要ですね」

「費用はどれぐらいかかるかしら」恐怖と狼狽に震える声でグレースが訊いた。手すりをわざとぐらぐらにしておいたことを彼女が言わずにすませたのが、わたしには信じられなかった。わたしだったら、はたして口を閉じていられたかどうか……。やっぱり、グレースのほうがこの役柄にぴったりの女優だ。

アンディはシャツのポケットから電卓をとりだすと、数字を叩きはじめた。〝十《プラス》〟のボタンを押しながら、数字の内訳を説明した。「ええと、アンカーボルトが六十八ドル、支柱が百五十ドル」グレースのほうへ顔を上げ、笑みを浮かべてつけくわえた。「けど、特別におまけ。税金と工事費はサービスしときます」ふたたびボタンを押して、最後に言った。「合計二百十八ドルだけど、二百ドルちょうどでいいですよ」

「どうしようかしら。困ったわ。ずいぶん高いのね」

「あなたの安全を、あるいは、来客の安全を考えれば、安いもんです。誰かがこのポーチから落ちたせいで訴訟なんか起こされたら、はるかに莫大《ばくだい》な出費になってしまう」

「しばらく考えさせてね」グレースは躊躇《ちゅうちょ》しながら言った。この場ですぐにアンディをポーチから突き落とそうとしなかったことが、わたしには信じられなかった。

アンディは紙に何やら走り書きをして、それをグレースに差しだした。

見積額を書いときました」しばしためらい、それから言った。「支払いが大変だったら、二人で何か方法を考えるって手もありますよ」

「きてくれてありがとう」グレースは言った。「こちらからまた連絡するわ」

「電話をもらうのが待ちきれないな」アンディはそう言って、トラックに戻っていった。

「ブタが満月に向かって遠吠えでもしたら、あの男に電話すればいいわね」もう一刻も口を閉じておけなくなって、わたしは言った。

「シーッ。まだ近くにいるわよ」グレースがいった。

もうしばらく待つと、ようやくトラックが走り去った。ジョージとわたしがポーチに出ると、グレースの顔に心配そうな表情が浮かんでいた。「わたしたちの手でわざとネジをゆるめておいたのは事実だけど、あの男の判断も正しいんじゃないかしら。自信満々の口調だったわよ」

「あれは詐欺師《さぎし》だ」ジョージがドライバーをとりだし、ネジを固く締めながら言った。締めおえてから、手すりの具合をたしかめた。「岩のように頑丈だ。やつの言葉はまったくのたわごとさ。ティムはこのポーチを頑丈に造ってくれた。あんたのために、ハリケーンがきてもびくともしないものを造ろうとしたんだ」

「マーティン署長に電話して、アンディにはティムを殺す大きな動機があったって報告しなきゃ」グレースが言った。

ジョージは首をふった。「暴利をむさぼろうとする業者ではあるが、ティムの死に関係していることにはならない」

「でも、容疑が完全に晴れるわけじゃないわ」わたしは言った。

ジョージもうなずいた。「心配するな。わたしもまだ、やつを容疑者からはずそうとは思っていない。とりあえず、アンディがやってることを、署長に知らせておく必要がある」

「ティムの死を望む人間というと、ほかに誰がいるかしら」グレースが訊いた。

「そこが問題ね」わたしは言った。ティムは町のみんなの暮らしになくてはならない人だったが、意外にも、彼の私生活に関してわたしが知っていることはほとんどない。「ティムの女性関係について、誰か知ってる人はいる？」

「交際相手がいたとは思えんが」ジョージが言った。

「それはどうかしら。誰かとつきあってるって噂が、何年も前から流れてたわよ。相手の名前までは聞いてないけど」

グレースが尋ねた。「ティムが長いあいだみんなに秘密にしてたのなら、どうやって探りだせばいいの？」

この町最強の情報源に頼るのは気が進まなかったが、それ以外に方法がなかった。

「ギャビー・ウィリアムズに話を聞くしかないわね。エイプリル・スプリングズの誰よりも情報通だから。さすがの母も敵わないわ」

わたしの提案を聞いて、ジョージは脚がズキンと痛んだような顔をした。

「では、こうしよう。あんたたち二人はギャビーと話をする。わたしはわれらが友人アンディを調べることにする」

「あんな男、友人とは呼べないわ」グレースが言った。

「さあ、どうかしら」わたしは薄笑いを浮かべて答えた。「あなたともう少し仲良くしたそうな顔だったわよ」

グレースは顔に広がった嫌悪の表情を消すことができなかった。

「わたし、目下、恋人募集中ではあるけど、アンディは〝もしかしたら〟のリストにも入らないわ。なんか脂ぎった感じだし」

「支払いプランを一緒に立てようって誘われたときに、あなたが彼の目に黒あざを作ってやらなかったのが、わたしには信じられなかった」

ジョージが言った。「黒あざはこっちで担当しよう。やつがわたしのそばにきたら、杖で殴りつけてやる」

わたしはよく磨かれた頑丈そうな杖にちらっと目をやり、正しく使えば、かなり威力を発揮しそうだと思った。「たしかに武器になるわね」

「そうとも。きみたち二人も用心しろよ」ジョージはそう言うと、手すりをしっかり握りしめて慎重な足どりでポーチからおりた。

「そっちこそ」わたしは言った。

ジョージが帰ったあとで、グレースに言った。「わたしと一緒にギャビーにタックルする準備はできてる？　それとも、わたし一人で行くほうがいい？」

「一緒に行くのはかまわないけど、わたしがいないほうが、いろいろ聞きだせるんじゃないかしら。それに、わたし、この件に深入りする前に、仕事関係の電話をいくつかかけておかないと。ギャビーとの話が終わったら、うちに戻ってきて、二人でランチにしない？」

「弱虫」わたしは笑顔で言い、グレースに向かって舌を出してやった。

「よくおわかりね」グレースは笑った。

ジープはグレースの家に置いて、ギャビーの店まで歩くことにした。エイプリル・スプリングズはこぢんまりとまとまった町なので、こういうときはとても便利だ。わたしも以前は、ジープなんかまったく使わず、どこへ行くにも歩いていた時代があった。

一刻も早くギャビーに会いたいわけでもないし。ギャビーを相手にするのは地雷原に足を踏み入れるようなものだ。彼女の店に徒歩で向かいながら、いまから始まるやりとりに備えて気をひきしめた。

〈リニュード〉に入ろうとして、表のウィンドーに飾られた最新の服の数々に驚きの目を向けた。ギャビーはどこで商品を仕入れてくるの？　この店で扱っているさほど着古されていない衣料のなかに、エイプリル・スプリングズの住民の持ちこみ品がほとんどないことは間違いのない事実だ。よその街の業者と取引してるの？　それとも、ここの商品にはもっと謎めいた背景があるの？　ギャビーにその点を問いただす勇気はないし、今日もその話題を持ちだすつもりはない。情報をひきだすのが目的だもの。

店に入ると、ギャビーは接客中だったので、衣類が並んだ棚をざっと見ていった。ふだんはほとんどブルージーンズにTシャツのわたしだが、たまにおしゃれしたくなることがある。ジェイクと出かけるときはとくに。すてきなブルーのブラウスが見つかった。ジーンズに合いそう。サイズもぴったりなのを見て心が動いた。奥の試着室に持って入った。着てみようとしたそのとき、となりの試着室から声が聞こえてきた。

「彼のことがどんなに好きでも、もういいじゃない。めそめそ泣くのはやめましょうよ」若い女性が言っている。どこかで聞いたような声だが、誰の声かはわからない。「世間からなんて言われると思う?」やりとりの様子からすると、友達が男性関係で悩んでいるようだ。

やがて、もう一人のほうが返事をするのを聞いて、わたしは自分の意見を変えた。どうやら、娘が母親にアドバイスしようとしているらしい。母親がためらいがちに答えた。「涙が止まらないの。あの人がいないと辛くって」

「ママのほかに、この郡に女が二人もいたのよ」娘が言った。そうした状況への軽蔑を隠そうともしていない。「しっかりしてよ、ママ」

「ティムが三人と同時につきあってたなんて、いまでも信じられない」

な、なんなの? それってティム・リアンダーのこと? ティムがドンファンだったなんて信じられないけど、考えてみれば、ドーナッツショップをオープンして以来、エイプリル・スプリングズでそれ以上に不思議なことが起きるのを、わたしは何度も目にしてきた。

ドアに視線を貼りつけていると、しばらくして女性たちが試着室を出て売り場に戻り、服選びを再開するのが見えた。どこかで聞いたような声だと思った理由が、いまようやくわかった。

若いほうは病院勤務の看護師で、わたしも親しくしているペニー・パーソンズ。年上の女性がお母さんに違いない。

試着室を出て二人のところへ行こうとしたが、ギャビーに邪魔された。

「気に入った?」ギャビーが訊いた。

なんのこと? 立ち聞きがばれてしまった? 「何が?」

ギャビーはわたしが手にしたブラウスを指さした。「そのブラウスよ、もちろん」

となりの試着室の会話を聞きとるのに必死だったので、ブラウスのことはすっかり忘れていた。「正直なところ、ちょっとねえ……」

「何を迷ってるの? あなたにぴったりだわ」

店の表のほうからペニーの声がした。「ありがとう、ギャビー。またくるわ」そして、女性二人は出ていった。ペニーの視線が一瞬こちらに向いたが、わたしはすでに試着室にひっこんでいたので、向こうが気づいたかどうかはわからなかった。

「お待ちしてます」ギャビーは大声で言った。

わたしに視線を戻すと、じっと見てから尋ねた。

「スザンヌ・ハート、いましがた、何を耳にしたの?」

「なんのこと? 質問の意味がさっぱりわからないわ」立ち聞きがギャビーにばれてしまったに違いない。でも、白状するつもりはなかった。

ギャビーはわたしからブラウスをとりあげた。「嘘ついてもだめよ。五分近く試着室にこもってたのに、着てみようともしなかった。タグが胸ポケットに入ったままだもの。タグをどけないとハンガーがはずせないのよ。ましてや、試着なんかできるはずがない。だから、もう一度質問よ。何を耳にしたの？」

これ以上否定しても無駄なだけ。それに、ギャビーの店にやってきたのは、いろいろ探りだしたかったからだ。そうでしょ？

「ペニーのお母さんがティム・リアンダーとつきあってたみたい」

「知ってたわ」ギャビーは得意そうな顔になった。

「あら、そう。でも、ティムの交際相手がほかに二人いたことは知ってた？」

ウフッ。ギャビーは眉をひそめた。「想像もしなかった。どこの誰なの？」

ギャビーの知らないことを知ってるって、いい気分。もっとも、うれしさを顔に出さないよう必死に抑えたけれど。「知らない。でも、かならず突き止めてみせるわ。ねえ、ギャビー、ティムの死を望んでた可能性のある人というと、誰がいるかしら」

「交際してた女性三人のほかに？　わたしに思いつけるのは、オーソン・ブレインぐらいね。昔は親友だったけど、二年ほど前から犬猿の仲になったみたい。二人のあいだに何かあったのね。賭けてもいいけど、きっと何か大きなことだったんだわ」

わたしはオーソンと個人的なつきあいはないが、ここ数年間に何回か彼の噂を聞いたことはある。

「どこへ行けば会えるかしら」

ギャビーはむずかしい顔になり、それから答えた。

「わたしの推測だと、たぶん〈ゴー・イーツ〉に入り浸ってるわね」不潔なみすぼらしいダイナーだというのは知っているが、そこへ食事に出かけたことは、十代のころ以来一度もない。

「いろいろ教えてくれてありがとう」わたしはブラウスを返そうとした。

ギャビーは受けとろうとしなかった。「家に持って帰って。気に入ったら、代金は明日でいいから。気に入らなかったときは、朝のうちに返しにきて。ただし、早すぎるのはだめよ。あなたのようなとんでもない時間帯で生活してる人間は、どこにもいないんだから」

「仕方ないでしょ。生活のためだもの」

ギャビーがブラウスをハンガーからはずし、店の袋に入れてくれたあとで、わたしはグレースの電話が終わったかどうか様子を見るため、歩いて彼女の家に向かった。

爽やかな日で、気温は二十度ぐらい、カロライナ・ブルーと呼ばれる青空には雲ひとつないのに、わたしはその天候に気づきもしなかった。ほかのことで頭が一杯だった。ティムに関する意見を聞こうと思ってギャビーの店へ行ったのに、早くもそれ以上の収穫があった。ティム・リアンダーについて、生前、個人的なことはあまり知らなかったのに、今回の殺人事件をきっかけに、長年にわたって親しいつもりでいたこの便利屋について、裏の事情をあれこれ知ることになりそうだ。わたしの知っていたにこやかで有能な男性と、その人生を探るにつれて浮上してくる事柄とを一致させるのは、むずかしいことだが、よく考えてみれば、どんな人でもそれぞれ秘密を抱えているものだ。

それに、誰がティムの死を望んだかを突き止めるためには、好むと好まざるとにかかわらず、彼の秘密を探らなくてはならない。

7

グレースの家の玄関をノックすると、ちょうど彼女が電話を終えようとするところだった。グレースはわたしのほうに片手を上げてから、電話に向かって言った。「メレディス、今日の欠勤の理由はどうでもいいわ。とにかく、解雇されないうちに、着替えて出社なさい。あなたのタイムシートをチェックしたいから、五時までにわたし宛てにメールすること。わかった？」

グレースが電話を切ったあとで、わたしは言った。「ワオ、ずいぶんきびしいのね」

グレースは顔をしかめた。「ほんとのこと言うと、クビにすべきなんだけど、人事部への書類を作成するのが面倒でね。メレディスは気が向いたときしか働かないの。ま、気の向く回数がいまより多くなれば、べつにかまわないんだけど。わたし、自分は怠け者だって思ってたけど、メレディスときたら、ベッドから出ようともしない日がほとんどなのよ。わたしは怠け者かもしれないけど、自分の仕事だけはいつもきちんとやってきたわ」グレースはわたしが手にした袋を指さした。「ギャビーのお店へ行ったついでに、服も買ってきたの？」

「何か買えば、話をひきだしやすいかと思ったの」わたしは言った。かならずしも真実とは言えないが、グレースにそれ以上のことを答えるつもりはなかった。

「わあ、見せて」グレースが言ったので、わたしは袋からブラウスをとりだし、胸にあててみせた。

グレースはしばらくしげしげと見てから言った。「うーん、なんとも言えないわね。サイズはどうだった？」

「白状すると、試着してないの」

グレースは低く口笛を吹いた。「なんとまあ、大胆な。ギャビーは返品を受けつけない人なのよ」

すっかり忘れていた。「でも、気に入らなかったら、明日返しにきていいって言ってくれたわ」わたしは正直に言った。

「あーら、ギャビーはきっと、あなたのことがお気に入りなのね。ティムについて質問するチャンスはあった？」

わたしはうなずいた。「いくつかわかったことがあるわ。あなたはたぶん気に入らないと思うけど。エミリーも、わたしの話を聞いたらムッとするでしょうね」

「ティムが何をしたというの？」

「どうやら、三人の女性と同時進行してたみたい」

わたしがグレースのどんな反応を予想していたのか、自分でもよくわからないが、まさか楽しげな歓声が返ってくるとは思わなかった。「ティムってば、女たらしだったのね」

「ティムの肩を持つつもり？」グレースの反応になぜ狼狽したのか、よくわからないまま、わたしは言った。

グレースは軽く首をふった。「そんなこと言ってないわ。正直なところ、わたしが口出しすべきことではないと思う。ただ、ティムが孤独なんじゃないかって、いつも気になってたの」

「その心配はまったくなかったことが、これではっきりしたわね。二股どころか三股もかけてたことを、ティムが相手の女性たちにちゃんと言ってたのならいいけど」わたしはギャビーから聞いたことについて考え、それからグレースに尋ねた。「あなた、オーソン・ブレインと関わりあったことはある？」

「ずいぶん唐突な質問ね、いくらあなたでも。面識はあるけど、友達づきあいはしてないわ。どうしてそんなこと訊くの？」

ギャビーから聞いたことをグレースにも教えなくては。「ギャビーの話だと、彼とティムは長年の親友だったのに、二年ほど前に何かが起きて、犬猿の仲になってしまったそうなの。生涯の友情までこわれてしまうほど深刻な出来事だったみたい」

グレースは納得の表情でうなずいた。「じゃ、ほかにも調べる相手ができたわけね」

「そのとおり。全員が犯人像にあてはまるわ」

「どういう意味？」

「絶交した友達、傷ついた恋人、商売敵。その全員に殺人の動機がある。ティムの遺体が発見された状況を考えればなおさらだわ。その点を忘れちゃだめよ」

グレースはわたしに向かって顔をしかめた。「話についていけないんだけど、スザンヌ」

「考えてみて。友情をなくした友達も、男にないがしろにされた女も、客のつかない商売敵も、みんな、ティムに裏切られたように感じてると思うの。誰が犯人だとしても、愛国者の木が使われた理由が、それで納得できるでしょ」

グレースはうなずいた。「たしかにそうね。その角度から考えてみたことは一度もなかったわ」

「だって、あなたはあの公園をあまり歩いてないから」わたしは言った。そろそろ正午、わたしのおなかが軽くグーッと言いだした。食事時間がくると、いつもおなかが教えてくれる。「ランチに出かけられる？　それとも、まだ電話をかける用が残ってる？」

「先に延ばせないものは何もないわ。ランチ、どこにする？　今日も〈ボックスカー・グリル〉じゃ芸がなさすぎるかしら？」

「じつはね、〈ゴー・イーツ〉へ行こうと思ってたの」

この提案にグレースは驚きの表情を浮かべた。「祖父に連れていかれたとき以来、一度も行ってないわ。いまでも営業してるの？」

「たぶんね。どう？　行ってみない？」

グレースはしばらくわたしを見て、それから言った。

「スザンヌ、わたしの勘だと、脂汚れのひどいあの店へ二人で出かけるのは、料理を楽しむためではなさそうね。何が目的？」

「ギャビーに聞いたんだけど、オーソンがひいきにしてる店らしいの。それに、ティムからも、以前はそこでよく食事してたって聞いた記憶があるし。二人で〈ゴー・イーツ〉に出かけて、ティムのことを質問してはどうかしら」

グレースは考えこむ様子だったが、やがて言った。

「あなたの胃が耐えられるなら、わたしもがんばる」

「じゃ、出かけましょ」


「どうして店名が〈ゴー・イーツ〉なのか知ってる？」

三十分後、混雑した駐車場にジープを入れながら、わたしは訊いた。ふだんの外出に使うルートから離れているので、いまも営業を続けているのがなんだか意外に思われた。

「看板のOとDがはずれて落ちてしまったから、修理するかわりに、オーナーが店名を〈Good Eats〉から〈Go Eats〉に替えたそうよ。残りの文字を補強するためにオーナーが釘を打ったとき、梯子《はしご》を支えるのを手伝ったって、うちの祖父が言ってたわ」

「なるほど、それで納得」わたしはジープを止める場所を探しながら言った。駐車場のなかは小型トラックやポンコツ乗用車なので、わたしのジープはいささか場違いな感じだったが、グレースが乗っている会社所有の車に比べれば、多少はなじんで見える。

店に入ったとたん襲いかかってきたのは、さまざまな匂いだった。メニューを見るまでもなく、ここにはヘルシーな品も低カロリーの品もないことがよくわかった。二十年前に流行ったカントリー・ミュージックが流れていて、周囲は人々の話し声でざわざわと騒がしかった。表側の大きな二つの窓から光が射しこんでいるが、長年たまりつづけた脂汚れのため、ぎらぎらした感じがなくなり、鈍い金色の光に変わっている。床はリノリウムで、ところどころ色褪《あ》せ、ひっかき傷がついているが、店全体が格調よりくつろぎを重視しているように見える。

店内には十以上のテーブルがあり、どれも客でふさがっていたが、ひとつだけ空いていた。そこには椅子がひとつ置かれ、ふつうなら、塩と胡椒入れ、紙ナプキン、ケチャップの瓶が並んでいるはずのテーブルに、ティム・リアンダーの写真が飾られていた。町でよく知られていたあの独特の笑みを浮かべている。

勤続二十年といった感じのウェイトレスが、写真を見ているわたしたちに気づいた。

「ティムの知りあい？」と訊いてきた。

「友達だったの」わたしは答えた。

「いい人だったわね」ウェイトレスは言った。名札に書かれた名前はルース。店内を見まわした。「悪いけど、いまは席がなくて」

豊かな白髪の年配男性が大きな声で言った。「ここで相席にすればいいさ、ルース。椅子が空いてるから」

ウェイトレスはわたしたちを見て、それから言った。

「お客さんたち、好きなとこにすわってくれてかまわないわよ。ティムのテーブルでなければね。少なくとも、これから数日間は」相席を申しでてくれた男性のほうを身振りで示し、つけくわえた。「ビリーのことは心配いらない。人畜無害な男だから」

グレースの意見を訊くために彼女を見ると、承諾のしるしにうなずいたので、二人でビリーのテーブルへ行った。近づいていくと、ビリーが立ちあがった。わたしたちのために椅子をひいてくれたので、わたしは思わず自分の目を疑った。

椅子をひきながら、ビリーは言った。「お嬢さんがた、相席してもらえて光栄だ。騎士道精神も礼儀作法も滅びつつあるかもしれんが、滅んではいない。少なくとも、いまはまだ」

「ありがとう」グレースとわたしは声をそろえて言った。

わたしたちが席に着くと、ルースがメニューを渡してくれた。とりあえずアイスティーを注文。ルースはそれをとりに行くために立ち去った。

わたしはメニューを見ながら、ビリーに尋ねた。「何がお勧め？」

ビリーが答える暇もないうちに、ルースがアイスティーを運んできた。

ビリーは言った。「カントリースタイルのステーキがうまいぞ。おれはいつも、マッシュポテトと、グレービーと、フライドアップルを添えてもらう」

グレースのほうを見ると、彼女が言った。「それにしましょ。郷に入ればなんとやらってやつ」

わたしはルースに言った。「二人前お願い」

「一人二人前ずつ？」ルースは片方の眉をわずかに上げて訊いた。

「まず一人前ずつ食べて、もっと入るかどうか見てみるわ」わたしは答えた。「そのあと何人前までいけるかは、まだわからない」

ビリーを見ると、満面の笑みだった。「美貌とユーモア感覚を備えた女性は、最近じゃめったにお目にかかれない。おれがあと三十歳若けりゃなあ。あんたのユーモアに惚れこむだけじゃなくて、なんとか口説いてみせるんだが」

わたしはビリーに笑みを返した。「あなたが三十歳若かったら、わたしなんかにはたぶん、目もくれないと思うわ」

「いやいや、あんたのハートをとらえることができるなら、ほかの女で妥協するような男はどこにもいやしないさ」

「邪魔者は消えたほうがいいかしら」グレースが言った。

ビリーが椅子の上で身体をまわしてグレースと向きあった。

「これは失礼。あんたにじかに声をかけなかったのは、息を呑むような絶世の美女にアプローチするための勇気を、必死に奮いおこそうとしてたからだ」

「ルースはあなたのことを人畜無害って言ってたような気がするけど」わたしは笑顔で言った。

ビリーは肩をすくめた。「吠える犬は咬まないって言うだろ。けど、おれだってたまには咬みつくかもな。いやいや、心配いらん。あんたたち二人の身は安全だ」

「ティム・リアンダーとは親しかったの？」甘すぎて歯が痛くなりそうなアイスティーをひと口飲んでから、わたしは訊いた。

「長いつきあいだった」ビリーは答えた。首をふってさらに続けた。「ティムは聖人なんかじゃなかった。町の連中にはそう言われていたが。しかし、天使と友達になるのはおれの趣味じゃないんでね。ティムにも欠点はいろいろあったさ。ただ、長所のほうがずっとずっと多かった。ティムがいなくなって寂しいよ」

グレースが声をひそめて尋ねた。「そんなふうに思ってない人もいるかしら」

ビリーは顔をしかめた。「なんでそんなこと知りたいんだ？」

「だって、殺されたのよ」わたしは言った。「やっぱり気になるわ」

「そりゃまあ、そうだな。ちょっと考えさせてくれ。ええと、まず、ステュ・ミッチェルかな。ティムと喧嘩ばかりしてた。まるっきり気が合わなかったみたいだ。それだけは間違いない。ティムはステュの安葉巻の煙のにおいが嫌いでさ、ノースカロライナ州でバーとレストラン内の喫煙が禁止されたときは大喜びだった」

「オーソン・ブレインはどう?」わたしは訊いた。

ビリーは驚きの表情でわたしを見た。「ステュよりもオーソンのほうが、ティムに腹を立てて当然だったと思う。だが、そうさな、ティムに恨みを抱いてた人間ってのは、おれの知るかぎり、世界じゅうであの二人だけだった」

「女性関係はどう?」わたしは訊いた。

ビリーは宙で手をふってみせた。「噂なんてのは嘘と偽りばっかりだ。ティムは女好きだったが、人妻を誘惑したことは一度もなかった。町の連中がどう噂しようと、おれは信じないね。ティムは女とつきあうのを楽しんでた。おれとおんなじように。つきあってどこが悪い? まだそんな年じゃなかったし、女に関しては現役だったからな」ビリーは髪を手でなでつけ、それから続けた。「ところで、若いころのおれはいつだって、一人の女だけを愛するタイプだった。よかったら、話を聞かせてやろうか」

ビリーの愛の生活へ話がそれるのはごめんだった。

「ティムが三人の女性と同時につきあってたという噂を聞いたわ。一人は知ってるけど、あと二人がわからないの」

ビリーは答えるかわりに、コーヒーをひと口飲んだ。

「あんたたち二人がなぜティムの人生にそうも興味を示すのか、訊いてもかまわないかね。おれはあんたたちのどっちにも、一度も会ったことがないんだが」

いきなりグレースが言った。「わたしたち、ティムの遺体の発見者なの」

わたしはティムが殺された事件を調べているのだと答えるつもりだったが、グレースのやり方でよかったのかもしれない。ビリーの同情を惹くことができれば、自分の手で事件を解決しようとするなんて猟奇趣味だ、などと思われずにすむかもしれない。

「だったら、気持ちはわかる」ビリーは言った。「この事件に無関心ではいられないよな」

ルースがわたしたちの料理をテーブルに運んでくると、わたしがお礼を言う前にビリーがルースに質問した。「ティムが最近つきあってたのは誰だった？　何か知らないか？」

「ま、知ってるけどね。なんでそんなこと訊くの？」ルースはビリーに向かって尋ねたが、わたしたちにちらっと不審そうな視線をよこした。

ビリーはルースを長いあいだじっと見て、それから答えた。

「ティムが木からぶら下がってるのを、このレディたちが見つけたそうだ。そんな姿を見ちまった衝撃を和らげるために、ティムを愛してた女たちと連絡をとりたいってのは、自然なことだと思わないかね？」

ルースはうなずき、わたしは協力してくれたビリーに無言で感謝を捧げた。ルースはしばらく考えたあとで、三人の名前を教えてくれた。最後の名前を聞いたとき、わたしは危うくフォークを落としそうになった。

ジーナ・パーソンズのことはすでに知っている。ジョージの入院をきっかけにジーナの娘のペニーと親しくなったから、ティムとの交際についてはペニーに訊けばいい。二番目の女性ベッツィ・ハンクスとはまったく面識がない。でも、三番目の名前を聞いて仰天した。

それはアンジェリカ・デアンジェリス。わたしの親しい友達で、お気に入りのイタリアン・レストラン、〈ナポリ〉のオーナーだ。

わたしはどうにか素知らぬ顔で通したが、グレースのほうは、ルースがアンジェリカの名前を出したとたん、アイスティーにむせた。

「あらら、大丈夫？」ルースが訊いた。

グレースが何か言おうとしたので、わたしは首を軽くふってみせた。何を言うつもりだったのか知らないが、グレースはこう答えた。「あわてて飲もうとしたせいね」

「そのアイスティーは歯で嚙めるぐらい甘いからな」ビリーが横から言った。わたしたちの皿を見て、さらに続けた。「おや、レディたち、料理がお気に召さんのかな？」

じつをいうと、二人とも料理に手をつけていなかった。仕方なく、ひと口食べてみた。なんの期待もしていなかったのだが、本格的カントリースタイルのステーキの作り方にこだわりを持たなければ、まさに絶品だった。「すごくおいしい」

賞賛の言葉を聞いて、ビリーはうなずいた。「そう言っただろ。話はここまでだ。ほらほら、うんと食べな」

グレースとわたしは勢いよく食べはじめ、わたしはルースが持ってきてくれたビスケットでフライドアップルの果汁を吸いとった。どれも信じられないほどおいしくて、新たな料理の一ジャンルとして確立したいほどだった。

食べおえると、わたしは自分たちの勘定書と一緒にビリーの分も手にとった。

ビリーはあまりうれしそうな顔をしなかった。「お嬢さんがた、おれがおごるつもりだったんだぞ。せっかくの楽しみを奪わないでくれ」

「だめだめ、こっちがお世話になったのよ」わたしは言った。「ご馳走させてもらうのが当然だわ。すごく親切にしてもらったんですもの」

ビリーが考えこんだので、グレースがつけくわえた。「それに、自慢話ができるわよ」

「意味がわからん」

「若き美貌の女性二人があなたと同席したくてランチをおごってくれたって、いつでも自慢できるじゃない。あながち嘘とも言いきれないし」

「おれに言わせれば、断じて嘘ではない。せっかくの親切な申し出だから、心から礼を言うだけにしておこう」

「こちらこそ」わたしたちは声をそろえて言った。ルースにチップをたっぷりはずみ、食事代を払って店を出た。

「予想をうわまわる収穫だったわね」外に出るなり、グレースが言った。

わたしはうなずいた。気は進まなかったが、口に出して言っておくべきことがひとつあった。「どういう結果になるかわからないけど、いくらアンジェリカが親しい友達でも、追及の手をゆるめることはできないわ」

「全面的に賛成よ。でも、ひとつ提案があるの。いますぐ話を聞きにいきましょう。奇襲攻撃をかけるのって、なんだかいやな気分だから、早くすませてしまいたいの」

わたしはうなずいた。「ユニオン・スクエアはそう遠くないしね。アンジェリカに話を聞きに行っても、ジェイクとの早めのディナーに間に合うようエイプリル・スプリングズに帰れるわ。もっとも、たらふく食べてしまったから、ディナーまでにどれぐらいおなかがすくかは疑問だけど」おいしくてつい食べすぎた。あとでジェイクが迎えにきてくれたとき、もう一度食べられるかどうか心配だ。でも、なんとかがんばろう。彼に再会できると思っただけで、早くも胸がときめいている。

グレースもこの作戦に賛成してくれた。「じゃ、アンジェリカに会いにユニオン・スクエアまで行きましょう」

車で二十分かけて〈ナポリ〉へ向かうあいだに、わたしは訊いた。

「ビリーの話に出てきた男性二人について、何か知ってる？」

「ううん。ジョージが二人を知ってるかどうか、訊いてみなきゃ。そうだわ、ジョージにいますぐ電話して、これまでにわかったことを報告したほうがいいわね」

そこでわたしは携帯をとろうとしたが、グレースが言った。「スザンヌ、気を悪くしないでほしいんだけど、道路のほうに神経を集中してちょうだい。電話で殺人事件の話をするなんて無理。わたしにまかせてくれない？」

そう言われれば、たしかにそうだ。「番号、知ってる？」

「短縮ダイヤルに入れてある」グレースは先ほどわかったことを残らずジョージに報告し、いまからどうする予定かを告げたあとで電話を切った。

二人のやりとりが終わるまで、わたしはどうにか沈黙を守った。電話が終わると、さっそく尋ねた。「どういうわけでジョージの番号が短縮になってるの？」

「ときどき電話で話すから。あなたと一緒に何か調べてるときはとくに。驚いた？」

「ううん。そう説明されれば、完璧に納得。ジョージはなんて言ってた？」

「いまからすぐ、男性二人に探りを入れることにするそうよ。そうすれば、わたしたちはティムと交際してた女性たちの調査に専念できるでしょ」

二、三分してから、グレースがわたしのほうを向いて尋ねた。「スザンヌ、女の手でティムを木に吊るす光景って想像できる？」

わたしは考えこみ、それから答えた。「うーん、できなくはないわね。でも、もしかしたら、女がじかに手を下したんじゃないかもしれない。嫉妬に駆られた恋人、あるいは、夫という可能性もあるわね。ビリーの話だと、ティムが人妻を誘惑したことはなかったそうだけど」

そんなこと、ほんとは言いたくなかったし、グレースが不満そうな顔をしているのは明らかだった。

「あの優しいティムが人妻と交際するなんて、あなた、本気で思ってるの？」グレースが訊いた。

わたしはグレースの質問について考え、つぎに、ティムがどんな作業でも器用にこなしたことや、とても愛想がよかったこと、誰かに必要とされれば喜んで手を貸したことを思いかえした。つぎに、ティムが殺されたあとでわかった数々の事実と重ねあわせてみた。

「そういうわけじゃないけど、でも、ティムが三人の女性と同時に交際してたのも、わたしにとっては予想外のことだったわ。それから、ギャビーのお店で立ち聞きした話からすると、ほかにも交際相手がいたことを、ペニーのお母さんが知らなかったのは明らかね。アンジェリカは知ってたのかしら」

「突き止める方法はひとつしかないけど、わたし、アンジェリカに尋ねる気になれない。あなたはどう？」

「気が進まないわね」わたしは答えた。アンジェリカは親しい友達で、わたしが食事に行くと、いつも、特別大切なお客として歓迎してくれる。なのに、わたしはいまからとても残酷な知らせを届けようとしている。

〈ナポリ〉に着いてまず気づいたのは、店の表に車が一台も止まっていないことだった。この時間帯なので、大入り満員という予想はしていなかったが、少なくとも何人かの客がここのすばらしい料理を楽しんでいるものと思っていた。

車を止めて正面ドアまで行くと、それ以上首をかしげる必要はなくなった。

掲示が出ていた。〝本日と明日、臨時休業させていただきます。ご迷惑をおかけしてまことに申しわけございません。店主〟

「どういうこと？」グレースが訊いた。「ティムの件と関係ありかしら」

「偶然の一致ではなさそうね」ドアをノックしながら、わたしは答えた。応答はなかった。

「誰もいないみたい」グレースが言った。

ショッピングモールの裏へまわろうとするわたしを見て、グレースが興奮した口調で訊いた。「どうするつもり？　忍びこむの？　調査の助けになるなら、わたしも大賛成よ」

「犯罪者みたいな考え方はやめなさい」わたしは笑いながら言った。「裏口をノックして、返事がないかたしかめてみるだけよ。この前、ここに押しかけて、厨房でアンジェリカや娘たちとパスタを食べたとき、裏に配達用の入口があることに気づいたの」

「あら、ドアを蹴破って入るわけじゃないのね」グレースは言った。わたしが常識的なアプローチ法を試みようとしていることを知って、なんだか失望しているみたいだった。

「悪いけど、ドラマのワンシーンみたいな展開は期待しないでね。誰もお店に出てきてないことを確認したいだけなの」

モールの裏にまわると、どれが〈ナポリ〉のドアなのか、すぐにはわからなかったが、やがて、レストランの名前を記した小さな表示が目についた。やはり、表に比べると、裏の入口のほうが質素だ。

勢いよくノックし、数秒待ってから、もう一度ノックした。

「帰りましょ、スザンヌ、誰もいないわ」グレースがそう言って立ち去ろうとした。

わたしはもう一度ノックして、今度はアンジェリカの名前を大声で呼んだ。しばらくすると、ドアがわずかに開いた。

「配達は頼んでないわ」こちらを見もせずに、マリア・デアンジェリスが言った。マリアはデアンジェリス家の娘たちの一人。全員が美人で、全員がレストランを手伝っている。

マリアがドアを閉める前に、わたしは言った。「マリア、わたしたちよ」

マリアはそこでようやくこちらを見た。「まあ、スザンヌ。わざわざ食事にきてくれたのね。申しわけないけど、今日はお休みなのよ」

「食べにきたんじゃないの。話があって。いいでしょ？　大事な話でなかったら、こんなふうにお願いしたりしないわ」

「わかった。じゃ、どうぞ」マリアはようやくそう言って、脇へ一歩どいた。

「ありがとう」グレースと二人でなかに入ったわたしは、マリアが手打ちパスタを作っていたことを知った。レストランの名物のひとつだ。

「誰のために作ってるの？」わたしは訊いた。

「お客さまに出すんじゃなくて、家族用なの。どうしても家から抜けだしたくて、だから、口実をこしらえてここに逃げてきたの」

「お母さん、どんな様子？」わたしはそっと尋ねた。

「元気よ」わたしをじっと見て、マリアは答えた。わたしと親しくしてはいるけど、マリアにとって一番大切なのはやはり母親だ。当然のことだと思う。姉妹全員が〈ナポリ〉を離れて母親の支配下から抜けだしたいと公言しているが、どうせ口先だけに決まっている。みんな、母親のことが大好きだから、離れていくわけがない。

「どうしてそんなこと訊くの？」マリアが言った。

そろそろ手の内を見せることにしよう。「お店が閉まってたから、ティム・リアンダーの殺人にお母さんが大きなショックを受けたに違いないと思ったの」

「殺人？　ティムは自殺したのよ」マリアは言った。母親とティムの関係を否定しようという様子はまったくない。

気が進まなかったが、さらにくわしい話をするしかなかった。「誰かがティムを殺して、それからあの木に吊るしたことが判明したの」遠まわしに尋ねる方法がなかったので、深く息を吸って、それから続けた。「お母さんはいつごろからティムとつきあってたの？」

「何を証拠につきあってたなんて言うの？」マリアは言った。いまではオリーブ色の腕を胸の前で組んでいた。

「マリア」わたしはできるだけ穏やかな声を崩さないようにして続けた。「わたしたちは警察じゃないのよ。ティムの身に何が起きたかを突き止めようとしてるだけなの。お母さんがティムに好意を持ってたことはわかってる。いまはきっと、傷心状態でしょうね。でも、ティムはわたしたちの友達でもあったのよ」

グレースも横から言った。「犯人捜しに協力できれば、お母さんの心も少しは軽くなるんじゃないかしら。いまのお母さんに必要なのはそれでしょ。犯人を見つけたいという思いは、わたしたち以上に強いはずだわ」

マリアは考えこむ様子だったが、やがて言った。「ちょっと待ってね。急いで電話してこなきゃ」

母親と相談するつもりなのだと、わたしは確信した。マリアを責める気にはなれなかった。立場が逆なら、わたしもまったく同じことをするだろう。

マリアは電話をかけるために厨房を通り抜けてダイニングのほうへ行った。

「わたし、プレッシャーをかけすぎたかしら」グレースが言った。

「ううん、そんなことないわ。ちょうどいいレベルだったと思う」

「アンジェリカはなんて言うかしらね」

わたしは肩をすくめた。「知らない。でも、けっこう早くわかりそうな気がするわ」

一分ほどすると、マリアが戻ってきた。

「お母さん、なんて?」わたしは訊いた。

「寝てるそうよ。起こさないほうがいいってソフィアに言われた」

「じゃ、あなたからは何も話してもらえないのね?」どんな返事がくるかはすでにわかっていたので、わたしはあきらめの口調で言った。

マリアは考えている様子だったが、やがて言った。「あたしの知ってることは話すけど、まずわかってほしいのは、あたしも初耳だったってことなの」

「お母さんの交際については何も知らなかったわけね?」グレースが訊いた。

マリアは眉をひそめ、鼻にかすかにしわを寄せた。「交際相手がいるのは知ってたけど、それが誰なのか、きのうまで知らなかった」

「誰もお母さんに質問しなかったの?」わたしは言った。

マリアは悲しげに微笑した。「じゃ、あたしからひとつ質問させて、スザンヌ。あなたのお母さんが誰かと内緒でつきあってたら、あなた、お母さんにしつこく質問したりする?

お母さんを動揺させ、怒らせるだけだとわかってるときに」

わたしは考えてみて、それからうなずいた。「たしかにそうね。ごめん。バカな質問だったわ」

マリアは微笑した。「いいのよ。ママはここしばらく、何年ぶりかで見るような幸せな様子だった。そのことでママに質問しようなんて、あたしたちの誰も思わなかったわ。ティムが亡くなったって噂はあたしが聞いててね、よくお店にきてた人だから、うちのみんなが彼を知ってるわけでしょ。それで、みんなに知らせなきゃって思ったの」辛そうな顔になった。きっと記憶をたどっているのだろう。「でね、それを聞いたとたん、ママが倒れてしまったの。椅子まで運ぶのに、あたしたち三人がかりだったわ。で、そのあとでママが少しずつ話してくれたんだけど、ティムと交際を始めてまだ一カ月ほどだったんですって。でも、おたがいに真剣になってきて、永遠の愛を誓おうって話が出てたらしいの」

「あと二人の女性はおもしろくなかったでしょうね」

「かもね。ママはまだ何も知らなかったのよ。ティムの死に呆然とするだけで。でも、そのあとで、ティムの相手は自分一人じゃなかったと知って、よけいショックを受けたみたい」

「どうしてわかったの？」グレースが訊いた。

「ママが花屋さんへお葬式の花を頼みに行ったら、ベッツィ・ハンクスって女の人が入ってきて、同じように注文したの。お花屋さんにきた理由を両方で悟ったとたん、大騒動になったそうよ」

「ベッツィって人のこと、何か知ってる？」わたしは訊いた。

「ジャクソン・リッジの〈ハーパーズ〉で働いてるってことだけ」

マリアはさらに続けて何か言おうとしたが、そこで彼女の携帯が鳴った。電話に出て、そそくさと言葉を交わしたあとで電話を切った。「ママが目をさまして、あたしに帰ってくるように言ってる」

「声の感じはどうだった？」わたしは訊いた。

「前より元気そうだったわ」マリアは笑顔で言った。「どこにいるんだって訊かれた。店でパスタを作ってるってソフィアが言ったら、そのパスタを持ってすぐ帰ってきなさいって。とにかく、いまわかってるのはそこまで」

わたしから尋ねたいことがあったが、それを口にするだけの度胸がなかった。でも、思いきって訊くしかない。「ティムのことでお母さんに話を聞きにいってもいいかしら」

「今日はだめ」マリアは言った。「明日もたぶん無理ね。スザンヌ、ママはあなたのことが大好きだけど、いまはすっごく落ちこんでるの」

「お悔やみを申しあげますって、お母さんに伝えてね」

「伝えておく」

グレースとわたしは手打ちパスタの仕上げにとりかかったマリアを残して、その場を去った。この目で作業を見て、みごとなパスタになるだろうと思った。それで多少なりともアンジェリカが慰められるなら、こんなうれしいことはない。

「いまからどこへ行く?」グレースが訊いた。

わたしは腕時計に目をやった。「あなたさえかまわなければ、エイプリル・スプリングズに戻りたい。ジェイクとデートの約束だから、一分も無駄にしたくないの。人生は短いのよ。そうでしょ?」

グレースは格言の続きを口にした。もっとも、本人は意識していなかっただろうが。「そして、人はやがて死ぬ」

こんなときなので、なんだか不気味なものを感じてぞっとした。今後、〝人生は短い〟と言うたびに、ティムを思いだすことになるかもしれない。

でも、いまはとにかく、生きることを大切にしなくては。

これからデートだもの。わたしがジェイクに失望することはぜったいにない。

8

「もしもし、スザンヌ？」五時ごろ、わたしが電話に出ると、ジェイクが言った。わたしはグレースをジープからおろし、いまからコテージに帰るところだった。

「もううちにきてるの？　遅くなってごめん。ちょっと待ってて。二分で帰るから」

「いまはまだエイプリル・スプリングズじゃないんだ」ジェイクに言われ、急速に熱意がしぼんだ。

「あら、残念だわ」職業柄、ジェイクはいつなんどき呼びだしがかかるかわからない。「一緒に食事ができると思って楽しみにしてたのに」

「見捨てないでくれ。食事はできる。予定よりちょっと遅れてるだけさ。すてきなプランを考えた。〈ナポリ〉で待ちあわせってのはどう？　食事をしながら、ぼくがどうしていたかをきみに話し、きみからは、今日の成果を報告してもらう」

「悪いけど、それはだめ」

ジェイクはためらい、それから言った。「ねえ、スザンヌ、デートのたびにきみを迎えに行くというのも、たまには省略していいんじゃないかな。ふつうなら、喜んで迎えに行くところだが、いまはディルズボロからそちらへ向かってる途中で、〈ナポリ〉の前を通ることになる」一瞬、黙りこみ、さらにつけくわえた。「こう考えてごらんよ。きみがいますぐそちらを出れば、二人ともほぼ同じ時刻にユニオン・スクエアに着ける」

「ユニオン・スクエアで落ちあうのはべつにかまわないのよ。ただ、問題はそれじゃないの。〈ナポリ〉が閉まってるの」

「閉店してしまったのかい？　信じられない」ジェイクは呆然たる声になった。非難するわけにはいかない。もしアンジェリカが閉店を決めたら、わたしは一年のあいだ喪に服するだろう。〈ナポリ〉のパスタはそれぐらい値打ちがある。もちろん、〈ナポリ〉に行けなくなったら、アンジェリカや娘たちとの友情が失われてしまうから、それも耐えられない。

「ほんの二、三日よ。アンジェリカがひどく落ちこんでるの。自分がティム・リアンダーのつきあってた女性の一人にすぎなかったとわかったせいで」

「そうか。ティムのことは、ぼくも友達から聞いている。正直に言うと、きみからその話題が出ないことに少々驚いてたんだ」

わたしはニッと笑って尋ねた。「ジェイク、エイプリル・スプリングズの誰かにわたしをスパイさせてるわけじゃないでしょうね？」

ジェイクは笑いだした。わたしが冗談半分で言っているのを理解してくれたようだ。「何バカなことを言ってるんだ。ぼくはそんな物好きじゃないよ。そんな危ない橋は渡れないね。スパイを雇ったら、危険手当を出さなきゃいけなくなる。じつは、同僚の一人がヒッコリー出身の女の子とつきあってて、その子がたまたま、エイプリル・スプリングズに住んでるいとこからティムの事件を聞いたんだ。世の中、狭いね」

「そんなに狭くないわよ。でも、まじめな話、電話のときに話せばよかったわね。だけど、あなたとのおしゃべりが楽しすぎて、雰囲気をこわす気になれなかったの。黙ってたことでお叱りをこうむるなら、喜んで叱られます」

「きみは遺体を発見した」ジェイクは優しく言った。「それだけでもショックなんだから、ぼくがガミガミ言うのは遠慮しとこう。だけど、ティムも気の毒だったな。一回しか会ってないけど、ほんとに好人物って感じだった」

「そうよね」わたしは同意した。深く息を吸い、それから、白状するついでにすべて話してしまおうと決めた。「エミリー・ハーグレイヴズがティムと親しくしてて、彼の身に何があったのか調べてほしいって、わたし、エミリーに頼まれたの。エミリー自身、一時的に姿を消してたんだけど、ひとまず無事に見つかったわ。正直なところ、みんな、しばらくは生きた心地もしなかったけどね」

「どこへ雲隠れしてたんだい？」ジェイクが能天気に訊いた。

やだ、どうしてこんな話題を出してしまったの？　洗いざらい説明しなきゃ。マックスの役割までも。ジェイクはわたしのもと夫のことを、あまりよく思っていない。それを責めることはできないけど。「マックスのところへ行こうとして、誰にも言わずに店を出てしまったの。あわてて出かけたために戸締まりを忘れてしまって、それで、みんながものすごく心配したの」

もと夫が関わっていたことを聞かされても、ジェイクはさほど驚いていないようだった。

「きみの町で女がらみのトラブルが起きるたびに、マックスが顔を出すようだな」

「でも、ティムの事件には関係ないと思う」事態が急激に悪化する前に、この緊張状態に終止符を打ちたかった。「ねえ、信じてもらえるかどうかわからないけど、ティム・リアンダーは三人の女性とつきあってたの。三人とも、自分以外に女がいたことは知らなかったみたい。そのほか、男性の敵が二人いたこともわかったわ」

「きみ、忙しかったんだね」ジェイクの返事はそれだけだった。

そのあとになんの質問もなかったので、こちらから訊いた。「ジェイク、ティムの事件を探るのはやめろって、わたしに言うつもりはないの?」

長い沈黙があって、やがてジェイクが言った。「ない。事件を調べたいというきみの気持ちがわかるから。きみなりの理由がちゃんとあるわけだし」

これは歓迎すべき変化だった。ジェイクもものわかりがよくなってきたのかも。「あなたがこの事件の担当を命じられる可能性はないかしら」ジェイクがエイプリル・スプリングズに戻ってきてくれればいいのに。事件の調査のことだけが理由ではない。ジェイクがいなくても、わたしは元気にやっている。でも、そばにいてくれれば、太陽が少し輝きを増すような気がする。

「まず無理だな。甘ったるいことを言うやつだと思われそうだけど。二、三日休暇をとったんだ。きみさえよかったら、二人で一緒にすごそうと思って」

信じられないような幸運。「ほんと?」

「ほんとだとも。きみに会えると思ってワクワクしてる」

ずっと以前に学習したことだが、話がうますぎて夢じゃないかと思うときは、たぶん裏に何かがある。休暇をとろうとジェイクが決心したのは、わたしだけが理由ではないような気がした。「まだ何か隠してるでしょ」

ジェイクはためいきをつき、それから言った。「きみに嘘はつけないな。じつは、進んで休暇をとったわけじゃないんだ。ボスが言うには、容疑者の一人を逮捕するさいに、ぼくがいささか暴力を使いすぎたらしい。だけど、ぼくらが逮捕しようとしてたバカ男のやつ、保安官助手に殴りかかったんだぞ。止める暇もないうちに、保安官助手はパンチを食らった」

ジェイクはわたしに対しても、仕事仲間に対しても、大いなる忠誠心を発揮する。彼のそんな点をわたしは尊敬しているが、これが彼をトラブルにひきずりこむこともある。

「いい考えがあるわ」

「一緒に旅行するとか？」

「ごめん。いきなり店を放りだすわけにはいかないわ。あのね、わたしの手伝いをしてほしいの」会話が暗い雰囲気になってきたので、彼の気分をひきたてようとして、わたしは言った。

「ドーナツショップ？　それとも、きみの即興の調査？」

「両方はいかが？」

ジェイクは笑った。「ぼくの得意分野だけにしてもらえないかな。きみとエマがドーナツを作り、ぼくはきみとその仲間に手を貸してティム・リアンダー殺しを調べてまわる」

「ボスやマーティン署長と気まずいことにならないかしら」

ジェイクはしばらく黙りこみ、それから言った。「じつを言うと、ボスは今後四日間、ぼくの顔も見たくないし、声も聞きたくないそうなので、そっちは問題ない。署長のほうへは、ぼくから説明しておこう。説明が終わったときには、ぼくが署長のために動くつもりでいると思いこんでくれるだろう。犯人をとらえた時点ですべて署長の手柄にすれば、署長もぼくの手助けに大いに感謝すると思う。きみはどう？」

「どうって？」

「きみの友達を殺したやつをぼくたちがとらえても、きみが賞賛を浴びることはいっさいないけど、それでいい？」

に。

「正直なところ、犯罪解決のスキルを世間から注目されずにすむなら、そのほうがありがたいわ」エマの父親がわたしの手柄の一部を新聞に載せたため、町の人々からよけいな注目を浴びる結果になってしまった。素人探偵の身としては、できるだけ目立たなくしていたいのに。

「じゃ、決まりだ。さてと、〈ナポリ〉が使えないなら、早めのディナーはどこにすればいいかな。腹ぺこで死にそうだし、疲れてクタクタなんで、食べて寝るのが精一杯だ」

「うちにこない？　母とわたしで何か手早く用意するから」

「うれしいお誘いだが、かわりに〈ボックスカー〉じゃだめかなあ」

「どうしたの？　わたしの手料理がお気に召さないの？」

「そうじゃなくて」ジェイクが笑いながら言った。「いまは、きみを誰にもとられたくないんだ。きみのお母さんにも」

わたしも笑った。「すばらしい答えだわ。褒めてあげる」しばらく考えて、それから言った。「こうしましょう。あなたが町の近くまできたときに連絡をくれれば、わたしがトリッシュのところで何かテイクアウトしてくるから、公園で一緒に食べましょうよ」

「あの公園へ行くのが怖くないの？」ジェイクが不意に心配そうな声になった。

「あそこはわたしの家庭の一部、遺産の一部なの。殺人事件が起きたからって、避けて通るつもりはないし、一緒にピクニックをしたい相手はあなたしかいない。正直なところ、あの悲しい記憶を消して、すてきな新しい記憶に変えるためのいい機会になるかもしれない」

「きみがそう言うなら、よし、公園でデートだ。四十五分待って、それからテイクアウトしてくれ。一時間以内に間違いなく着けると思う」

ジェイクに会えるまでしばらく待たなきゃいけないけど、時間ができてホッとした。家に帰ってシャワーを浴び、着替えをしても、彼が着く前にトリッシュの店でテイクアウトをする時間は充分にある。「うれしいわ。ねえ、ジェイク、顔を見るのが待ちきれない」

「同じ言葉をきみに返そう」ジェイクはそう言って電話を切った。

三分後に家に入ったときも、わたしは笑顔のままだったに違いない。玄関を入ると、ドアのそばに母が立っていた。すぐさまわたしの上機嫌に気づいたようだ。

「どういうこと?」母が訊いた。

どんな状況にでもあてはまる質問だったので、母からもっと具体的なことを聞きだすまでは何ひとつ白状しないことにした。「何が?」

「いまヘレン・クレンショーから電話があって、あなたの車が故障して道路脇に止まってるって言ってきたの。で、ちょうど、あなたを捜しに出ようとしてたのよ」

「電話がかかってきたから、道路脇に車を寄せただけよ。そのほうが電話に集中できるでしょ。わたしに言わせれば、ヘレンは想像力がたくましすぎるんだわ」

「あなたのことを心配してくれたのよ。ママと同じように」母は答えた。その先を続けたとき、母の唇にかすかな笑みが浮かんだ。「ひょっとして、ジェイクだったの?」

「はい、正解。さっとシャワーを浴びて、それから、公園でピクニックの約束」

母は明るい笑顔になった。「よかったわね」

「一緒にこない?」わたしは不意に尋ねた。「ジェイクもわたしも大歓迎よ」ジェイクの第一選択ではないけど、母を一人で放っておくのは申しわけない気がした。

「ありがとう。でも、戻ってきたとたん三人で食事するのを、あなたのすてきな人が望んでるかどうかは疑問ね。このあいだの夕食に作ったミネストローネが残ってるから、ママはそれを温めて食べることにするわ。あれ、おいしかったでしょ?」

急に、母に申しわけないという気持ちが薄れた。あのミネストローネの残りは、わたしも狙ってたのに。「最高だったわ。いつものママの料理よりさらに上。まさに天才的よ。わたしのために少し残しておいてね」

「悪いけど、一人分がやっとだわ」母はわたしの表情に気づいたに違いない。だって、微笑して、こうつけくわえたんだもの。「ふくれっ面はやめなさい、スザンヌ。いつでも作ってあげるから」

「約束よ」

わたしが階段をのぼろうとしたとき、母が言った。「ジェイクはあなたをとっても幸せにしてくれるのね」

「そうよ。ジェイクと出会えてほんとによかった。どうしてそんなこと言うの?」

「理由はないわ。幸せそうなあなたを見てると、ママまでうれしくなるの」

わたしは母に満面の笑みを見せた。「でも、そのうち見飽きるかも。さっきジェイクから聞いたばかりなんだけど、この町に何日か滞在するそうよ」

「よかったわね」母は時計をちらっと見て、それから言った。「さあ、シャワーを浴びてらっしゃい。ジェイクを待たせちゃいけないわ」

「あら、いいでしょ。ママなんか、署長を一カ月も待たせたじゃない」

「それとこれは話がべつよ。わかってるくせに。ママたちの交際はまったく次元の違うことなの。さ、シャワーを浴びてきて」

言われたとおりにした。ふたたびデートするよう母をせっつくのをあきらめたからではない。ジェイクとのランデブーに遅れたくなかったから。

「時間ぴったりね」公園の小道をたどって、ピクニックディナーが用意された場所までやってきたジェイクに、わたしは言った。

ジェイクは背が高くて、ほっそりしていて、砂色の髪はいつもの短いカットに比べると、少々伸び気味だった。彼が愛国者の木のほうをちらっと見たが、ふたたびこちらに視線を戻したので、わたしは立ちあがり、彼に腕をまわした。キスで挨拶を交わしたあと、軽く身体をひいたが、彼が放そうとしないので、そのまま彼の腕のなかにいた。「放してくれないと、食事が冷めちゃうわよ」

「冷めてもいいさ」ジェイクは低くささやき、ふたたびわたしにキスをした。

冷めたバーガーとポテトも、まんざら捨てたものではなかった。

食事を終えてゴミを片づけたあとで、ジェイクが言った。

「事件のことをくわしく話してくれないか。これまでにどんなことが判明したのか」

いまの彼はすっかり捜査モード。刑事の部分が表面に出てくるのが、傍目にもわかるほどだ。まるで二つの顔を持つ人みたい。ひとつはプロの刑事の顔。もうひとつはわたしだけに見せる顔。いまこの瞬間、わたしの恋人は消え、州警察の警部が登場して、事件に探りを入れる準備を整えた。

「あなたがマーティン署長と話をする前に、わたしからいろいろ話してしまっていいの？」家に戻る道を歩きながら、わたしは訊いた。

「署長とはすでに話した。こちらに戻る車のなかから電話したんだ。協力したいと言ったら大喜びだった」

それはわたしだって一秒たりとも疑わない。ジェイクがどれほど凄腕の刑事か、マーティン署長もよく知ってるもの。「わたしが殺人事件を調べてるってことも、あなたから署長に話したの？」

ジェイクがニヤッとするのを見て、わたしのハートが軽くとろけた。「きみの話をしたときに、細かい点を多少ごまかしたかもしれないが、正直なところ、助けの手が差しのべられれば、署長も大歓迎だと思う。これまでの捜査経過を署長から少し聞いてはいるが、まずきみの口から聞かせてほしい」

「署長さんの話をわたしには教えてくれないの？　内部情報を流してもらえないなら、あなたとつきあうメリットがどこにあるのかしら」彼を軽く小突いて、わたしは言った。

「メリットなら、いくつでも挙げられると思うよ」ジェイクは笑顔で言った。「だが、それはあとまわしだ。さあ、話を聞かせてくれ」

グレースとわたしが探りだしたことと、ジョージが何を調査中かを、わたしから説明したあと、ジェイクは空を見あげてじっと考えこんでいる様子だった。「なかなかの成果だな。時間も使える手段も限られていたというのに」

わたしは思いきりティーンエイジャーっぽい口調で答えた。「うーん、あたしなんてただの女の子だけどさ、けど、すっごくがんばったもんね、おじさん。マジ、ほんとだよ」

おバカな女の子の演技に、ジェイクもちゃんと気づいてくれた。微笑しながら言った。「そういう意味で言ったんじゃないよ。わかってるくせに。ぼくをからかって喜んでるんだな」

「わたしにも捜査能力がないわけじゃないってことを、認めてほしいの」

「認めます」ジェイクは降参のしるしに両手を差しだした。彼の言葉を喜んで受け入れることにした。「よろしい。さて、洗いざらい話したから、今度はそちらから情報を提供する番よ」

「情報と言っても、たいしてないけどな。署長は犯人が男だと信じている。あの木の枝までティムの身体を持ちあげるには、相当な力がいるからだ。ぼくはそこまで断定する気になれないが、署長の意見に逆らうと気まずいことになりかねない」

「じゃ、あなたは犯人が女の可能性もあると思ってるの？」

ジェイクはしばらく考えこみ、それから答えた。「その可能性も考えておかなくては。男女差別だって言われかねないだろ？　女でないと誰に言える？　ティムに遊ばれてた女二人が結託し、力を合わせて犯行におよんだのかもしれない。ひとつだけ確実なことがある。きみが容疑者リストに入れた女たちを無視することはできないし、ぼくたちがいくら否定したくても、そこにはアンジェリカも含まれている。とりあえず、ぼくたちにとれる一番の手段は分かれることだな」

「二手に分かれて事件を調べるって意味よね？」

「スザンヌ、ぼくを厄介払いできるのは、事件調査のあいだだけだぞ」

わたしは笑顔で彼を見あげた。「よかった。で、どうすればいいの？」

「きみの了解がもらえたら、ぼくはジョージのほうを手伝うつもりだ。ジョージと二人で容疑者リストの男性陣を担当するから、きみとグレースは女性陣に狙いを定めてくれ。ぼくが調査に割りこんだら、ジョージにいやな顔をされるかな？」

「冗談のつもり？　ジョージはもともと警察勤務だったのよ。あなたと一緒に行動できれば大喜びだわ。二人で昔の武勇伝なんか交換できるだろうし」わたしはそう言ってから身を乗りだし、ジェイクに濃厚なキスをした。

「いまのはなんのキス？　文句をつけてるわけじゃないけど」

「ひとつには、ティムの事件を調べようとするわたしを叱らないでくれたから。もうひとつは、事件調査の手伝いを申しでてくれたから」

ジェイクはわたしに笑顔を見せた。「それだと、キスを二回してもらわなきゃ。そうだろ？」

「好きなだけ何回でもキスしてあげる。質問に答えてくれたら」

ジェイクは笑った。

「今度は交換条件かい？　いつからそんなことに？　ま、いいか。喜んで従おう。さあ、なんでも訊いてくれ」

わたしは彼の目を見つめた。こちらが真剣だってことを伝えたかったから。

「どうして急に考えを変えたの？　これまでは、わたしが町の殺人事件を調べてまわると、いい顔をしなかったじゃない」

ジェイクはわたしの肩を優しくなでて、それから答えた。

「スザンヌ、きみをぼくの思いどおりに動かそうとするのはおたがいにストレスになるってことが、やっとわかってきたんだ。この事件はきみにとって重要なことだ。言われるまでもなく、よくわかる。そして、ぼくは目下、たまたま自由の身だ。町の人々と摩擦を起こすことなく、こっそり手を貸すことができるなら、そうせずにはいられない。それが恋人の役割ってものだろ？　専門の捜査スキルをきみのために役立てることができるし、ボスのおかげで、時間だけは充分にある」

ジェイクはわたしを抱きしめ、さらに続けた。

「それに、どうしてきみに楽しみを独占させなきゃいけない？　ぼくは自分の仕事を愛している。それをきみと分かちあえれば、一段と楽しくなるだろう」

「でも、ほかにも理由があるでしょ。違う？」

ジェイクは視線をそらしたまま、ようやく答えた。

「オーケイ、白状しよう。秘めたる動機があるんだ。ぼくが近くにいれば、何か起きたときに、きみの身を守ることができる」

わたしが返事もできずにいるうちに、ジェイクはさらに続けた。

「ふつうの状況であれば、きみが独力で切り抜けていける人だってことは、ぼくにもわかってるけど、今回は殺人犯を追っかけてるわけだし、援軍をあてにしてもいいんじゃないかな。

きみが受け入れる気になってくれるかどうかわからないけど」

「あなたは完璧に正しい人ね」わたしは小さくつぶやいた。

ジェイクが身をかがめた。「ごめん、聞こえなかった。いまなんて言ったの？」

わたしは彼の胸を押した。「聞こえたくせに。これ以上あなたのエゴを満足させてあげる気はありませんからね。そうだ、あなたが顔を見せてくれたら、ママがきっと大喜びよ」

「つぎの機会にしてもいいかな。ゆうべはほぼ徹夜だったから、疲れてクタクタなんだ。明日の朝、ジョージに連絡するから、みんなで作戦を立てよう」

ジェイクはわたしの微笑に気づいて尋ねた。「なんで笑ってるの？」

「いつもなら、早めにベッドに入るのはわたしのほうでしょ。たまには立場が変わるのもいいものだと思って。おやすみ、ジェイク」

わたしは彼におやすみのキスをしてから、車で走り去る彼を見送った。数えきれないほど多くの理由から、彼が戻ってきたことがうれしくてたまらなかった。

どうか、どうか、すぐまた彼がいなくなったりしませんように。

家に入ると、母が新刊ミステリを読んでいた。

「どう、その本？」

「すごくおもしろいわよ」

母はそう言いながら本を脇に置いたが、その前に、読んでいたページに丁寧にしおりをはさんだ。わたしは母から本は神聖はものだと教えられて大きくなった。アンダーラインをひいたり、マーカーでしるしをつけたり、ページの耳を折ったり（これが最悪）してある本は、わが家には一冊もない。敬意をこめて本を扱うよう母に教えられて、わたしはその教えをちゃんと守ってきた。

母がドアのほうを見て眉をひそめ、「ジェイクはもう帰っちゃったの？」と言った。

「ゆうべは徹夜だったから、キャムのところに帰って寝るんだって」

ジェイクはエイプリル・スプリングズに頻繁にやってくるようになって以来、ホテルに泊まるのではお金がかかりすぎるので、とても安い値段で借りられる部屋を見つけていた。キャム・ジェニングズは独身男性で、いまは退職の身。厳選した相手だけに部屋を貸している。お金のためというより、話し相手がほしいからで、ジェイクとたちまち親しくなった。わたしはジェイクがいずれエイプリル・スプリングズに住まいを持ち、捜査で飛びまわっていないときにはそこで暮らせる日がくることを夢に見ている。でも、いまのところ、この町に越してくる可能性を彼は口にしていないし、わたしのほうからも持ちだすつもりはない。いまはただ、彼が都合のつくかぎり町にいてくれるだけで満足だ。

「それがいいわね」母は言った。

「ママによろしくって。それから、近いうちに顔を見に行くから、そう伝えてほしいって頼まれたわ」

「ジェイクが戻ってきたお祝いに、明日の朝、パイを焼かなきゃ。なんのパイが好きかしら」

「ママの焼くパイなら、なんだって大喜びよ。マーティン署長も、きのうの夜、ママがパイを焼いたことを教えてあげたら、目を輝かせてたわ。ところで、署長と今度はいつデートなの？」

つぎのデートのことを母に考えさせるチャンスがあれば、逃すわけにはいかない。だって、相手が自分にふさわしい男性かどうかを母が判断するには、じっさいにデートするしかないんだもの。

「じつは、明日の晩出かける約束なの。ジェイクが戻ってきたとなれば、あなたを一人で残していっても心配しなくてすむわね」

そんなことを言われるなんて、わたしには信じられなかった。

「ちょっと待って。ママがデートに出かけるのに、わたしの恋人が町に戻ってくるまで待つ必要はないのよ。ひと晩ぐらい、一人でちゃんと留守番できます」

「わかってるわ。ただ、誰かいてくれるほうが、ママは安心なの」

こんなときに母と口論を始めても仕方がないと思った。「はいはい、わたしはべつにかまわないわ。じゃ、ママ、パイを二枚焼くってことね？　どっちの男性も感激するわよ」

「そうねえ、じゃ、がんばって焼くことにするわ」かすかな笑みを浮かべて、母は言った。「彼にはどうしても焼いてあげたいし」

「ジェイクもきっと喜ぶわ。でも、ジェイクのために無理に焼くことはないのよ」

母は首をふった。「ママが言ってるのはジェイクのことじゃないわ、スザンヌ。わかってるでしょ。この前、デートを中断してしまったから、あれからずっと申しわけなく思ってたの」

わたしは身を乗りだして母を抱きしめた。

「あらためてデートの約束ができたのなら、パイがあってもなくても、署長はきっとハッピーだわ」

ふと時計を見ると、わたしの就寝時刻をすぎていた。もっとも、町では多くの人がちょうど夕食を終えるころだけど。

立ちあがり、伸びをしてから言った。「悪いけど、そろそろ寝るわ。おやすみなさい、ママ」

「楽しい夢を見てね」母が言った。

わたしは階段をのぼりながら、ちらっとふりむいて母を見た。母の唇にかすかな笑みが浮かんでいたので、マーティン署長との二度目のデートが楽しみなのかしらと思わずにはいられなかった。微笑の理由はわからないけど、その笑みはあっというまに消え去って、母はふたたび本を手にとり、読書に戻った。

どうやら、ハート家の女性は二人とも、自分の人生に登場した男性のことを考えて幸せに浸っているようだ。ちっとも悪いことではない。


翌朝、エマが派手な色の新聞の折りこみチラシでくるんだ包みを持って、ドーナツショップにやってきた。

「誰かからプレゼントをもらったの?」アップルスパイスケーキドーナツの生地を作りながら、わたしは訊いた。

「これ、スザンヌに」エマは言った。

わたしは生地作りを終えて手を洗った。

「どうしてあなたがプレゼントをくれるの?」

「あたしからじゃなくて」包みを差しだして、エマは言った。「父からなの」

「ますます不思議ね」わたしは包みを受けとった。「どうしてお父さんがわたしに?」

「だって、広告の件で父が恐縮してることは、スザンヌにもわかるでしょ」

「もらうわけにいかないわ」わたしは包みをエマに返そうとした。「最終的には利益が出たんだから、あのミスに助けられたようなものよ」

エマはかすかに微笑した。「お願いだから、利益のことは父に内緒にしといて。ねっ?」

エマの微笑の意味が、わたしには理解できなかった。「どうして内緒にしなきゃいけないの?」

「だって、父ったら、じっくり考えるうちに、広告のミスは、娘だけじゃなくて自分の責任でもあるって思うようになったんですもの。これは父なりのお詫びのしるしなの。あたしとしても、ぜひスザンヌに受けとってもらいたい。あたしが父より優位に立てるなんて、人生でめったにあることじゃないから、せっかくのチャンスを逃したくないの」

「もらうかどうか決める前に、見てみましょう」わたしはそう言って包みを開いた。

箱に入っていたのは、シュレッダーにかけた紙に埋もれた封筒だった。

「お父さんはリサイクルの信奉者みたいね」

「って言うより、ケチだから、自力で調達できるものは買わない主義なの。ねえねえ、封筒をあけてみて。父が何をプレゼントしたのか、あたしも見たくてうずうずしてるの」

言われたとおり、封筒を開き、なかのものを見て思わず笑みを浮かべた。

エマがじりじりしながら言った。「焦らさないでよ。なんなの? マッサージの無料クーポン? 週末を山ですごすための招待券? なんなの?」

わたしは印刷された紙をエマにも見えるようにかざした。「四分の一ページ分の広告を無料で掲載してくれるんですって。すごく助かる」

「週末旅行のほうがいいけどな」

「こっちのほうが完璧だと思うわ。来週、もう一度広告を出してもらう？」

エマは微笑した。「〝ドキドキワクワクの火曜日〟をまたやろうってスザンヌが言ったの、本気だったのね？」

「当然でしょ。でも、忘れないで。今度は新聞社に下書きを渡す前に、わたしにも見せてね」

「はい、かならず」

わたしは広告の無料サービス券を片づけて、それから言った。

「エプロンを着けてちょうだい。二人で作業にかかりましょ。本物のアイスティーを生地に加えて、レモネードドーナツっていうのを作ってみようかと思うの」

エマは一時的に頭がおかしくなったのかと言いたげに、わたしを見た。「どこからそんなことを思いついたの？」

「アーノルド・パーマーって飲んだことある？　ゴルファーのパーマーがいつも注文してたドリンク。アイスティーとレモネードが半々ずつで、すごくおいしいの。でね、それをドーナツに応用して、どんな仕上がりになるか見てみようと思ったわけ」

「試してみる価値はありそうね」

しばらくたって、最初のドーナツが揚がったが、グレーズをたっぷりかけても、わたしが思いついたこの新作ドーナツを救うことはできなかった。ひと口かじったエマも、まずそうな表情を隠しきれなかった。

「うわ、まずい」エマは口のなかの味を消すために、あわててコーヒーを飲んだ。

「同感」試作品の残りを捨てながら、わたしは言った。「まあ、一応やってみてよかったわ」

「試してみないとわからないしね」エマが言った。

同じ過ちをくりかえさないために、この失敗を記録しておこうと思い、レシピノートを捜したが、厨房のいつもの場所には見あたらなかった。けさは一度もこのノートを見ていない。ケーキドーナツも、イーストドーナツも、作り方を完全にマスターしているから。でも、この先ずっと、ノートなしでドーナツ作りを続けていくのは無理だ。そこにはドーナツ職人としてのわたしの経験がすべて記録されている。成功したレシピも、失敗したレシピも含めて。奥のエリアを隅から隅まで捜したが、ノートはどこにもなかった。

エマが心配そうな顔で訊いた。「スザンヌ、どうしたの?」

「レシピノートが見つからないの」材料の袋や、デスクに積み重ねられた送り状のあいだを捜しながら、わたしは言った。

「きっと、どこかにあるわ」エマが言った。「心を落ち着けて、深呼吸して。大丈夫よ、かならず見つかる」

三十分後、レシピノートが紛失したことを認めざるをえなくなった。あれは単にドーナツの作り方を記しただけのノートではない。店をやっていくための経営マニュアルだ。ノートなしで〈ドーナツ・ハート〉をやっていけるかどうか、わたしは自信がない。ノートに記された歴史も、ドーナツを作るために重ねてきた試行錯誤も、〈ドーナツ・ハート〉をオープンして以来、わたしが抱いてきたさまざまな思いと夢も、失われてしまった。ひとことで言うなら、あのレシピノートはわたしの一部だった。

ついうっかり、べつの場所に置いてしまったのだろうか。いや、考えられない。エマと二人で店じゅう隈《くま》なく捜しまわったが、どこにもなかった。しばらくしてから、きのう、新しいレシピに目を通すつもりでフロントのほうに持ってきたことを思いだした。フロントエリアをさらに徹底的に捜してみたが、ついに、ノートは消えたのだと認めるしかなくなった。

となると、考えられるのはあとひとつ。

町の住民の四分の三が店に殺到したきのうの大混乱のなかで、誰かがその機会に乗じてノートを盗んでいったに違いない。

9

「どうすればいい?」

その場に立ってわたしと顔を見合わせたまま、エマが尋ねた。とりかえしのつかない悲劇。それは二人ともわかっていた。

「コピーをとっておけばよかった」そう言いながら、心が沈みこんだ。「あなたからいつも言われてたのに、わたし、耳を貸そうとしなかった。でも、どうにもわけがわからない。あんなものを盗みたがる人間がどこにいるの?」

それを聞いて、エマは驚きの表情になった。

「ほんとに盗まれたと思ってるの? うっかり捨てちゃった可能性もあるわ。とにかく、あたしはそう思ってた」

「そんな可能性がわずかでもあるっていうの? レシピノートみたいな大きなものがゴミ容器に入ってたら、わたしたちのどちらかが気づくに決まってるでしょ」

「たぶんね。でも、誰かがドーナツショップから盗みだしたなんて考えるぐらいなら、うっかり捨てたと思いたい。ゴミ収集車はもうきたの？」エマが訊いた。

「まだじゃないかしら」

ゴミ容器の置場にしている裏口へ、二人で向かった。収集日だけど、トラックがくるのは朝の七時以降。だから、レシピノートがそこに捨ててあるなら、収集される前に見つけることができる。

外の照明のスイッチを入れて、裏口のドアをあけた。エマがすぐうしろに続いた。手袋をはめていて、もうひと組を手にしていた。「はい、スザンヌもはめて」

言われたとおりにしてから、最初のゴミ容器の蓋をあけた。「汚れ仕事になりそうね」

ところが、そうはならなかった。

ゴミ容器はどれもすでに空っぽだった。


「そんなのあり？」わたしは言った。困惑がひどくなるばかりだった。「サムの収集車がくれば、路地を通る音が聞こえたはずだわ」

サム・ウィンストンはわが町の廃棄物&再生利用主任技師。あ、これは彼がゴミ収集トラックの運転を始めたとき、自分でつけた名称だけど。

エマが泣きそうな顔をしていた。わたし自身も泣きたい気持ちだった。

ギャビーの店の裏口まで行き、なんの気なしに蓋をあけてみた。

ゴミで一杯だった。

「変ねえ」わたしはエマに言った。

「どうしたの？」エマがそばにきた。

中身がぎっしりのゴミ容器を二人で凝視した。エマが言った。「わけがわかんない。サムはどうしてうちのゴミだけ収集して、ギャビーのところは残していったの？」

「サムが持っていったのかどうか、疑問に思えてきた」わたしの意見は正しい？ それとも、妄想に駆られてるだけ？

「ちょ、ちょっと、スザンヌ。ゴミを盗んでいく人間がどこにいるの？」

「ほかにどう説明できる？ 犯人はたぶん、ノートを持って出ていく姿を見られたくなかったから、ゴミ容器に放りこんだのよ。そうすれば、閉店後にふたたびここにきて、ノートを持ち去ることができるでしょ」

「軍の機密が書いてあるわけでもないのに」エマが言った。「誰がそこまで手間をかけようとするかしら」

「知らない。でも、わたしの注意を惹くためにやったのなら、効果はあったわね。ノートがなくても、どうにかやっていけるとは思うけど、容易なことではなさそう」あのノートのレシピを復元することを考えただけで気が滅入る。悪夢のような作業になるだろう。でも結局のところ、復元は無理かもしれない。お菓子作りにおいては、小さじ一杯と大さじ一杯の違いが成功と悲惨な大失敗の分かれ目になる。

「スザンヌならできるわ。あたしも手伝う」

「どこから始めればいいかもわからないのに？」わたしは胸に広がる絶望を隠そうとしたが、隠しきれなかった。打ちのめされていて、それはほかの誰よりもわたし自身がよく知っていた。

「まず、ケーキドーナツに使う基本の生地からやってみたら？　あたしはそばについてて、二人で思いだしたことをメモしていくから」

「ほんとにそれでうまくいくと思う？」

エマは肩をすくめた。「いまのところ、ほかに方法が思いつけないし」

ええ、たしかに。ティムの殺害事件からわたしの注意をそらそうとして、何者かがレシピノートを盗んでいったのなら、まさに最高の方法を見つけたと言えるだろう。これ以上に効果的な方法があるとすれば、〈ドーナツ・ハート〉を全焼させることぐらいだ。


開店準備が整うころには、二人とももうへとへとだった。わたしはすでに、思いだせるかぎりのレシピを書きとめていた。エマと一緒に大奮闘しながらドーナツを作ったが、完成品を味見してみると、三分の一は不合格だった。セーフティネットとなるレシピノートがないという心細さのせいで、しょっちゅう作っているドーナツでも、数種類のレシピを間違えてしまった。プレーンなケーキドーナツ、フロストドーナツ、グレーズドーナツはどっさり用意できたが、本日のスペシャル用のコーナーはがらんとしていた。

このままではまずい。でも、ほかにどうしようもない。何か考えなくては。

開店の直前に、誰にでも見えるよう、レジに手書きのチラシを貼りつけた。

エマが口笛を吹き、声に出して読みあげた。

〝当店のレシピノートが紛失。シンプルなノートに手書きしたもの。届けてくださった方に、質問はいっさい抜きで、五百ドル進呈します。詳細を知りたい方は当店のスタッフまでご連絡を〟

「五百ドル？」エマが言った。「たかがノート一冊に多すぎない？」

「この店にどれだけ価値があると思う？　とにかく、真夜中までにレシピをとりもどしたいの。そのためなら、どんなことでもするつもりよ」

「わかった。心配しないで、スザンヌ。きっと見つかるから」

「そう期待しましょう」でも、賞金に効果があるかどうか、まったく予測できない。誰かがいたずらのつもりで持ち去ったのなら、賞金に釣られるかもしれないが、わたしの注意をテイムの事件からそらすことが目的だったら、ノートは二度と戻ってこないだろう。

お客のために店のドアを開いても気分が浮き立たないのは、何カ月ぶりかのことだった。

長い一日になりそうだが、わたしにできることは何もない。コピーをとることは何度も考えたのだから、一度だけでもとっておけば、こんな窮地に陥らずにすんだはずだ。

エマがきのう広告のことでミスをしたけど、わたしのミスに比べれば可愛いものだ。

店の窓に永遠にシャッターをおろしてドアをロックする羽目になる前にノートが出てくるよう、ひたすら祈るしかない。


「おはよう」二、三時間後、ジェイクが店に入ってきた。「ジョージは車を止める場所を探している。しばらくしたらくると思う」

「おはよう」わたしはジェイクのために明るい笑みを顔に貼りつけようと努めた。たまにしか会えないのだから、レシピノートの紛失ぐらいでせっかくの楽しい時間を台無しにしたくなかった。

でも、あとの言葉を続ける必要はなかった。

ジェイクが賞金云々のチラシを読み、それから心配そうにわたしを見た。

「何があったんだ、スザンヌ?」

「そこに書いてあるとおりよ。わたしのレシピノートがなくなったの」

「ほんとに誰かが盗んでいったというのかい?」

「うっかり紛失した可能性もあるけど、どうもそうは思えないの。きっと、ティムの殺害事件の調査を妨害するために、誰かが持ち去ったんだわ」

口に出して言うと、なんともばかげたことに思われた。あのノートを盗んで何になるというの？　たとえドーナツ作りで生計を立てている人物が犯人だとしても。エマにノートを見せるたびに、彼女からよく言われたものだ。わたしの書く字が乱雑すぎる、と。内容がわかっているわたし自身でさえ、判読に苦労する。この字に慣れていない者が読んだところで、おおざっぱな作り方をつかむのがやっとだろう。

「どこかに置き忘れたわけではないんだね？」ジェイクが言った。チラシを軽く叩いた。

「店から持ちだした覚えもない。そうだね？」

「ええ」

「うっかり捨ててしまったとしても、けっこう大きな品だから、気づかないはずがない。ゴミ容器はすでに調べただろうね？」

「調べる前に、すでに空っぽになってたわ。でも、そこが妙なの。ギャビーのところのゴミ容器を見てみたら、まだ一杯なのに、うちの店のは空っぽ。サムがうちのゴミだけ収集して、ギャビーのところは残していったなんて、考えられない」

「きみが最近ここでやってることに何か興味を示した人物はいなかった？」

「他愛のない雑談ばかりよ。月に少なくとも一回は、この店を売ってほしいって話がくるけど、みんな、それほど真剣に言ってくるわけじゃないわ。くだらない意見だと思われそうだけど、やっぱり、わたしがティム殺しを調べるのを阻止するために、誰かがノートを盗んでいったとしか思えない」

「さっきもそう言ったね。だけどどう結びつくのか、ぼくにはよくわからない」彼のためにコーヒーを注ぐわたしに、ジェイクは言った。

「誰かがわたしの注意をそらそうと思ったら、ノートを盗みだす以上にいい方法があって？」そう言ったとき、ジョージが入ってきた。

「なんのノートだい？　誰に盗まれたんだ？　なぜ？」

「わたしのレシピノートが紛失したの」わたしはぼそっと答えた。それから、ジェイクと低い声でやりとりを続けた。こういう低い声がジョージに聞きとれる音域に含まれているのかどうか、よくわからないけど。ジョージは話すときに思いきり声を張りあげるタイプだから。

「そいつは深刻だな」わたしの差しだしたコーヒーカップを受けとりながら、ジョージは言った。

「お二人さん、ドーナツは何にします？」

「ぼくはプレーンなケーキドーナツ一個と、粉砂糖をまぶしたのを一個」ジェイクが答えた。

わたしはジェイクに笑いかけた。「食欲旺盛なところを強調しなくてもいいのよ。あなたがうちのドーナツの大ファンなのは知ってるから」

「強調なんかしてないよ。注文を控えてるぐらいだ。スザンヌ、きみのドーナツはすばらしい」

ジョージも同意した。「わたしはまず、グレーズドーナッツにしよう」

「作り方が記憶に刻みつけられてるドーナッツで助かったわ。でも、しつこいようだけど、ノートの件は偶然じゃないと思うの。そうでしょ？」カウンターへ移動した二人に、わたしは注文のドーナッツを用意しながら言った。

「ところで、まだこんなに早い段階じゃ、二人の調査に進展は望めないわね？」ドーナッツを運んだあとで、わたしは尋ねた。

ジョージがニッと笑った。「冗談言ってるのかい？　あんたの交際相手は信じられんほどの凄腕だぞ。わたしもそれなりにコネを持ってるつもりだった。ところが、この男ときたら、電話をひとつかけるだけで、すぐさま情報を手に入れる」

「友達が少しばかりいるからね。それだけのことさ」

「で、どんなことがわかったの？」わたしは訊いた。ジェイクと親しくなったことをジョージが喜んでいるのは明らかだが、殺人事件の調査を忘れてもらっては困る。

ジェイクは肩をすくめた。「残念ながら、たいして成果はなかった。いまのところ、役にも立たない情報ばかりだ。ここにきたのは、州警の同僚が出勤してくるのを待つためさ。連中の知恵を借りようと思ってね。どうせ待つなら、この店以上にいい場所はない」

「ここを選んでくれてうれしいわ」二人にコーヒーを運びながら、わたしは言った。

ジェイクが粉砂糖をまぶしたケーキドーナッツをひと口かじったあとで、わたしのほうから尋ねた。「正直に答えて。それ、覚えてるとおりの味？」

ジェイクは考えこんだ。ずいぶん長い時間だったので、わたしは不安になったが、彼はやがてこう答えた。「どっちとも言えないな。判定を下すには、もうひと口食べてみないと」

ジョージが笑った。「スザンヌをビビらせちゃいかん。スザンヌ、前と同じようにおいしいよ。わたしに言わせれば、あのノートは必要ない」

「同意していいものかどうかわからないけど、いまのところ、どうにもならないわね」二人はどうやら、わたしの感情を傷つけまいとしているようだ。泣きながら厨房に駆けこまれては困るので、率直な意見を控えているのだろう。それも仕方ないかも。いまのわたしはずいぶん気が弱くなっている。

なんとなく見覚えのあるハイスクールの生徒が、ニタニタ笑いを浮かべて入ってきた。

「賞金もらいにきたんだ」デイパックを軽く叩きながら言った。「大ニュースだぜ。あのノートが見つかった」

「見せてちょうだい」わたしは言った。こんなに早く出てくるなんて信じられなくて、心臓がドキドキしてきた。

男の子は一歩下がった。「そんなに焦んなよ。金を見せてくれたら、ノートを見せるからさ」

ジェイクが立ちあがり、男の子の背後へそっと移動して、逃げ道をふさいだ。

「その人の言葉が聞こえただろ。言われたとおりにするんだな。さあ、困ったことになる前に、その人にノートを見せなさい」

ジェイクの突然の登場に驚いて、男の子はビクッとふりむいた。「誰だよ、あんた？」

ジェイクがバッジをかざすと、男の子は青くなった。その瞬間、わたしはこの子をどこで見たのかを思いだした。「トミー・グレース、わたしのノートを持ってるなら、出してちょうだい。わたしがお母さんに電話したら、あなた、困るでしょ」

「おれのこと、知ってんの？　ドーナツ買いにきたこともないのに」

「でも、あなたのお母さんはお得意さまよ。じつは、けさもきて、編み物クラブのためにグレーズドドーナツを一ダース買っていってくれたわ。もしかして、お母さんから賞金の話を聞いたの？」

トミーは無言でうなずいた。

ジェイクが一歩前に出た。火が熱を放つように、トミーもジェイクの存在を感じとったようだ。ジェイクが氷のような声で言った。「きみはノートを持っていない。そうだね？　手にしたこともない」

トミーは視線を落とし、ジェイクが彼を軽く小突いた。「質問されたときは答えるんだ」

「ああ、持ってねえよ」トミーがようやく答えた。「最初から持ってなかった」

賞金を出そうと決めたときに、こういうことが起きるかもしれないと覚悟はしていた。でも、ハゲタカが空から舞いおりてくるのがこんなに早いなんて……。

「どうするつもりだったの？　わたしがお金を見せたら、ひったくって逃げる気だったの？」

トミーが青くなった。どうやら図星だったようだ。しどろもどろに言った。

「いや、べつにその、そんなつもりは……」

わたしがトミーに説教しようとしたそのとき、ジェイクがさらに前に出て言った。

「ぼくと外に出て、ちょっと話をしよう」

ジェイクがトミーの肩に手をかけた瞬間、トミーはその場で卒倒しそうになった。わたしの見たかぎりでは、かなり強く肩をつかんだようだ。

ジェイクによけいなことをさせてはならない。「ジェイク、この子も愚かだったけど、もういいのよ。放してやって」

わたしに止められて、ジェイクは驚いた様子だった。「ほんとに？」

「ええ」

ジェイクは肩をすくめ、男の子をつかんだ手をゆるめた。トミーは「ごめん」と言いながら、飛んで逃げていった。

「ずいぶん甘いんだな」ジェイクが言った。「あの子にちょっと説教してやるつもりだったのに。悪いことは悪いと教えなきゃ。これじゃ、罰も受けずにすんでしまう」

「あなたはそうお思いでしょうけどね」わたしは電話帳で名前を探し、そこの番号にかけた。

「メアリ？　〈ドーナツ・ハート〉のスザンヌよ。いましがた、トミーが店にきたの。賞金をくすねるつもりだったみたい」

わたしはメアリの言っていることがジェイクにも聞こえるように、受話器を耳から離した。メアリがようやく静かになったところで、こちらから言った。「そのとき、州警察の刑事が店にいたんだけど、息子さんを逮捕しようとするのを、わたしが必死に頼みこんでやめてもらったの。あなたが自分で懲らしめたいだろうと思って。わたし、間違ってた？　よかった、あとはそちらにまかせていいわね。もちろん。どういたしまして。じゃ、またね」

わたしが電話を切ったあとで、ジェイクが言った。「考えが変わった。母親にひきわたすより、ぼくのほうで少し怯えさせておくほうが、慈悲深かったかもしれない」

「わたしが慈悲心をかけるつもりだなんて、誰が言ったの？　あの子のことはメアリがたっぷり懲らしめてくれるわ」

「一秒たりとも疑うつもりはない。さてと、賞金狙いの詐欺師どもがまだまだ出てきそうだな。ぼくも店に残って、たちの悪い連中を追い払うのを手伝おうか」

わたしは彼を見て片方の眉を上げ、そして尋ねた。「わたしがトミーの扱いに手こずったように見えた？」

ジェイクは笑って首を横にふった。「いまの申し出は撤回する。きみは一人で立派にやっていける」

わたしは彼に優しく微笑した。「でも、あなたのそばにいられて幸せよ。それはわかるでしょ？」

「もちろん。何回言ってくれてもかまわないよ。その言葉を聞くのが大好きだから」ジェイクは腕時計に目をやり、大声で呼んだ。「ジョージ、そろそろ行こうか。同僚に電話できる時間になった」

「いま行く」ジョージは言って、スツールから機敏におりた。ひょっとすると、杖はもう必要ないんじゃない？ ジェイクと一緒に事件を調べてまわるのが、ジョージにとって最高の強壮剤になっているのは明らかだ。

それは間違いない。わたしにも同じことが言える。

「レシピノートのこと、ほんとに災難だったな」店を出ていこうとして、ジェイクは言った。

「心配しなくていいよ。きっと見つかる」

「そう願ってるわ」

「ぼくを信じてくれ。こういう例はたくさん見てきた」ジェイクはそう言ってウィンクし、ジョージと二人で出ていった。

立ち去る二人を見送っていたとき、電話が鳴りだした。

手を伸ばして電話をつかみ、「おはようございます。〈ドーナツ・ハート〉です」と言うと、受話器の向こうからグレースの声が聞こえた。

「今日の約束、キャンセルするしかなくなった。ごめん。急用ができたの」

「気にしないで。いったい何があったの？」

「わたしのボスと、そのまたボスがシャーロットにくるんですって。今日の午後、緊急ミーティングだっていうから、車を飛ばさないと」

「たぶん、昇給の話だわ」

「解雇の可能性のほうが大きいわね。本格的な人員削減が始まってて、営業チームのいくつかが整理統合されるって噂なの。以前の担当地区に戻してもらえるとうれしいんだけど。それなら、仕事を続けていけるし」

「そんなに深刻なの？」グレースがどんなに仕事を愛しているか、わたしはよく知っている。悪いほうへ変わるなんて考えたくない。

「ううん、たぶん、なんでもないわ。ごめんね、ドタキャンで」

「一緒に行って、精神的な支えになれればいいんだけど」

「グリム姉妹がいやがると思うわ」

「グリム姉妹？」

「この前、二人が並んだ姿を見たら、一人が険しい《グリム》顔をして、もう一人はさらに険しい《グリマー》顔だったから、グリムの双子姉妹って呼ぶことにしたの。でね、それを縮めてグリム姉妹。ついでに、語尾のmを二つにして、グリム兄弟と同じ綴《つづ》りにしたのよ」

「まさか、面と向かって言ったりしてないでしょうね」グレースの大胆不敵な性格はわたしもよく知っている。でも、いくらグレースでも、越えてはならない一線があるはずだ。

「言ってない、言ってない。あの二人の前では、わたし、礼儀作法の鑑《かがみ》みたいなものよ。心配しないで、スザンヌ。すべてうまくいくから」

「そう願ってる」わたしはそう答え、グレースの幸運を祈って「じゃあね」と言った。


一時間後、エマが奥から出てきた。「賞金をとりにくる人はいた?」

「偽者が一人。でも、いまのところそれだけ。こんなふうに辛抱強く待つって、ほんと、疲れるわね」

「あたしもぜったい、同じグラスを三回洗ってると思う。誰かがスザンヌのノートを持ち逃げしたなんて、考えただけで頭にくるわ」

「わたしがいま、どんな気持ちだと思う? コピーをとるのを拒んだのはわたしなのよ。あなたから何回も言われたのに」

「戻ってくることを信じましょうよ」エマはそう言って、ふたたび奥へ姿を消した。わたしがたまに店を空けるとき、エマの母親がピンチヒッターをやってくれるので、そちらに頼んでみてもいいかもしれない。わたしが復元しようとしているレシピに目を通して、不備な点がないかどうかチェックしてほしいと。二、三週間前、わたしがグレースとシャーロットへ買物に出かけるために一日店を休んだときも、エマの母親が手伝いにきてくれた。ノートがなかなか出てこなかったら、失ったレシピの一部だけでも救出できることを期待して、エマの母親に頼むしかないだろう。

品ぞろえがいつもほど盛りだくさんでないことに文句を言われつつも、ドーナツはけっこう速いペースで売れていた。少なくとも、赤字にはならないだろう、いまのところは。でも、今日の閉店時刻までにノートが出てこなかったら、足りない時間とお金をかき集めて、苦労の末に生みだしてきたレシピの復元に努めなくてはならない。つまり、ティム殺しの調査に首を突っこんでいる暇はないということだ。少なくとも、店のほうの問題を解決しないことには。ジェイクとジョージとグレースがわたし抜きで調査を進めるしかないとしても、わたしにはどうにもできない。エミリーと何を約束しようと、わたしが最優先すべきは〈ドーナツ・ハート〉をつぶさないようにすること。いまでは、この店は単なる生計の手段をはるかに超える存在となり、わたしの人生の重要な一部となっている。

ドーナツがあと何個ぐらい残っているか調べていたとき、ドアのチャイムが鳴ったので、新しいお客に挨拶しようとそちらを向いた。

入ってきたのはエミリー・ハーグレイヴズだった。その表情からすると、単なるおしゃべりのために寄ったのではなさそうだった。

10

「スザンヌ、話があるの」

この言葉がかならず人を不安にさせるのはなぜ？

「何か気になることでもあったの、エミリー？」

「マックスとつきあったことが申しわけなくて、もう一度謝りたかったの。わたしも何を考えてたのかしらね」

エミリー以上にしっかりした女性だって、これまでに何人も、わたしのもと夫の口説き文句に陥落してきた。わたしがマックスを〝偉大なる役者さん〟と呼ぶのも、故《ゆえ》なきことではない。

「エミリー、前にも言ったように、謝る必要はないのよ。マックスは女を口説くのがほんとに上手なんだから。あなたを責めようなんて、わたしはこれっぽっちも思ってないし、あなたも自分を責めちゃだめよ」

「もっと分別を働かせればよかった」エミリーはそう言って、長いためいきをついた。

「わたしもどうこう言える立場じゃないわ。だって、わたし自身、あの別れた夫のせいで失敗を重ねてきたんだもの」

エミリーがマックスとのことを裏切り行為だと思って自己嫌悪に陥っているのは明らかだが、そんなことで友情にひびが入るなんて、わたしはいや。マックスよりエミリーのほうが大切だし、離婚後までマックスにわたしの人生をかきまわされるなんてお断わり。

「あなたはどうなのか知らないけど、わたしのほうは、そんな話はもううんざり。やめましょうよ。ねっ？」

「いいの？」

「もちろん。ところで、あの子たち、けさはどこにいるの？」

「店の棚に戻ってるわ。心配しないで、あの子たちを置いて出かける前に、ちゃんと戸締まりしたかどうか、三回もチェックしたから」

「つぎのコスチュームを何か考えてる？」

「涼しくなってきたから、ハロウィンに合わせようかと思ってるの。コスチュームを考えるのって楽しいわ。想像力を思いきり羽ばたかせることができるから。わたしの大好きな季節よ」

「わたしも」事実そうだもの。「うちの店では、パンプキンドーナツ、スパイス入りのシードル、幽霊エクレアを出すつもり。飾りもうんと派手にして」

「わたしはピリッと冷たい空気が大好き。頭がおかしいんじゃないかって一部の人に思われてるのは知ってるけど、三匹のぬいぐるみをベビーカーに乗せて散歩に連れて出るのが楽しくてたまらないの。坊やたちがどんな反応をするか、あなたにも見せてあげたいわ」

「わたしに宣伝する必要はないわ。わたし自身が三匹の大ファンだもの。今度のハロウィンの衣装はどんなのか、見るのが待ちきれない」

エミリーは身を乗りだして言った。「誰にも言わないでね。でも、ウシを宇宙飛行士に、マダラウシをロボットに、そして、ヘラジカを海賊にしようと思ってるの。どう？」

あっと驚くのを毎年楽しみにしているのに、たったいま、その楽しみを奪われてしまった。でも、まさかそんなことは言えない。わたしを喜ばせたくてこっそり教えてくれたんだもの。本心を言うわけにはいかない。「すばらしいわ。毎年のことだけど」

「よかった。賛成してもらえてうれしい」エミリーは一瞬ためらい、それから尋ねた。「ティムを殺した犯人捜しのほうは進んでる？」

「町に住む友達何人かに手伝ってもらってるのよ。わたしの恋人も含めて。州警察の警部でね、いまちょうど休暇中なの。ティムの身に何が起きたのかは、わたしたちの誰かがきっと探りだせると思う」

現実にそうなるよう願うのみだ。たとえ、それがわたしでなくても。わたしがドーナッツショップの危機を救うのに追われていることは、エミリーにはとても言えなかった。でも、結局、人にはそれぞれ優先順位というものがある。

「あなたの協力にどれほど感謝してるか、言葉にできないぐらいよ」エミリーは言った。

「お礼を言うのはまだ早いわ。何もしてないんだもの」

「そんなことないわよ」エミリーは悲しげな微笑を浮かべた。「署長さんに何度もしつこく訊いたけど、何がどうなってるのか、何も教えてくれないの」

「署長にもそれなりの悩みやプレッシャーがあるしね」わたしは言った。あらら、どうしてマーティン署長を弁護するの？　このわたしがそんなことをするなんて、思ってもみなかった。

「わかってる。でも、わたしにとって、ティムはとっても大事な人だったの」エミリーはドーナツの陳列ケースの上にかかった時計を見あげ、それからつけくわえた。「ニュースタンドに戻らなきゃ。どこへ姿を消したのかと、あの子たちが心配してるから」

「せっかくうちにきたのに、ドーナツはいらないの？」

エミリーは額をピシャッと叩いた。「やだ、すっかり忘れてた。チョコレートグレーズドドーナツに星とキャンディコーンを散らしたのを二個。アイシングをたっぷりかけてね」

このほうがいつものエミリーらしい。「すぐ用意するわ」

わたしはドーナツを二個とり、奥へ持っていった。

厨房に入ると、エマがまだ皿洗いをしていた。「フロントのほう、代わりましょうか」

「いいの。すぐすむから」わたしは言った。ドーナツの装飾にとりかかると、エマがうれしそうに笑った。「エミリーがきてるのね。ちょっと挨拶してきていい？」

「行ってきて。ついでに、これ持ってってって」

エマにドーナツを渡し、彼女が店に出ているあいだに、奥の仕事を少しでも片づけておくことにした。皿洗いにはときとして、心を静める効果があり、皿を洗っているあいだに名案の浮かぶことがこの数年間に何度もあった。アガサ・クリスティーも同じことを言っていたと、何かで読んだ記憶がある。クリスティーに効き目があったのなら、わたしももちろん、伝統的ミステリの守護聖人に盾突こうとは思わない。

二、三分するとエマが戻ってきたが、わたしはそのあいだに皿洗いを終えていた。

「スザンヌ、ごめ～ん。ほっといてくれればよかったのに」

「いいのよ。エミリーはどんな様子だった？」

「あんなふうに姿を消して町のみんなを心配させたから、いまもかなり反省モードね。お母さんのせいでノイローゼになりかけてるみたいよ。郵便局や食料品店へ行くときとか、さらには、通りの先まで新聞を買いに行くときでさえ、いちいちお母さんに断わっていかなきゃいけないんだって。親との同居につきものの悩みのひとつね」

「わたしたち二人も似たようなものだと思わない？」

エマは唇を噛み、それから言った。「ある意味ではね。でも、エミリーは少なくとも大学へ行ったのよ。あたしなんか、この調子だと、エイプリル・スプリングズから一生出られないかも」エマはこの言葉がどう響くかに気づいたに違いない。あわててこうつけくわえた。「ここでバイトするのがいやだなんて思ってないわよ。でも、ほら、広い世界を見てみたいの」

「わかるわ。とりあえず、コミュニティ・カレッジの講座をとってるじゃない。大学に入ったら、それが役に立つわよ」

「楽しみだわ」エマは言った。

うちの従業員であり、良き友でもあるエマが抱いている広い世界への憧れが、わたしには世間一般の人々よりよく理解できる。「でも、大都会にあるのはまばゆい照明ばかりじゃないのよ。わかるでしょ？」

「まあね。スザンヌなら、あたしの気持ちを理解してくれると思ったんだけどな」

わたしはうなずいた。「理解してるわよ。でも、同意はできない。エイプリル・スプリングズの照明だけで、わたしには充分なの、エマ」

エマは皿を拭きながら言った。「スザンヌがそんなふうに思ってることは、あたしも知ってる。でもそういうのって、なんか理解できない」

わたしは笑った。「数年後に、あらためて話しあいましょう。わたしはそろそろフロントに戻らなきゃ。最後のひとがんばり」

売場のほうへ戻ろうとしたところで、ふと思いついて訊いてみた。

「エマ、あなたのお母さんがわたしのレシピの一部だけでも覚えてないかしら。何回か店を手伝ってもらったでしょ。誰かに助けてもらえるなら、藁《わら》にもすがりたい思いなの」

「さあ、どうかしら。母に訊いてみましょうか」

「面倒でなければ、ぜひお願い。今日の午後は何か予定が入ってる？」

エマは眉をひそめ、それから答えた。「入ってるけど、キャンセルできなくはないわ。どうして？　何か考えてたの？」

エマの私生活を邪魔するのは気が進まなかったが、いまのわたしはほんとにピンチだった。

「レシピの復元にとりかかろうと思って。あなたが手伝ってくれると、すごく助かるんだけど。バイト料は二倍出すから」

エマは笑った。「スザンヌ、賄賂《わいろ》は必要ないわ」

「でも、いらないって言うつもりもないでしょ？」

「突きかえせる身分じゃないわね」エマは答えた。「心配しないで。楽しくやりましょうよ」

どう考えても、いまからとりかかる作業が楽しいものとは思えなかったが、エマがそう思ってくれるのなら、それでべつにかまわない。「残ることにしてくれてうれしいわ。ありがとう、エマ」

「あたしで役に立てるなら光栄よ、ボス」

もうじき閉店時刻だ。皿はきれいに洗って片づけられ、ドーナツはほぼ完売。いつもなら、夜まで何をしようかと考えるところだ。

でも、残念ながら、今日はだめ。

レシピノートを復元しなくてはならず、憂鬱《ゆううつ》だった。でも、ほかにどうしようもない。しばらくなら、基本的なドーナツだけでやっていけるかもしれないが、そのうち、お客から苦情が出るようになり、悪くすれば、客足が遠のいてしまうだろう。わたしはドーナツを熱愛しているが、いくら大好きなものでも、ときにはうんざりすることがある。今日はもう、ドーナツなんか見るのもいやという気分だった。

最後まで粘っていた数人の客を追いだして店を閉めようとしたそのとき、アンジェリカ・デアンジェリスが〈ドーナツ・ハート〉のほうにやってくるのを見てびっくりした。

その表情からすると、わたしに何か話がある様子だった。

「アンジェリカ、元気だった？」

「正直に答えていい？」わたしより年上なのにいまなお魅力たっぷりのブルネット美人は言った。「もう最悪の気分よ。ティムったら、どうしてあんなひどい仕打ちができたの？」いまにも泣きだしそうな声だった。アンジェリカが人前で泣きくずれたりしたら大変。

「ちょっと待ってね。そしたら、ゆっくり話ができるから。それでいい？」

「ええ」悲しみに満ちた茶色の目を軽く押さえて、アンジェリカは言った。

「今日は少々早めに閉店させていただきます」居残っていた三人のお客に告げた。

「あれっ、まだ九分もあるのに」ノートパソコンのキーを叩いていた若い男性が言った。

「申しわけありません。ドーナツを一個サービスということで勘弁してもらえません？」

男性はこの一時間、コーヒーをちびちび飲んでいて、コーヒーと一緒にドーナツホール二個を買っていたが、わたしは彼が陳列ケースに何度か目を向けていることに気づいていた。

「二個でもいいけどね」男性はニッと笑った。

仕方がない。「じゃ、二個。ほかのみなさんもいかが？」

これまでの経験から言うと、どういう状況であれ、ドーナツを追加で二個サービスと言われて断わるお客は一人もいない。なんと言っても、わたしと同じく、ドーナツを愛してる人たちだもの。

みんなが帰ったあとで、アンジェリカが言った。「あなたによけいな負担をかけるつもりはなかったのよ。いまサービスで出したドーナツの代金、わたしに払わせて」

「どうせ処分するだけなんだから、気にしないで。アンジェリカ、何をお望み？」

「今日は、ドーナツはやめておくわ。でも、訊いてくれてありがとう」

わたしは彼女に優しい微笑を向けた。「注文をとるつもりじゃなかったのよ。友達として、できるだけあなたの力になりたいの」

「そうなればいいのにね」アンジェリカがふたたび目頭を押さえた。

「ぜひ質問したかったことがあるの。ティムはあなたに嘘をついてたの？」わたしはそっと尋ねた。

アンジェリカは驚きの表情を浮かべてわたしを見た。「どういう意味？」

「きみこそ特別な人だってティムが言ったことが、もしくは、ほのめかしたことがあった？」ティムが女性たちをだましていたのか、それとも、おおっぴらに複数の女性とつきあっていたのかを、ぜひとも知っておきたかった。

「いいえ、はっきり口にしたことは一度もなかったけど、とっても大切にしてくれた。誰もがそう思ってたはずよ」

「ティムが亡くなって残念ね。わたしも心からそう思ってる。でも、ティムに裏切られたという思いを持ちつづけるのはやめたほうがいいわ。でないと、いつまでたっても立ち直れないわよ。あなたのためにならないし、ティムの思い出を汚すことにもなると思う。三人の相手と同時につきあうなんて、わたしにはできないけど、さまざまな種類の愛を楽しむ人もいると思うの。そういう女性がけっこういることは、あなたもわたしも知ってるわよね。だったら、一概にティムが悪いとは言えないわ。彼のそばにいるとき、あなたは幸せだった？」

アンジェリカは一瞬のためらいもなく答えた。「ええ、とても」

「じゃ、二人のあいだには特別な何かがあったのね」

「わたしはそのつもりだったわ」

あまり温かい口調ではなかったが、わたしはこの返事を額面どおりに受けとって、それとなくこめられた皮肉は無視することにした。「だったら、人生で喜びを得たことに感謝し、ティムが亡くなったことを悲しめばいい、裏切られたという思いは捨てましょうよ。とりあえず、わたしはそう思ってる」

アンジェリカがどう反応するのか、しばらくは予測がつかなかった。彼女が何か言いかけて、すぐまた口をつぐんだのを、わたしは目にした。わたしの言葉を、もしくは、その言葉から湧きあがった感情をきっかけにして、なんらかの結論に達したに違いない。アンジェリカがいきなり泣きくずれたので、慰めようとして抱きしめた。一分近くたってから、アンジェリカは身をひいた。そのさいに、両手でわたしの顔をはさんだ。「スザンヌ、どうして愛のことにそんなにくわしいの？」

わたしは思わず噴きだした。「本気？ わたしはありとあらゆるミスを犯してきた人間なのよ。どう考えても、愛の専門家とは言えないわ」

「でも、あなたの意見には心から納得できる。わたしって、ほんとに愚かだったわね」

率直な返事をするつもりはなかったが、アンジェリカにどう答えればいいかはわかっていた。「愛を前にして、愚かにならずにいられる者がいる？」

アンジェリカはわたしの手をとった。「今夜ぜひ、うちのレストランにきてちょうだい。

営業を再開することにしたの。きっと、娘たちが仰天するでしょうね。あなたとジェイクをご招待するわ。ジェイクが町にきてるんでしょ？」

わたしはうなずいた。「ええ、でも、誰も知らないと思ってた」

「あのね、わたしにはいろんなところから情報が入ってくるのよ。さあ、きてくれるわね？」

どうすればこの招待を丁寧に断わることができるだろう？「お招きはすごくうれしいんだけど、いまのところ、忙しすぎて時間がとれないの」

アンジェリカが顎をツンと突きだしたので、わたしは、この会話がまだ終わらないことを覚悟した。「スザンヌ、好きなだけ抵抗すればいいけど、ノーという返事は認めませんからね。目下大忙しだと思ってるかもしれないけど、手打ちパスタとロマンスを少しだけ楽しむ余地はいつだってあるはずだわ。どう？」

「そうね」わたしは言った。アンジェリカはわたしの弱味も、自分の意見を通すコツも心得ている。「議論しても勝ち目はなさそう。六時にお邪魔するわ」

「六時？　あなたにしてはやけに遅いわね。五時にしましょうよ」

「とにかく、今夜また」

「ありがとう、スザンヌ」

「あら、何もしてないわ」

「友達を必要としていたわたしに、友達だと言ってくれた。誰も言おうとしない真実を、下手をすれば気まずいことになりかねないのに、きちんと言ってくれた。わたしのためを思ってくれてるから。最高にすばらしい贈物だわ」

　こんないい雰囲気をこわすのはいやだったが、ティムに関して、ほかにも質問しなくてはならないことがあった。「アンジェリカ、ティムはわたしの友達でもあったわ。あなたのように特別な仲ではなかったけど。彼の身に何が起きたかをわたしが調べてることは、たぶん気づいてるでしょうね。いやな思いをさせるかもしれないけど、どうしても訊きたいことがあるの。警察に伝えてあなたを容疑者リストからはずしてもらうために」マーティン署長がわたしの意見に耳を貸すことを期待するのは虫がよすぎるが、そんなことでためらっている場合ではない。

「いいわよ」アンジェリカが言った。覚悟を決めた様子だった。「なんでも訊いて」

「ティムが殺された夜、あなたはどこにいたの？」

アンジェリカには考える必要もなかった。「ああ、それならマーティン署長にすでに話したわ。娘たちとレストランの厨房にいたのよ。あの夜は満席で、五時から十時まで厨房にこもりっきりだったの」

「それだけ答えてもらえば充分だわ。いやなことを訊いてごめんね」

「わたしの人生からティムを奪った人間を見つけてちょうだい。その犯人に正義の裁きを受けさせるために」わたしの手を両手できつく握りしめて、アンジェリカは言った。

「全力を尽くすわ」わたしは約束した。

アンジェリカが帰ったあとで、店のドアをロックして、それからエマに言った。

「これでいいわ。戸締まり完了。ドーナツ作りを始める準備はできた？」

またしても早朝と同じくドーナツ作りにとりかかることに、エマはうんざりしていたかもしれないが、顔には出さなかった。「じゃ、がんばりましょう」

午後三時ごろ、ジェイクから電話があったが、わたしは両手がふさがっていたので、エマに出てもらった。

エマはジェイクの話にしばらく耳を傾けたあとで、通話口を手でふさいでわたしに言った。

「あとどれぐらいかかるのか知りたいそうよ」

「四時半にコテージに迎えにきてほしいって伝えて。〈ナポリ〉へ食事に行く予定。でも、いまは話してる暇がないわ」

エマはわたしの言葉を伝え、それからニヤッとした。「オーケイ、スザンヌに伝えておく」電話を切ったあとで言った。「好きなだけ謎めいたことを言ってくれてかまわないけど、秘密主義を通す気なら、今夜仕返しにあうぞって」

「覚悟するしかないわね。さてと、オレンジケーキドーナツに入れるオレンジエッセンスって、大さじ三杯だった？　それとも、小さじ三杯？」

「どっちか覚えてないけど、たしか、二杯だったと思う」

「あ、そうかも。生地を二等分して、大さじと小さじでそれぞれ試してみましょう」

「でも、二等分したら、香りが強くなりすぎない？」エマが訊いた。

「二杯を一杯に減らせば大丈夫よ」

「復元までにずいぶん時間がかかりそうね」適量のエッセンスを生地に加える作業にとりかかりながら、エマがいった。

「でも、復元できれば御《おん》の字だわ。ノートが見つからず、これまで使ってきたレシピの復元もまったくできないときのことが心配なの」

「そしたら、どうすればいい？」エマが言った。不安が顔にはっきり出ていた。

狼狽するのはまだ早い。少なくともそれだけはエマに伝えたかった。

「心配しなくていいのよ。なんとか乗り越えていきましょう。レシピの一部でも覚えてないか、お母さんに訊いてくれた？」

「ごめん、母はヒッコリーヘショッピングに出かけちゃったの。でも、六時半には帰ってくると思う。母と話をしたら、そのあとでスザンヌに電話しようか」

わたしはしばらく考え、やめたほうがいいと思った。「ううん。もしかしたら、運よくジェイクとディナーの最中かもしれない。明日の朝で大丈夫よ」

「いいの？」

「もちろん」わたしはできあがったドーナツの列に目をやり、三分の一以上が失敗作で、店で売るどころか寄付することもできないと悟った。「オレンジドーナツの試作が終わったら、今日はもうおしまいにしましょう。ジェイクとのデートの前に、二十分ほど仮眠しなきゃ。これは全部処分するしかないわね」失敗作のドーナツを指さして、わたしは言った。

「ほんと？　捨てちゃうの？」

「よかったら、家に持って帰ってくれてもいいわよ。ただし、誰にもあげないで。出来損ないのドーナツで店の評判に傷がついては困るから」

「わかった。スザンヌがそう言うのなら」エマはしぶしぶ答えた。わたしだって捨てるのは忍びないけど、ほかにどうしようもない。エマは厨房を見まわし、それから言った。「ねえ、こうしない？　作業はほとんど終わりでしょ。スザンヌは先に帰って。あとはあたしがやるから」

「そんなことさせられないわ」汚れた皿と出来損ないのドーナツの山を見まわして、わたしは言った。

「まかせといて。ちゃんとやれます。それに、スザンヌはほんとに睡眠が必要な顔をしてる。こんな言い方していいのかどうかわからないけど、疲れてげっそりって感じよ」

わたしは無理に笑みを浮かべた。「もう少しましなお世辞を言われたこともあるけど、ほんとにかまわないのなら、申し出をありがたく受けることにするわ。でも、あなたに全部押しつけるなんて、かなり抵抗ありだわ」

エマはニッと笑ってみせた。「まあまあ、いまのところ、少なくともあたしたち二人のうち片方が愛に恵まれてるわけだし」

「あなた、たしか、新しい相手とつきあってなかった？」

「たいした男じゃなかったわ。それにね、正直なところ、しばらく男から離れたほうがいいと思うの。さあ、デートを楽しんできて。今夜だけは、殺人のことも、レシピノートのことも、それから、一番肝心な点だけど、ドーナツのことも忘れてね」

「どれひとつとっても、考えずにいられるかどうか自信がないわ」わたしは正直に答えた。

「まして、三つすべてを忘れるなんてぜったいに無理」

「やってみなきゃわからないわ。さ、あたしが心変わりする前に出ていって」

二回も言われる必要はなかった。「帰る途中で売上金を銀行に預けていくわ。せめてそれぐらいはさせてね。じゃ、また明日の朝」ドアを出る前につけくわえた。「明日は寝坊したら？　それなら、わたし、今夜は罪悪感に駆られずにすむから」

「ほんと？　ほんとにいいの？」真っ暗なうちからドーナツショップに出勤するのでなく、ゆっくり寝坊できる朝にエマがどんなに焦がれているかは、わたしもよく知っている。

「もちろんよ。出てくるのは三時半でいいわ」

エマは笑いだした。「ワオ、まったくきびしい人」

鋭い指摘。しばらく考えてみて、それから言った。「ねえ、聞いて。もっといいことを思いついたわ。まる一日休んでちょうだい。バイト代は出すから。この何日か、ほんとによく働いてくれたもの。明日はわたし一人で大丈夫よ」

「休むなんてスザンヌに悪くてできないわ。でも、寝坊はさせてね」

「どちらでも好きにして。それから、エマ」

「ん？」

「ありがとう」

「いいんだってば」

短時間の仮眠をとるためにジープで家に向かいながら、エマが従業員として、友達としてそばにいてくれるのがどんなに幸運なことかを、しみじみと感じた。エマがいてくれなかったら、〈ドーナツ・ハート〉を定休日なしで営業できるかどうか自信がない。厨房でのエマの手伝いだけを言っているのではない。一緒に働いてくれる友達がいるのはすてきなことだ。前々からエマが言っているように、彼女がバイトをやめて大学に入ってしまったら、わたしは想像もつかないほど落ちこむだろう。

カウチで眠りこんでまだ十分もたっていないような感覚だったが、そこに母が入ってきた。

「スザンヌ？　いるの？」

「ここよ、ママ」わたしは宙で手をふった。

「あら、起こしてしまった？」カウチのへりをまわってわたしの前に立ちながら、母が訊いた。

わたしは起きあがって目をこすった。「いいのよ。どっちにしても、もう起きなきゃいけない時間だったから」母のほうを見た。「わァ、おしゃれ。早くもデートの支度をしたなんて言わないでね」

「あら、いいでしょ。ママは土壇場になってからあわてて支度するのが嫌いなの」

「署長が迎えにくるまで三時間もどうするつもり？」

「そんなに時間はないわ」

「いま何時？」わたしは眠い目で時計を見ながら言った。

「もうじき四時半」

「うそっ！　支度しなきゃ。ジェイクがきたら、ひきとめておいて」

「何時にくる予定？」母が訊いた。

玄関ドアにノックが響いた。「わたしの推測がはずれていなければ、あれ、ジェイクよ」

わたしは母が彼に挨拶するのも待たずに、階段を二段ずつ駆けあがった。

九分でシャワーと着替えをすませたが、髪は理想にはほどほど遠かった。せめてもの救いは、軽くお化粧する時間があったこと。あの仮眠はどうしても必要だったけど、そのせいで、ジェイクはとうてい完璧とは言えないわたしとデートすることになった。

ま、いいか。初めてのデートじゃないし、二度目のデートでもないんだから。

「すてきだよ」階段をおりていったわたしに、ジェイクが言った。「こんなすてきなきみを見られるなら、待つのはちっとも苦にならない」

わたしはその場で足を止めた。「だったら、もう少し待たせておけばよかった」笑顔で言った。今夜のわたしは珍しくも、ドレッシーなワンピースだった。ジェイクは上等のスーツ。二人で〈ナポリ〉のようなすてきな店に行けるなんてワクワクする。

「きみがシャワーを浴びてるあいだに、レストランに電話しておいた。多少遅れてもかまわないってさ。アンジェリカ本人が電話に出たんだ。ぼくたちのテーブルを用意してあるから、焦らずゆっくりきてくれって。今日はいったい何があったんだい？」

「車のなかで話すわ」

玄関を出るときに、わたしは大声で言った。「ママ、行ってきま～す」

母が寝室から出てきた。ドレスアップしたままなのを見て、わたしは胸をなでおろした。母のことだから、早くも尻込みしていたとしても不思議ではない。

「ママもちゃんとデートに出かけるわよね？」予定が変わっていないことを確認するぐらいは、べつにかまわないだろう。

「もちろん」母はそっけなく答えた。「それどころか、楽しみにしてるのよ」

「署長が迎えにくるまで、そばについててあげましょうか？　なんなら、それでもいいのよ。レストランの予約に少しぐらい遅れたって、どうってことないもの」

母は〝始末に負えない子ね〟と言いたげな視線をよこした。「スザンヌ、ママは一人前の大人なのよ。心配しないで」

「今夜はお二人でどちらへ？」ジェイクが訊いた。ドロシーと呼んでほしいと、母が以前ジェイクに頼んだのに、彼ったらいまでも呼びにくいみたい。いまも名前を呼ぶのを避けた彼を見て、わたしは愉快に思った。

「教えてもらってないのよ」渋い顔で母は答えた。

「じゃ、〈ナポリ〉にきてくれれば、ダブルデートできるわよ」わたしはニッと笑って言った。

　母が噴きだし、ご機嫌が直ったのを見て、わたしはホッとした。

「悪いけど、たぶん、べつのレストランを選ぶでしょうね」

「ちっともかまわないわ」わたしは母を抱きしめた。「頭痛予防のアスピリンは飲んだ？」

「今夜は頭痛のずの字もなさそうよ」母のほうからも抱きしめてくれた。「二人で楽しんでらっしゃい」

「はーい」

「どうぞ楽しい夜を」ジェイクが言った。

「あなたもね。この子が手に負えなくなったら、電話ちょうだい」

「了解。援軍が必要なときは、真っ先に呼びます」

二人で車に乗りこむときに、ジェイクが言った。「あのさ、ぼく、きみのお母さんが大好きだよ」

「そう言ってもらえるとうれしい。じつは、わたしも母が大好きなの。愛するって気持ちとはちょっと違うわね。ときどき、母のせいですごくいやな思いをすることもあるけど、支えがほしいとき、母はいつもそばにいてくれる」

「言うことなしだな。ところで、腹減ってる？」

「ぺこぺこよ」突然、本当に空腹なことに気がついた。「さっきみたいに眠りこんじゃったのが信じられない。店を閉めたあと、エマと二人で居残って、レシピを復元しようとしてたの」

「成果はあった？」

「残念ながら、たいして。誰がノートを盗んでいったか知らないけど、おかげでこっちは大ピンチだわ」

「その犯人に関して、何か新たに思いついたことはない？」

わたしはしばらく考え、それから答えた。「ひとつだけ推測できるのは、きのう店にきたお客の一人に違いないってこと。あの広告のおかげで、エイプリル・スプリングズの住人の四分の三が押しかけてきたから、誰がノートを持ち去ったとしてもおかしくないわ」

ジェイクはうなずいた。「すると、ティムを殺した犯人もたぶん、店にきただろうな」

そんな意見は好きになれないけど、でも、たしかにそうだ。「ティムが誰かをそんなにまで怒らせ、恨みを買ってたなんて、信じられない。でも、アンジェリカだって、今日〈ドーナツ・ハート〉にきたときはずいぶん苦悩してたわ」

「何があったんだい？　今夜はどうしてもぼくたちを招待したい様子だったが」

あまりくわしい話はしたくなかった。「二人でおしゃべりしたの。愛と誠意について。口説き文句を熱愛と勘違いしがちだってことについて。それから、世界をどう見るべきかということについて」

「ワオ。さぞ中身の濃いおしゃべりだったに違いない。拝聴できなかったのが残念だ」

「残念がることないわよ」

ジェイクはためらい、それから尋ねた。「そうした話題のどれかに関して、何か結論は出た？」

「一応ね。いくつになっても愛は苦労の種だけど、愛に向かって心を開くのは、いつだってその危険を冒すだけの価値がある」わたしはジェイクの肩に軽く手を触れた。彼のそばにいられることがうれしかった。

しばらく沈黙のなかで走りつづけたが、数分たってから、ジェイクが言った。

「きみがそんなに聡明だなんて、誰が思っただろう？」

「ちょっと、言葉に気をつけなさい。わたしだって、たまには聡明になることもあるのよ」

「それ以上だよ。おたがいにわかってるだろ」ジェイクが言った。手を軽く握られたわたしは、彼の目に涙が光っているのを見た。わが恋人は男のなかの男で、あまたの犯罪者を逮捕してきた州警察のこわもて警部だけど、誰にもほとんど見せたことのないべつの一面を持っている。

愛する女を得て、そして、失った男。でも、いまはふたたび、わたしと愛を育てようとしている。

彼にその決意を後悔させるような行動はぜったいとらないよう、わたしのほうも心がけなくては。

11

「いらっしゃい、スザンヌ」〈ナポリ〉の入口で出迎えてくれたアンジェリカが言った。キラキラ光る黒いドレスを優雅にまとったその姿は、昼間会ったときに比べると、肩の荷がおりたように見える。少なくとも、荷が軽くなったことは間違いない。「待ってたのよ」

「遅くなってごめんなさい。うとうとしてたら眠りすぎちゃって」わたしは弁解した。

「今夜きてもらえただけで、みんな、大喜びよ。さ、どうぞ。お席に案内するわ」

「あなたがサービスに出てたら、料理は誰が作ってるの？」

「いまは娘たちが厨房担当。けっこうがんばってるのよ！」アンジェリカはわたしに身を寄せてつけくわえた。「でも、ご心配なく。あなたたちをテーブルに案内したら、すぐ厨房に入るつもりだから」

「待っててくれたの？」わたしの大好きな席へ案内してくれる彼女に訊いた。壁にはイタリアの壁画が飾られ、入口ホールから噴水の水音が聞こえてくる。この席からだと噴水は見えないけど、水音だけでもうっとりする。

「楽しみにしてたんですもの。目下、マリアとアントニアが調理を担当し、ソフィアがそばでメモをとってるわ。あなたたちに楽しんでもらえるよう、みんなで一生けんめいがんばったのよ。二人ともおなかが減ってるといいんだけど。今夜のメニューはこちらで勝手に考えさせてもらったわ」

わたしは声をひそめた。「アンジェリカ、わたしたちのためにそんな手間をかけてくれなくてもよかったのに」彼女の時間と心遣いをずいぶん奪ってしまったことが、申しわけなくなった。

アンジェリカは誇らしげに言った。「友達のために特製ディナーを用意することもできなかったら、わたしになんの価値があって？　スザンヌ、落ちこんでたわたしを、あなたが救ってくれたのよ。その恩は忘れないわ」

「言葉をかけただけなのに」

「その言葉がわたしの心を癒してくれたの」

アンジェリカが立ち去ると、ジェイクが低く口笛を吹いた。

「うーん、今夜ここにきてよかった」

「アンジェリカの歓待がすごすぎるわね」

ジェイクはニヤッとした。「ご当人もずいぶん楽しんでるようだ。歓待してもらう資格がこちらにあるかどうかはべつにして、笑顔で好意に甘えることにしようよ」

「そうね。賛成」

マリアがサラダを運んできて、陽気な笑顔でテーブルに置いた。「ありがとう、スザンヌ。今日の午後、ママにどんな話をしてくれたのか知らないけど、エイプリル・スプリングズから戻って以来、まるで別人のようよ」

「お役に立てたのならうれしいわ。わたし、あなたのママの大ファンだから」

マリアがわたしにウィンクした。「あたしたちもあなたの大ファンと言って間違いないわよ」

「今夜は何を食べさせてもらえるのかな？」ジェイクが訊いた。

マリアが明るく微笑して、彼女の本当の美しさをまばゆいばかりに披露した。

「それは秘密だけど、もしあたしがあなただったら、気をひきしめるでしょうね。ペースを調整したほうがいいわよ。ママがちょっと張り切りすぎたかもしれないから」

マリアが立ち去ったあとで、わたしは言った。「あの子、ほんとに美人ねえ」

「そう？　気がつかなかった」ジェイクが言った。ひたすらサラダを見つめて、わたしと視線が合わないようにしている。

「じゃ、あなたは目が見えないか、嘘つきかのどちらかね」彼の手に軽く触れて、わたしは優しく言った。彼とこうしてテーブルにつき、仲のいい人々に囲まれていることの幸せをしみじみと感じた。「どっち？」

ジェイクはニッと笑って答えた。「ぼくはきみが出会ったこともないような大嘘つきだけど、そんな質問に正直に答えて点数稼ぎができる男はいないしなあ」

わたしは彼の頬に触れた。「ジェイク、ほんとのことを言ってくれていいのよ」

ジェイクは考えこむ様子を見せて、それから言った。「少々若すぎて、ぼくの好みには合わない。正直に言うと、遠くから見ればうっとりすると思うけど、ぼくはきみに首ったけなんだ」

「まあ、うれしい」わたしは笑顔で言った。

たっぷり六人分はありそうな料理が山盛りの大皿を持って、ソフィアが姿を現わした。まっすぐこちらにやってくるのを見て、わたしはジェイクの手をつかんだ。

「覚悟して」

「何を？」

「二人じゃ食べきれないほどの量よ」

ジェイクが向きを変えてそちらを見た。彼の顔に浮かんだ大きな微笑は、料理を運んできた若い美女より、料理そのものに向いているようだった。「まあ、ぼくの健啖ぶりを見ててくれ」

「お待たせしました」ソフィアが大皿をテーブルに置いた。パルメザンチーズとバターに飾られたパスタが何種類ものっていた。アルフレッドソースのかかったもの。ひき肉入りの濃厚な赤いソースのかかったもの。蝶々の形、太めの筒状パスタ《ジーティ》、筋の入った筒状パスタ《リガトーニ》、貝殻の形、そして、わたしが何よりも好きなラヴィオリ。

「こんなにたくさん食べきれないわ」

「おいおい、勝手にそんなこと言わないでくれ」ジェイクの目の輝きは、いまや料理だけに向けられていた。

「デザートの入る余地をちゃんと残しておいてね」ソフィアが笑みを浮かべて言った。

「もうっ、意地悪」わたしは笑みを返した。

「みんなからそう言われてるわ」

ジェイクと二人でパスタを順々に味見。どれも負けず劣らずおいしくて、あっというまにおなかが一杯になった。なのに、どのパスタもまだほとんど減っていない。

ジェイクが彼の取り皿を遠くへ押しやり、フォークを置いた。「正直に認めるのはくやしいが、きみを家まで無事に送り届けようと思ったら、これ以上は食べられない。こんなに残ってるのを見たら、アンジェリカになんて言われるだろう？」

「こう言われるわよ――〝容器に詰めますので、お持ち帰りください〟って」わたしの背後でアンジェリカが言った。彼女がそばにきていたことに、わたしはぜんぜん気づかなかった。

「まあ、すてき」わたしは言った。「王侯貴族になった気分だわ」

こちらの反応に、アンジェリカはうれしそうな顔をした。「最高の褒め言葉ね。楽しんでいただけた？」

「言葉にできないぐらい」

「よかった。そう言ってもらえて、わたしも幸せよ」

わたしはアンジェリカの手を軽く握った。「ええ、幸せそうね。少しでも力になれたのならうれしいわ」

「大きな力になってもらったわ。言葉にできないぐらい」

ジェイクが言い添えた。「それはどうだかわからないけど、このパスタ、最高にすばらしかったです」

アンジェリカは身をかがめてジェイクの頰にキスをした。「どういたしまして」目をキラッと輝かせて尋ねた。「デザートを食べる準備はできた？」

ジェイクはうめいた。「やめてください。殺される」

アンジェリカは笑って彼の肩を軽く叩いた。「バカなこと言わないで。パスタと一緒に容器に入れておくわ。無理に食べさせるのは気の毒だから」

アンジェリカが厨房のほうへ合図をすると、マリアとソフィアが出てきて皿を運び去った。

ジェイクが言った。「野暮なことを言うようですが、やはり、勘定書をお願いします」

アンジェリカは微笑した。「お代はいいのよ。今夜はいただけないわ」

べつのテーブルにいた体格のいい男性にも聞こえたに違いない。「おれたちもサービスしてもらえるのかい？　だったら、注文を変更しなきゃ」

アンジェリカは男性をじっと見てから言った。

「今日、わたしの命を救ってくださいました？」

「いや。だが、夜はまだまだ長い」

「でしたら、しばらく様子を見ることにしましょうね」アンジェリカは言った。

容器がいくつも運ばれてきたので、ジェイクが受けとった。ご馳走の重みに押しつぶされそうになりながら。

「ドアはわたしがあけるわ」

ジェイクの車までたどり着き、容器をうしろのシートに積みこんでから、彼が言った。

「きみも半分持ち帰ってくれると助かるんだが。一週間分はありそうだ」

わたしは笑いだした。アンジェリカの気前のよさには驚くばかりだ。

「明日の夜にはきれいになくなってると思うけど。全部うちの冷蔵庫に入れておくから、明日の夜、冷蔵庫漁りを手伝いにきてくれない？　いかが？」

「身にあまる光栄だ。これをきみの家に持ち帰る前に、少しだけ時間をもらえないかな」

わたしは腕時計を見た。「少しなら。どうして？」

「帰る途中でちょっと探偵仕事をしようと思って。きみさえかまわないなら」

このところ、事件の調査から抜けてばかりで申しわけなく思っていたので、こんないい機会は逃したくなかった。「喜んで。何をする気なの?」

ジェイクは車をスタートさせ、走りながら答えた。「いまから容疑者の一人を訪ねて、ティムが殺された夜のアリバイがあるかどうか、たしかめようと思っている」

「どの容疑者?」

「オーソン・ブレイン。今日、ジョージとぼくが話を聞きにいったら、ティムが殺された日は夕方六時から真夜中まで〈ランスキーのバー〉にいたという返事だった。神経をとがらせてたのか、それとも、単なる癖なのかは知らないが、ぼくたちと話をしたわずかな時間のうちに、爪楊枝を三本も嚙みちぎっていた。もっとも、それも困った癖だが、さらに困るのが酒の飲み方だ。やつのアルコール消費量ときたら、ぼくには想像もつかない」

「六時間もバーにいたのなら、ずいぶん飲んだでしょうね」

ジェイクはうなずいた。彼の声にかすかな悲しみがにじんだ。「三カ月前に奥さんを失ったそうだ。ぼくが調べたところによると、最近は毎晩のようにそのバーへ行ってるらしい」

「奥さんはどうして亡くなったの?」そう尋ねたとたん、ジェイクも交通事故で奥さんを亡くしていることを思いだした。ふだんの彼はどうしても消えない胸の痛みを巧みに隠しているが、わたしは彼にもっとオープンに話をするよう勧めている。事故のことだけでなく、夫婦ですごした水入らずの時間についても。彼の心のなかで奥さんにとってかわりたいなんて、わたしは思っていない。ただ、わたしだけの場所を作ることはできるだろう。

「亡くなったんじゃなくて、夫を捨てて出ていったんだ」

「えっ、ティムのせいじゃないでしょうね」わたしは言った。もしそうなら、オーソンには殺人の強い動機があったことになる。愛国者の木を使ったのも最後の仕上げにふさわしい。

ジェイクは肩をすくめた。「そんなことは断じてないと、誰もが思っている。オーソン以外はね。奥さんは三十歳も若い女だった。年の差婚っていうのは、うまくいくケースもあるが、あまり多くない。夫のいる女が年上の男のもとに走った場合はとくに。ぼくの経験から言うと、きみのために誰かを裏切った人間は、かなり高い確率で、いずれきみを裏切ることになる。出ていった妻のジリアンは、オーソンのことを金持ちだと思い、前の夫を捨ててやつと結婚した。給料ぎりぎりの暮らしだったことを、オーソンがうまく隠してたんだな。もっと金のある男から言い寄られたとたん、妻は出ていった」

「ティムがどう関わってくるの？」わが友ティムがそんな女と関係してたなんて考えられない。

「ティムはどうやら、ジリアンの誘惑を退けた数少ない男の一人だったようだ。デッキに屋根をつける仕事を頼まれて、毎日オーソンの家に通ってるうちに、ジリアンが露骨に迫ってくるようになった。ある日、早めに帰宅したオーソンが妻のそんな姿を目にして、ティムに腹を立てた」

わたしはジェイクに賞賛の目を向けた。「わずか一日でよくもそこまで調べあげたものね。

さすが敏腕刑事さん」

「まあ、離れ業を演じたのはこれが初めてじゃないけど、今日はそんなに大変ではなかった。ジョージと二人で近所の聞きこみにまわったら、ミセス・ガンダーソンという女性がアイスティーとレモン味のクッキーをお供に、あれこれ話してくれたんだ。まさに自警団だね。あんな女性が近所にいたら、四六時中、監視カメラのもとで暮らしてるようなものだ」

「情報源が一人だけなのに、どうしてその人の話が事実だと断言できるの？」

ジェイクは肩をすくめた。「そのあとで、裏づけとなる事実があれこれ手に入ったからね。だが、目下の急務はオーソンのアリバイ確認なんだ。バーテンダーと話をして、オーソンの話が本当かどうかたしかめる必要がある」

わたしはふと思った。「ジェイク、オーソンが毎晩のようにバーにきてるのなら、今夜もいるんじゃない？」

「かもしれない」ジェイクは認めた。

「だったら、あなたがアリバイ調べをしてることを、向こうに知られてしまうわ」

ジェイクはわたしに向かってにこやかに微笑した。「オーソンがバーにやってくるまで、ぼくが待とうとしたのはなぜだと思う？　警察の動きを容疑者に教えたほうがいい場合もあるんだ。ひそかに捜査を進めるより、思いきって揺さぶりをかけたほうが、成果が得られることもある。怯えさせれば、向こうはぼろを出すかもしれない。そこを狙うんだ」

わたしの恋人がやろうとしているのは危険なゲームだった。「ぼろを出さなかったら?」

「その場合は、向こうにぼくを恐れる理由はないってことだ」

五分後、わたしたちはバーの前に車を止めた。ジェイクがエンジンを切り、わたしのほうを向いた。「なんなら、ここで待っててくれてもいいよ」

わたしは笑った。「ジェイク、信じられないかもしれないけど、わたしだってバーに行った経験はあるのよ。バーテンダーと話をして、何が聞きだせるか、やってみましょうよ」

「仰せのままに」ジェイクは言った。わたしのためにドアをあけてくれたので、二人で店に入った。そう広い店ではなく、ダークな色調のテーブルがいくつか置かれ、くたびれたスツールの並んだ長いカウンターがあった。カウンターの奥の壁面は鏡になっていて、まともな照明があるのはそこだけだった。ＢＧＭが低く流れていたが、音が小さすぎて聴きとれなかった。店内の客は七人ほどで、ジェイクがわたしの肩を軽くつかんだ。「向こう端にいる。あれがオーソンだ」

わたしはその男に目を向けた。前かがみに腰かけて、両手でグラスをはさみ、宇宙の神秘が存在するかのようにグラスの底を凝視している。くわえた爪楊枝はズタズタで、顔には二日分の無精髭《ぶしょうひげ》。正直なところ、この男がちょっと哀れになったけど、そこでティムのことを考えた。この男がティムを殺したのなら、これっぽっちも同情する必要はない。

ジェイクはわたしをうしろに従えてカウンターまで行き、「何にします?」と尋ねた若いバーテンダーのほうへ首をふってから、警察のバッジを見せた。正式な捜査ではないので、そこまでやって大丈夫かと、はらはらしたが、すべて彼にまかせることにした。ひとつだけ確信できることがあった。少しでも不都合な点があれば、ジェイクもこんな行動には出ないはずだ。何よりもまずルールを大切にする人だもの。それでわたしが頭にくることもたまにあるけど、だいたいにおいて、そんな彼を偉いと思っている。

「あの男を知ってる？」オーソンのほうを指さして、ジェイクが尋ねた。

バーテンダーは笑った。「毎晩あそこにすわってますからね、知らずにいるほうがむずかしいですよ」この言葉がオーソンに聞こえるのを、バーテンダーは気にする様子もなかった。

「十日の夜もここにきてた？」

バーテンダーは考えこみ、それから答えた。「さあ、どうでしょう」

「姿を見なかったのかい？」

「わが家のカウチからは見えませんよ。ぼく、あの夜は休みだったんです」バーテンダーは笑顔で言った。

「じゃ、誰が出てたんだい？」ジェイクの声は冷静で、忍耐強さを保っていた。

バーテンダーはしばらく考えている様子だったが、やがて答えた。「レイニー・マイルズだ。週に二日、ぼくが休みのときに出てくる女です」

「どこへ行けば会える？」

「ここ以外で？　さあ、わからないな。ぼく、ここでバイトして学費を稼いでるんです。一時期、兵役についてて、いまは一日じゅうデスクの前にすわっていられる仕事を探してます。毎晩こうやって立ち仕事をしてると、たまに腰をおろせるのがほんとにありがたくて。わかるでしょ？」

ジェイクは黙って肩をすくめると、バーテンダーに名刺を渡した。「そのレイニーって女性と話すことがあったら、電話をくれるよう伝えてほしい」

バーテンダーは名詞を受けとり、カウンターの陰に置いた。彼の休みの日に出てくる女性バーテンダーに名刺を渡してくれるかどうか、保証のかぎりではない。

オーソンのそばを通りすぎたとき、ジェイクが二本指で彼に敬礼したが、向こうはたぶん気づかなかっただろう。もちろん、なんの反応もなかった。

店を出てから、わたしは言った。「完全な袋小路だったわね」

「そうかもしれないし、そうでないかもしれない」

「でも、オーソンは今夜もきてたでしょ。毎晩欠かさずバーにきてるっていう主張の裏づけになるんじゃない？」

わたしのためにドアを支えながら、ジェイクは言った。「ぼくは結論に飛びつくのを極力控えることにしている。もう一度出直してきて、女性バーテンダーと話をし、そこからあらためてスタートするつもりだ」

「何事であれ、額面どおりには受けとらない人なのね」

「苦難のなかで学習してきたからね。確認をおこない、さらにまた確認する」

エイプリル・スプリングズに帰る車のなかで、わたしは言った。「わたしにはあなたの仕事はできないわ」

「ご冗談を。ぼくらが出会って以来、きみもずいぶん経験を積んできたじゃないか」

彼の軽口につきあう気にはなれなかった。こっちは真剣なのに。「笑わないで。本気で言ってるのよ。捜査の過程で出会ったすべての相手について、最悪の部分を見ていかなきゃいけないわけでしょ？」

ジェイクは首を横にふった。「大事な点が抜けている。ぼくはどんな相手でも公平な目で見るようにしている。何かおかしいと思う理由が出てこないかぎり、人に対して先入観を持つことはない」

「どうしてそこまでできるのか、やっぱり理解できない」

ジェイクはさらに数分車を走らせて、それから尋ねた。「どんな人でもきみの店のようなドーナツショップを開いて、きみと同じ仕事ができると思う？　技術的な面はいったん脇へどけて、きみの労働時間だけを考えてみよう。毎日午前一時半に起きるのは、ずいぶん苛酷なことだ。正午までせっせと働いて、閉店後は掃除。そんな日が一週間に七日続く。どうしてそこまでできるのか、ぼくにはわからない」

「オーケイ、鋭いご意見だわ。人はそれぞれ自分だけの特別な才能を持ってるわけね」

「そう。だけど、きみの才能には、おいしいものが作れるというおまけがつく」ジェイクはうしろのシートへちらっと目をやった。「おいしいと言えば、あの料理、ものすごい量だな」

「わたしの家に着いたら、少し温めましょうか」

冗談なのかどうかを見きわめようとして、ジェイクがあわててこちらを見た。

「正直なところ、もうひと口も入りそうにない。きみ、大丈夫なの？」

「たぶん無理。でも、軽く食べるのにつきあってほしいとおっしゃるなら、期待に背くようなことはしないわ」

「いや、やめておこう。眠れなくなってしまう」

わたしは彼に笑顔を向けた。「少なくとも、明日の夕食は心配しなくていいわね。うちにきてくれるでしょ？」

「あのご馳走が待ってるから？　もちろん」

わたしは彼の腕を軽くつついた。「ご馳走よりも、わたしに会いにきてくれるんだと思いたいわ」

「いまからそう言うつもりだったんだ」ジェイクはニッと笑った。「ご馳走はただのおまけ」

「いいお返事ね」車は町の中心部を抜けてわが家のコテージに近づいていた。彼と一緒にいると、わたしは幸せ。充実感と温かさに包まれ、そして何よりもうれしいことに、安心していられる。

コテージの前に車を寄せたとき、外は暗くなっていたが、ポーチで何かがちらつき、光が揺れているのが見えた。

様子がおかしい。

火だ！

12

ジェイクもわたしと同時に、火に気づいたに違いない。あわてて車を止めると、そのまま飛びおり、わたしもすぐあとに続いた。

ステップを駆けのぼるあいだに、燃えているのはポーチの狭い一角だけだとわかった。ホースをとりに走ったが、いつもポーチに置いてある古い毛布をジェイクがつかみ、わたしがホースのところへ行き着く前に、毛布を叩きつけて火を消してくれた。念のために、わたしが水をかけ、そのあとでジェイクが言った。「ポーチの照明をつけてくれ」

言われたとおりに照明をつけたあと、その光のなかで、何が燃やされたのかたしかめようとしてのぞきこんだ。

見たとたん、胃のあたりに不快な感覚が広がり、何が燃えていたのかを知った。わずかに残った表紙を見ただけで、この世で何よりも大切にしていたものを誰かに破壊されてしまったことが、疑いの余地なくはっきりわかった。

それはわたしのレシピノート。内容が二度と復元できないことは明らかだった。

「これを見てくれ」ジェイクの声に、わたしは現実にひきもどされた。

「レシピノートだわ」不意に倦怠感に襲われて、ぐったり力が抜けた。彼と視線を合わせられなかった。わたしにできるのは、燃やされてしまった大切な品を凝視することだけだった。

「ノートが消えたなんて信じられない」

「スザンヌ」ジェイクがどなった。「こっちを見ろ」

言われたとおり、彼のほうへ視線を上げた。

ノートのところへ急いだためにわたしが見落としてしまったものを、ジェイクが指さしていた。

それは手すりに貼りつけられたメモだった。

〝手をひけ。さもないと、つぎはおまえの貴重なノートより大切なものが燃やされるぞ。木の羽目板は明るい炎を上げる。マッチをする理由をわたしに与えてみるがいい〟

「この脅しは本気だ」

「言われなくてもわかってる。あのノートに書かれていたのはレシピだけじゃないのよ。ドーナツショップをやっていくためのアイディアがいろいろメモしてあったの。十分の一でさえもう復元できそうにないわ。ああ、どうすればいいのかわからない」

ジェイクは首をふった。怒りのにじむ声で言った。「スザンヌ、危険にさらされてるのは〈ドーナツ・ハート〉だけではない。殺人犯はきみの命を狙ってるんだ」

わたしはジェイクを見た。強い決意が声に出るのを隠すつもりはなかった。

「わたしはどこへも行かないわ、ジェイク。手をひくつもりもない。誰が犯人か知らないけど、かならずつかまえて、償いをさせてやる」

「そうカッカしないで」ジェイクの声が不意に冷静になり、頼もしく聞こえた。「命を懸けるだけの価値のあることだろうか」

彼に理解してもらう必要があった。わたしと店がどれだけ大きな打撃を受けたかを、どうしても彼に知ってもらいたかった。「ジェイク、ひとつ質問させて。悪党に脅されたら、あなたはどう反応する？ 適当な返事でわたしをなだめようなんて思わないでね。ほんとのことを知りたいの」

ジェイクは顎を掻き、それから答えた。「犯人逮捕に全力を挙げ、罪を償わせてやる」

わたしは熱のこもった目で彼を見あげた。「わたしも同じだってことを、どうしてわかってくれないの？」

ジェイクはうなずいた。「言いたいことはわかる。だけど、ぼくは警官だ」

「そして、わたしはしがないドーナツ屋」

ジェイクは首をふった。「〝しがない〟なんてとんでもない。ただ、ぼくは専門的な訓練を受けている」

わたしはうなずいた。「そうかもしれないけど、わたしがこの脅迫状に負けて手をひいてしまう可能性が、万にひとつでもあると思う？」

「いや」一瞬もためらうことなく、ジェイクは答えた。「百万にひとつもない」

「じゃ、わたしがいまみたいに考えたのを、ほんの少しでも意外に思ってる？」

「いや、思わない」ジェイクは答えた。今度はかすかな笑みとともに。

理解してくれたのだ。彼の目にそれが表われていた。

「よかった」

ジェイクがわたしを抱きしめて言った。「だったら、犯人が脅しを実行に移す前に、ぼくらの手でつかまえなくては」

「やっとそう言ってくれたのね。ここで待ってて」

わたしは家に入って箒とちりとりを手にしたが、どうしても使う気になれなかった。かわりに、真っ白な紙を二枚とった。外のポーチに戻ると、ジェイクが灰のそばに膝を突いていた。ひどく悲しそうな顔でこちらを見あげた。「ほんとに残念だ、スザンヌ。救いだせる部分は残っていない。やってみたんだが」

わたしは彼の肩に軽く手を置いた。「いいのよ」空元気《からげんき》を出して言った。「一からやりなおすわ。すでにエマと二人で古いレシピを思いだしながら試作してるし、エマのお母さんにも手伝いを頼んであるの。わたしが留守にするとき、よくお店を手伝ってもらってるから」紙の一枚を使って灰を集め、もう一枚のほうに移しながらつけくわえた。「あのお母さんの記憶力がわたしよりすぐれているよう、願うしかないわね」

ノートの残骸を紙の上に集めてから、灰がこぼれないように丁寧に折りたたんだ。でも、このまま塵芥《じんかい》のごとくゴミ容器に放りこむなんて耐えられない。

ジェイクがわたしの逡巡に気づいたに違いない。優しく言った。「ねえ、このノートを丁寧に見送る儀式をおこなってはどうだろう?」

「ノートのことでこんなに感情的になってしまって、おかしなやつだって思われそうね。でも、マックスと離婚して店を購入したとき、真っ先にこのノートを買ったのよ。いろいろ計画を立てようと思って。このノートはね、ぜったいに忘れたくないわたしの人生の一部なの」

ジェイクはうなずいた。「よくわかる。ついてきてくれ」

ジェイクのあとから彼の車まで行くと、彼が車のトランクをあけた。身体を突っこんでスコップをとりだした。「敬意をこめて扱わなくては。ノートを埋めるのにふさわしい特別な場所が、公園のなかにない?」

「ぴったりの場所を知ってるわ」わたしはそう言って、〝考えごとをするときの木〟まで歩いた。愛、人生、学校、結婚について考えるために出かけていた場所。その木の下に立って、ある場所を指さした。幹から伸びたお気に入りの枝に腰かければ、その場所をながめることができる。「そこなら完璧だわ」

ジェイクは上等のスーツを着ているのもかまわず、土を掘りはじめた。十センチほど掘ったところで、わたしは言った。「それで充分よ」

ワンピースの裾を少し上げてから、軟らかな地面に膝を突き、灰の入っている紙を穴のなかに丁寧に置いた。

「ライター持ってる？」ジェイクに訊いた。

「車に置いてある」ジェイクは感心なことに、理由を訊こうとしなかった。一分ほどして戻ってくると、わたしに使い捨てライターを渡してくれた。わたしは身をかがめて、紙の端に火をつけた。紙はたちまち炎を上げ、勢いよく燃え、ほどなく燃え尽きた。わたしは土を手ですくって穴を埋めながら、そっと声をかけた。「いろいろありがとう。ノートのことはずっと忘れない」

立ちあがると、ジェイクがわたしを腕に包んで抱きしめてくれた。わたしはこの瞬間まで、自分がどれだけ情緒不安定になっていたかを自覚していなかった。彼の胸に顔を埋めてすすり泣いた。失ったものを、そしてそれ以上に、ノートが象徴していたものを悼《いた》む気持ちから。わたしの一部が消えてしまった。二度ととりもどせない。涙はけっしておおげさな反応ではない。

数分がすぎたころ、ノートを焼かれた衝撃と辛さが薄れていき、わたしはジェイクから身体を離した。

「わたしのことをただのおバカさんだと思わずにいてくれて、どうもありがとう」

ジェイクは優しく愛撫するようにわたしの頬をなでた。「思うものか」と言うと、身をかがめてキスしてくれた。

しばらくして、誰かに名前を呼ばれているのに気づいた。「スザンヌ？　あなたなの？　そこで何してるの？」

母だった。署長とのせっかくのデートを、またしても早めに切りあげたようだ。

ジェイクと二人でポーチに戻ると、煤《すす》の残骸が目に入った。ジェイクが言った。

「ぼくがもう一度、ホースで水をかけておく。あとのことはまかせてくれ」

ジェイクがコテージの角を曲がって姿を消してから、わたしは母に尋ねた。

「マーティン署長とはどうだったの？」

母は首を横にふった。「その話はあとで。ねえ、ここで何があったの？」

「うちのフロントポーチでレシピノートが燃やされたの」わたしは言った。この言葉はいままで喉の奥にひっかかったままだった。口に出したとたん苦痛がよみがえったが、それを強引に抑えこんだ。

料理とお菓子作りの名人である母は、ひとことも説明しなくても、それが意味するものを理解してくれた。「なんてこと……。ひどすぎる。いったい誰がそんなことを？」

ジェイクが戻ってきたので、わたしは言った。「さっきのメモを母に見せてあげて」

メモが見つかったあと、ジェイクはそれをポリ袋に入れて保管していたので、ポケットからとりだして母に見せた。

母がメモに目を通すあいだ、わたしは母の反応を見守った。

わたしが目にしたのは、恐怖ではなく、怒りと決意だった。この瞬間ほど母を誇らしく思ったことはなかった。

「こんなことをした人間を、二人でかならず見つけだしなさい」母の声は鋼鉄の響きを帯びていた。

「心配しないで。ぜったい見つけるから、ママ」

母はうなずき、それからジェイクを見た。「今後もこの子に力を貸してくれるわね？」

「もちろんです」ジェイクは母の視線をまっすぐに受け止めて答えた。

「よかった。ママにも何か手伝えることがあったら言ってちょうだい。こんな脅しに負けちゃだめよ」

わたしがジェイクの車から料理の残りをとってくると、母は容器を見て〈ナポリ〉のものだと気づいた。「せっかくのディナーを邪魔してしまったのね。二人が食事するあいだ、ママは姿を消すことにするわ」

母が家に入ろうとしたので、わたしは母の腕をつかんだ。「これは残りものなの。食事はもうすませたのよ」

　母はいくつもの容器にふたたび目を向け、それから尋ねた。

「これが残りものだというなら、いったいどれだけ注文したの？」

「説明しても信じてもらえないわ」

「してごらんなさい。楽しい話なら大歓迎よ」

「いいわよ。とにかくこれを冷蔵庫にしまって、話はそれからゆっくりね。とにかく、食べるものより、話したいことのほうが多いの。ママのデートはどうだった？」

　母はむずかしい顔になった。「デートと呼べるところまで行かなかったわ」

「また頭痛？」

「ううん、そんなんじゃないの。スタートでつまずいて、あとは悪くなるばかりだった。二人でマウンテン・ビューまで行って、そこでフィリップが観光用の馬車を頼んだの。ディナーの前に湖を一周するつもりで」

「ロマンティックねえ」

「そう思うでしょ。ところが大間違い。まず、馬のおなかにガスがたまってた。つぎに、馬車の車輪がはずれてしまった。そこで雨が降りだし、雨のなかを歩いてフィリップの車まで戻るしかなくなった。でね、高級レストランへ行ったんだけど、フィリップは見るからに居心地が悪そうで、おまけに、お料理を注文する暇もないうちに、緊急の用事で呼びだされたの。法執行機関に勤務する男性とデートするのがいいことなのかどうか、わからなくなってきたわ」

「さあ、どうかしら」わたしはジェイクの手を握って言った。「わたしのほうはいまのところ、うまくいってるけど」

　母は自分が何を言ったかに気づいて、焦ってジェイクを見た。

「ジェイク、あなたのことを言ったんじゃないのよ。あなたがうちの娘にふさわしいかどうか、疑問に思ったことは一度もないわ」

「まあまあ、ドロシー」ジェイクは母のファーストネームを初めて抵抗なく口にした。「個人的な意味にとったりしてませんよ。そもそも、正しい意見なんだし。だけど、職業を理由に署長に辛い点をつけたりしないでください。〝奉仕し、保護する〟というのは警察の単なるモットーではなく、警官が真剣に仕事に打ちこめば、生き方そのものになるんです」

　母はしばらく考えこむ様子だったが、やがて言った。「そうかもしれないわね。でも、フィリップとわたしって、交際を始める前から不運につきまとわれてるみたい」

「簡単にあきらめるつもり？」容器をキッチンへ運びながら、わたしは尋ねた。

「いいえ。もう一度デートすることにしたわ。少なくとも努力する価値はあるって、両方の意見が一致したから」母はテーブルに並んだ容器を見渡した。「ママの分だけ、お皿にとってもかまわない？」

「どうぞ、どうぞ」わたしは言った。「ママが食べるのを、そばで見ててあげる」

母は料理を皿にのせながら、わたしたちのほうを見て訊いた。

「一緒にどう？　それにしてもすごい量ね」

「遠慮しとく。〈ナポリ〉でどんなにたくさん食べてきたか、ママには信じられないわよ」

電子レンジで料理を温めるあいだに、母は訊いた。

「どういうわけで、こんなにどっさり注文したの？」

「だって、テーブルについたとき、ちょっとおなかが減ってたから」わたしはまじめな顔をしようと努めた。

ところが、せっかく母をからかおうとしたのに、ジェイクに邪魔されてしまった。

「だまされちゃだめですよ。スザンヌが今日の午後、アンジェリカと話をしたんです。アンジェリカがそれに感謝して、レストランに着いたら山のようなご馳走を用意して待っててくれました」

母が電子レンジから皿を出して、ひと口食べ、にっこりした。「アンジェリカの作るパスタは魔法のようね。スザンヌ、アンジェリカにいったい何を言ったの？」

「愛について二人で話したの。それと、愛を表現するためのいろんな方法について」

母が当惑の表情を浮かべたので、わたしはさらに説明した。「ティムの死はアンジェリカにとって大きな打撃だったけど、ほかにも交際していた女性がいたと知って、さらに傷ついた。裏切られた思いだったのね。でも、わたしと話すうちに、アンジェリカこそただ一人の相手だとティムが断言したことはなかったし、遠まわしに言ったことすらなかったことがはっきりしたの。自分だけを愛してほしいとアンジェリカが求めたことは一度もなく、ティムのほうも、そんな約束はしなかった。根拠のない勝手な思いこみをしてたんだってアンジェリカが悟ったおかげで、ティムを恨む気持ちはなくなり、頭のなかで作りあげていた幻想ではなく、ありのままの現実を受け入れられるようになったのよ」

母はフォークを皿に置き、わたしをじっと見た。「ひとつ質問させて。あなた、ティムのやったことを大目に見るつもり？」

ジェイクはこの場から消えてしまいたいという顔をしたが、わたしはひきさがらなかった。

「ママ、ティムは誰とも婚約なんかしてなかったのよ。複数の女性と同時につきあってたのは事実だけど、そのなかの誰にも嘘をついていなかったのなら、べつに悪いことじゃないでしょ。みんながみんな、一人の相手しか愛せないタイプとはかぎらないわ。わたしはそんなの気にしない。わたしが許せないのは、そして、ぜったい許す気になれないのは、そのことで嘘をつく男なの」

母はあいかわらず不機嫌な顔のまま、わたしの恋人のほうを向いた。

「ジェイク、あなたの意見はどう？」

ジェイクはたじろぎもしなかった。それだけは褒めてあげなきゃ。母の目をまっすぐに見て答えた。「ぼくは小切手帳の管理すらできない男ですから、二人の女性を手玉にとるなんてとうてい無理です。一度に一人の女性としかつきあえない性分なんです」

「ほらね、ジェイクもママと同じ意見だわ」母が勝ち誇ったように言った。

「いや、そう結論を急がないで」ジェイクがそう言って、母とわたしを驚かせた。「その一方で、ティムみたいに、いろんな女性と同時につきあうのが好きな男性も、ぼくはたくさん知っています。それどころか、複数の男性とデートしたがる女性も何人か知っています。あくまでも、個人の好みでしょうね。何が正しい、正しくないという問題じゃなくて、単にそういうことなんですよ」

母がその意見に反応するかどうか、わたしにはわからなかったが、母は肩をすくめると、ふたたびパスタを食べはじめた。「十人十色ってことね」

しばらくしてから、ジェイクが言った。「レディたち、楽しかったけど、そろそろお暇《いとま》しなくては。二人に睡眠をとってもらうために」

わたしは時計を見て、彼の言うとおりだと気づいた。「車まで送るわ」

「おやすみ、ジェイク」母が言った。

「おやすみなさい」ジェイクが答えた。

わたしはジェイクを送ってポーチに出た。二人でしばらく足を止めた。「交際に関するぼくの意見、お母さんは気に入らなかっただろうな」わたしにキスをしてから、彼は言った。

「何言ってるの？　母に立ち向かって、みごとに切り抜けたじゃない。母はあなたのことを大いに見直したわよ。あなたには想像もつかないぐらい」

「じゃ、見直されてるあいだに逃げだそうと決めたのは正解だったな」彼がふたたびキスしてくれた。うっとりと我を忘れそうになったとき、彼が唇を離した。

ジェイクはかすれた声で言った。「スザンヌ、いま離れないと、永遠に離れられなくなりそうだ」

わたしは笑った。「母を呼んできたら、あなたも帰る気になるんじゃないかしら」

ジェイクもお返しにニッと笑って、わたしを抱いた腕に力をこめた。「さあ、どっちかな」微笑を消してつけくわえた。「スザンヌ、くれぐれも用心してくれ。あの火は警告だ。それを忘れちゃいけない」

「でも、エミリーとの約束を破るつもりはないわ。約束は約束よ。ティムの身に何が起きたのか、探るのをやめようとは思わない」

ジェイクはうなずいた。「きみの気持ちはよくわかる。心配しなくていいよ。ぼくもやめる気はないから。明日はジョージと二人で大忙しになりそうだ」

「グレースとわたしもよ。明日の四時ごろ、みんなで会って、調査の成果を報告しない？」

「わかった」ジェイクはそう言うと、車に乗りこみ、走り去った。

家に戻ると、母が食事に使った皿を洗っていた。

「おいしかったわ。ママにも分けてくれてありがとう」

「デートがうまくいかなくて残念だったわね」

「正直なところ、ママもがっかりなの。つきあうのをやめようかと思わないでもなかったけど、ジェイクの話を聞いてるうちに、もう一度がんばってみようって気になれたわ。彼、いい人よね。そう思わない？」

わたしのほうは、署長との過去のゴタゴタがあるだけに、いい人だと本心から言えるかどうか自信がなかった。「そう悪い人じゃないけど」わたしは言った。それは間違いなく真実だ。

「ママが言ってるのはフィリップのことじゃないわ。ジェイクのこと」

「それなら、心の底から賛成。でも、忘れないで。わたしが実家に戻ってきたころだって、ママとわたし、けっこうぎくしゃくしてたじゃない。かつて、ある聡明な女性に言われたことがあるの――持つ価値のあるものは、それを手に入れるために努力する価値があるって。覚えてない？」

「人のセリフを投げかえすのはやめなさい」母が笑いながら言った。

「いいじゃない。愉快なことだから」

母は時計にちらっと目をやった。「寝る時間をすぎてるんじゃない？」

「ママったら、それぱっかり」わたしは笑顔で言った。「ちゃんとベッドに入りますよ。でも、いまはママとしゃべってるのが楽しくって」

「ママも同じ気持ちよ。でも、二人とも睡眠が必要だわ」母はそう言って、わたしを抱きしめた。「おやすみ、スザンヌ。楽しい夢を見てちょうだい」

「ママもね」わたしはそう言って、二階へ向かった。

今夜こそ、ここしばらくの睡眠不足をとりもどすことができるだろう。

枕に頭をつけて、ジェイクのことを思った。今夜そばにいてくれたこと、失われたノートにお別れを言うのを手伝ってくれたこと、泣きくずれるわたしを抱いてくれたこと、そして、おやすみのキスをしてくれたこと。

今夜、危険が一段と大きくなったが、それでもわたしは幸せだった。だって、ジェイクがいてくれるから!

とろとろと眠りにつくわたしの顔に笑みが浮かんでいたのは、きっとそのおかげだったのだろう。

13

翌朝、〈ドーナツ・ハート〉の照明をつけるのと同時に、電話が鳴りだした。いつもなら放っておいて、あとは留守電にまかせるのだが、大口の注文かもしれない。いまのわたしは注文を逃すことのできる身分ではない。

「〈ドーナツ・ハート〉です」受話器をとって反射的に言った。

「マーティン署長だ」電話の向こうから声が聞こえた。「ちょっとだけいいかな、スザンヌ」

妙なこともあるものね。「いいですよ。何か困ったことでも？」

「いや、まあ、その……。どう言えばいいかな」

「あらら、はっきりしないお返事ね」

署長はためらい、それから言った。「忘れてくれ。電話なんかするんじゃなかった」

「ちょっと待って。何かあるんでしょ。でなきゃ、署長さんが電話してくるわけないもの。さあ、話して。時間は充分あるから」

ようやく返事をしたとき、署長はひどく暗い声になっていた。「あんたのお母さんのことなんだ。アドバイスがほしい」

わたしは危うく受話器を落としかけた。本気なの？　母に求婚するのに、わたしの助けがほしいって言うの？　警察署長にデートのコツを教える気になれるかどうか、自分でもよくわからない。「何か具体的に知りたいことがあるの？　母が好きなのは黄色いバラよ」

「いや、デート全般に関してなんだ。なぜだかわからんが、どうもうまく運ばない。お母さんに喜んでもらおうと一生けんめいなんだか、がんばって何かするたびに、惨めな失敗に終わってしまう」

「それは署長さんに問題があるのよ」わたしは歯に衣着せぬ言い方をした。ふだんなら、署長にそんな口を利くことはけっしてないのだが。

「続けてくれ。気になる意見だ。拝聴しよう」

わたしは深く息を吸って、それから言った。「無理するのをやめればいいのよ。このつぎ二人で出かけるときは、ふだんどおりにすればいいんだわ。署長さんに比べて母がそれほどお熱じゃなかったら、どっちにしてもうまくいかないし、ロマンティックに馬車を走らせても、気どったレストランで食事をしても、なんの役にも立たないでしょ」

「つまり、いつもの自分でいろというんだな」署長は低くつぶやいた。「情けないことに、そんなことは頭に浮かびもしなかった。やってみる価値がありそうだ。礼を言うよ」

「どういたしまして」

電話中にエマが入ってきていたに違いない。受話器を置くと、ドアのところに彼女が立っていた。

「誰だったの？」

わたしのほうは、エマにくわしい話をする気はなかった。「言ってもきっと信じてもらえないわ。ねえ、今日は寝坊するはずだったでしょ。なのに、ずいぶん早く出てきたのね」

「だって仕方ないわ。ドーナツを作りたくてうずうずしてるんだもの」

エマの熱意と、店を救うのに協力したいという純粋な気持ちを、わたしはありがたく思った。「じゃ、始めましょう」レシピノートの件を話すと、エマもわたしに劣らず動揺した。しかし、いまさらどうにもならないことだ。災難を忘れ去ろうと努めるしかない。

開店の準備が整うまでに、作戦をひとつ立てた。マーティン署長が母のハートを射止めるための作戦ではなく、ドーナツショップを救うための作戦でもなく、ティムが殺された事件にどうとりくむかという作戦。ジェイクとジョージは今日もオーソンとステュを調べることになっている。ならば、ジーナとベッツィはわたしとグレースの担当だ。わが親友が協力すると断言してくれたので、わたしも彼女を当てにしている。グレースがサンフランシスコへの転勤を断わってくれて、ほんとによかった。グレースがそばにいてくれるのは、銀行の貸金庫に金塊の山が入っているよりも価値がある。正午まで調査にとりかかれないのは残念だけど、〈ドーナツ・ハート〉を優先させなきゃ。それに、グレースのほうにも、会社の仕事を片づける時間ができる。グレースがフレックスタイムで勤務していて、スーパーバイザーになって以来、さらに時間が自由になったことは知ってるけど、わたしのせいで彼女が窮地に立たされたりしたら大変。

開店時刻の五時半に表のドアをあけてサインを表に返すと、外でエレガントなスーツ姿の老婦人がいらいらしながら待っていた。手にしたバッグの値段だけでも、たぶん、この店の一週間分の売上げをうわまわるだろう。

「いらっしゃいませ」

「助けてちょうだい」店に入ってきて、老婦人は言った。ひどく動揺している。

「警察を呼びましょうか」携帯に手を伸ばして、わたしは訊いた。

「えっ？　いえいえ、そういうたぐいのことではないのよ。ドーナツが必要なの」

わたしは微笑した。「だったら、ぴったりの場所にいらしたわね。ドーナツが揚がったところなんですよ」

「おいくら？」

わたしはドーナツ一個の値段を告げ、つぎに何個ほしいかと尋ねると、老婦人は黙って首をふった。そして、小切手帳に手を伸ばした。「いいえ、わかってないのね」陳列ケースに向かって片手をふった。「全部ちょうだい」

「全部？」そんな注文を受けたのは初めてだ。

「ええ、そう。今日の午前中に大事な会合の予定があるんだけど、いつものケータリング業者がいきなり断わってきたの。とりあえず、ここのドーナツでごまかすしかないわ」

ドーナツをそんなふうに言われて、相手をたしなめたくなったが、こんないいお客を逃すわけにはいかない。それに、うちのドーナツなら、ぜったい気に入ってもらえる。

「半分でしたら、お買い求めいただけますが」

「どうして全部じゃだめなの？」老婦人は不機嫌になった。どうやら、ほしいものを手に入れることに慣れている女性のようだ。「念のために言っておきますけど、いくら高くてもかまわないのよ」

「そうおっしゃられても、常連のお客さまも大切ですし。あなたがお困りだというだけの理由で、ほかのお客さまをがっかりさせたくありません」

老婦人はいやな顔をしたが、やがてうなずいた。「その心がけは立派ね。亡くなった夫は実業家でした。あの人もやはり、クライアントに甘い顔をする人だったわ」

「いいことですね」

「とんでもない」老婦人はしかめっ面で言った。「夫の根性を鍛えなおして夫婦で裕福に暮らせるようにするのに、何年もかかったのよ」自分の唇を噛み、それからうなずいた。「仕方ないわね。半分にしておくわ。おいくら？」

老婦人の態度がわたしの癇にさわった。いつもなら、大量お買いあげのお客には大幅な値引きをするのだが、つい意地悪な気持ちになって、一個ずつばら売りするときと同じ値段で合計金額を出し、ついでに、うちのドーナツを代役のようにほのめかされて不愉快だったので、多額の迷惑料も加えておいた。

老婦人は眉ひとつ動かさずに小切手を書いた。それをわたしの手に押しつけるさいに、「もちろん、配達料も込みでしょうね」と言った。

小切手をもらったうれしさで、思わず「はい」と答えるところだったが、最後にもう一度意地悪したくなった。どうやら、〝ドーナツでごまかすしかない〟と言われたことが、思った以上にわたしの癇にさわったようだ。「配達するには、そのための人間をこちらで雇わなくてはなりません。追加で五十ドルいただければ、半径五十キロ以内のところならどこへでも一時間以内に配達させていただきます」

老婦人はうなずいて、財布から五十ドル札を一枚ひっぱりだした。「三十分以内にオークモント・カントリークラブまで届けてちょうだい」

「承知しました」

老婦人が帰ったあとで、表のドアをロックし、エマに知らせるために厨房へ行った。

「お父さんのトラック、借りてこられる？」

「ええ、大丈夫よ。ガソリンを満タンにして返せばいいから。いつ必要？」

わたしは時計をちらっと見た。「いますぐ」

「どこへ行くの？」

「わたしたちのどちらかがドーナツを配達するのよ」何があったのかをくわしく話して聞かせると、エマは言った。「全部売りつけようとしなかったのが立派だわ」

「そんなに褒めなくていいのよ。代金を吹っかけたんだから。その気になれば、残りのドーナツは無料で配ってもいいぐらい」

「でも、その気はないでしょ？」エマは笑顔で訊いた。

「あるもんですか。でも、予想がはずれなければ、十時前に閉店することになりそうだわ」

「それって、かなり困ったこと？」

わたしはエマに笑顔を向けた。「愚痴をこぼしたわけじゃないのよ。じゃ、お父さんのトラックを借りてきてちょうだい。わたしはドーナツの箱詰めにとりかかるから。あなたが戻ってきたらすぐ、箱を積みこみましょう」

エマは微笑した。「スザンヌも一緒にこない？　きっと楽しいわ」

「だめよ。誰かが店に残って仕事をしなきゃ。よかったら、あなたがここに残ってフロントを担当してくれてもいいのよ」

「そして、ドーナツを配達したお駄賃をもらいそこねるの？　冗談じゃないわ」

エマがトラックで戻ってくるのとほぼ同時に、わたしのほうもドーナツの箱詰めを完了したので、すぐさまトラックに箱を積みこんだ。

エマが出かけたあとで、がらがらの陳列ケースを見て、追加でケーキドーナツを作ることも考えたが、お客が姿を見せはじめたため、そんな余裕はなくなった。今日はこれですませるしかない。

一時間後、エマが帰ってきた。店のドーナツはすでにかなり売れていた。このペースでいくと、〈ドーナツ・ハート〉は九時前に閉店することになりそうだ。がっかりする人が出てくるだろうけど、わたしもこの状況のなかで精一杯やったんだもの。今日は早起き鳥がドーナツを持っていってしまった。あとのお客には明日まで待ってもらうしかない。

エマが宙で二十ドル札をふってみせた。「チップまでくれたわ。信じられる?」

「まあ、よかったわね」

エマがそのお金をチップジャーに入れようとしたので、わたしは言った。「あなたがもらったのよ。とっときなさい」

「じゃ、今日の午後、これで映画に行ってもいい?」エマはうれしそうな笑顔になった。

わたしは微笑した。「どこでも好きなところへ行ってらっしゃい」配達料としてもらっておいた五十ドルをとりだし、それもエマに渡した。「これでお父さんの車を満タンにして、お釣りはあなたがとっといてね」

エマは紙幣を受けとりながら言った。「パパ、びっくりするんじゃないかな。あたしがこれを習慣にするなんて、パパが思わないでくれるといいけど」

ドーナツがどんどん減っていくなかで、エマは皿洗いを続け、予想どおり、九時ちょっと前に売るものがなくなってしまった。紙にお詫びの文章を書いて表のドアに貼りつけた。

〝みなさま、申しわけありません。本日のドーナツは完売しました。明日のご来店をお待ちしております。〈ドーナツ・ハート〉〟

「こんなこと、したくないけどね」エマと一緒に店をあとにしながら、わたしは言った。「こうやって出ていくと、学校をサボったような気分だわ」

「少しぐらい仕事を休んでもバチは当たらないわ。あとであたしと映画に行かない？」

わたしは笑った。「ごめん。予定が入ってるの」

「またまた犯罪との闘いね、きっと」エマは言った。自由時間とポケットのお金のおかげで舞いあがっている。

「ドーナツのレシピのこと、お母さんに訊いてくれた？」〈ドーナツ・ハート〉の前の歩道に立って、わたしは尋ねた。

「その機会がないのよ。ヴァージニアの叔母さんところへ、二、三日の予定で出かけしまったから。なんなら、いまここで電話してもいいわよ」

とりあえずは、外からの助けなしでどうにかやっている。レシピがあればいいのにと痛切に思ってはいるが。「ううん、お母さんが帰ってくるまで待っても大丈夫よ」

「明日の夜、帰ってくる予定なの。そしたら訊いてみるね。約束する」

「映画が始まるまで、どうやって時間をつぶすの？」別れぎわに、わたしは訊いた。

「やだ、冗談でしょ。二、三時間、ベッドにもぐりこむのよ。スザンヌはどこへ？」

「グレースの家。忙しくなければいいんだけど。じゃ、また明日」

「バーイ」エマは父親のトラックで走り去った。

わたしもジープに乗りこみ、グレースの家へ向かった。運がよければ、グレースもすでに起きているかもしれないが、期待はしないことにした。わが友が何より好きなのが遅くまで寝ていること。朝寝坊のチャンスがあれば、ぜったいに逃さない。

玄関ドアをそっとノックしたとき、グレースが起きているのを知ってびっくりした。カジュアルな装いだったが、わたしのジーンズとTシャツに調和するという意味ではない。グレースのカジュアルというのは、上質のパンツ、おしゃれなブラウス、わたしのようなゴム底ではない靴を意味している。

「どうしてここに？」玄関をあけたグレースが興味津々といった顔で尋ねた。

「ドーナツショップを早めに閉めたの」部屋に通してもらいながら、わたしは答えた。

「何があったの、スザンヌ？　何か困ったことでも？」

「ううん」わたしたちはリビングに入った。「けさ、店をあけたら、ドアのところでお客が一人待ってて、店に出ていたドーナツの半分をその場でお買いあげだったの」

「ヒエ。ずいぶん甘いもの好きな人ね」

わたしが事情を説明すると、迷惑料まで上乗せしたというところで、グレースはニヤッとした。「あなたを非難する気はまったくないわ。わたしだったら、その倍はふんだくったと思う」

「これでもがんばったのよ。探偵仕事をする時間はある？」

「午後の一時までなら空いてるわ。きのう、わたしのスーパーバイザーがミーティングをキャンセルしてね、今日の午後、シャーロットで会いたいって言ってきたの」

「なんだかいやな予感」サンフランシスコ転勤の話があったときのことを思いだして、わたしは言った。それに、グレースからレイオフの可能性についても聞かされているので、なぜ彼女がこんな気楽な口調なのかが理解できなかった。

「心配いらないわ、スザンヌ」グレースは笑いながら言った。「そんな不吉な話じゃないんだから」

「レイオフのことを心配してたでしょ？」

「ああ、あれ？　じつはね、人員削減の対象にされたのは、この地区の担当マネジャーだったの。わたしのほうはすべて順調。しかも、特別すてきな話があるのよ。わたしのボスが実家へ行くことになってて、今日短いミーティングをすれば、その旅行が出張扱いになるってわけ。たぶん、〈ルース・クリス〉へランチに出かけて、そのあとでちょっとショッピングね。いわゆる重圧のかかるシチュエーションではなくなったのよ」

あんな高級店でご馳走してもらえるなんて、聞いただけでうっとり。でも、わたしの仕事だって、それなりの役得はある。「ほんとに二、三時間割いてくれてかまわないの？」

「もちろん。今日は誰にタックルするの？」

「ティムのデート相手のリストにのっている女性たちを訪ねようと思ってたの」

グレースは眉をひそめた。「スタート地点で、はっきりさせておきましょう。アンジェリカ以外の女性って意味？」

「アンジェリカにはアリバイがあったわ」わたしはきっぱり言った。「だから、アンジェリカの供述は偽りだってことを誰かが証明しないかぎり、容疑者リストからはずしていいと思う」

「そうムキにならないでよ。わたしだって、アンジェリカの犯行である可能性は、百万にひとつもないと思ってるから」

「よかった」わたしは微笑した。「さて、どうする？　不適切な手段を使って少しばかり尋問してまわる？」

グレースはニヤッとした。「まかせといて。いつだってオーケイよ。今回は伯爵夫人になってもいいわ。前々から伯爵夫人をやってみたかったの。ずっと音信不通だったティムのいとこってことにしようかしら。変装でもなんでもする」

わたしは笑った。「伯爵夫人がなぜティムの殺人事件を調べようとするのか、ちゃんとした理由が見つかれば、やってくれてもいいわよ。わたしもお芝居に合わせるから」

グレースは考えこむ様子だったが、やがて眉をひそめた。「だめだわ。どう考えても、ティムは貴族ってイメージじゃないわね。今回もまた、記者でいきましょう。前のときもうまくいったことだし」

グレースとわたしは過去に何度か記者に扮したことがあった。じゃ、それでいこうか。記者のふりをすれば、事件のことを詮索しても、単なる野次馬だと思われずにすむ。それとも……。

「ねえねえ、さっきのアイディアもけっこういいと思うんだけど」

グレースの顔がパッと明るくなった。「あら、やっぱり貴族になっていいの？」

「そうじゃなくて、ティムの姪だってことにしましょうよ。ある意味では本当なんだし。わたし、昔からずっと、ティムのことを親切な伯父さんみたいに思ってたの」

「わたしも。ティムがあんなプレイボーイだったなんて、誰が想像したかしら」

「交際相手の女性がみんな、エイプリル・スプリングズ以外のところに住んでいるんだから、わたしたちが気づかなかったのも仕方がないわ。グレース、まず誰のところへ話を聞きにいく？」

グレースはしばらく考え、それから答えた。「ジャクソン・リッジまで出かけてベッツイ・ハンクスに会い、つぎにアイアン・フォージへまわりましょう。ジーナ・パーソンズと話をするために」

「了解。ベッツィが〈ハーパーズ〉で働いてることはわかってるから、彼女をつかまえるのは簡単ね。接客しなきゃいけない立場だもの」

「〈ハーパーズ〉へ行ったことはある？」グレースが訊いた。

「ううん。わたしの好みからすると、ちょっと高級すぎる。でも、あなたならきっと、一回か二回はあそこで買物をしてるわね」

「一回だけ。正直なところ、品ぞろえにはあまり感銘を受けなかったし、値段はちょっと高すぎる気がした。暴利をむさぼってる感じ」

「じゃ、何も買わないほうが利口ね」わたしは言った。「出かけましょ」

ベッツィに会うために車を走らせながら、わたしは言った。「ジーナ・パーソンズと話をしなきゃいけないと思うと、なんだか気が重いわ。わたし、ジーナの娘のペニーと友達なのよ」

「アンジェリカとも友達でしょ」グレースに指摘された。「アンジェリカのときは、そんなに気を遣わなかったのに」

「えこひいきしてる場合じゃないことはわかってる。でも、そう簡単にはいかないのよね。

ペニーはわたしのことを知っている。ティムのことでペニーのお母さんと話をするときは、どんな口実を使えばいい？」

「ほかに方法がない場合は、ほんとのことを言えばいいのよ。わたしたち二人はティムのことが好きだったし、しかも、遺体を見つけたわけだし。それだけでも、ティムの身に何があったのか、女性たちと本当はどういう関係にあったのかを知りたいという充分な理由になるわ」

「あなたが〝正直は最良の策〟というアプローチ法に賛成なのを知って、わたしがびっくりしたのはなぜかしらね」わたしは笑顔で尋ねた。

グレースはこちらにちらっと目を向け、笑顔を返してよこした。「一貫性を欠くというのも、たまには楽しいものよ。謎めいたところがわたしの魅力のひとつなの」

そう言われてわたしが笑いだすと、グレースが訊いた。

「何がそんなにおかしいのよ、スザンヌ？」

「自分の魅力をリストにするように言われたら、わたしは何を挙げればいいんだろうって、ちょっと考えちゃったの」正直に答えた。

「謙遜しなくていいのよ。わたしがいくつでも挙げてあげる」

「やってみて。拝聴するから」グレースのほうを見て、わたしは言った。

グレースは首をふり、手を伸ばしてラジオをつけながら微笑した。「ドライブのあいだじゆう、あなたの自尊心をくすぐるのはお断わりよ。こう言っておけば充分かしら――わたしたち二人はすごく魅力的な女で、まだ売約ずみではありません、って」

「ま、いいでしょ」

〈ハーパーズ〉に着くと、グレースがわたしの服装をながめた。しげしげと見られて、こちらはいささか居心地が悪くなった。「スザンヌ、あなたは車で待ってたほうがいいかもしれない。ベッツィとはわたしが話をしてくるわ」

わたしは耳を疑った。「ここで買物をするだけでも、ドレスコードがあるって言うの？」

「映画の『プリティ・ウーマン』を覚えてない？」

街娼と比べられたことを喜んでいいのかどうかわからなかった。

「これは働く女の服装なのよ。娼婦の服装じゃないわ。誰にも恥じる必要はないと思うけど」

「じゃ、あなたのイメチェンをするためにきたって言えばいいわね」グレースが笑顔で提案した。

冗談なのはわかっていたが、考えてみたら、悪くないかもしれない。

「あなたの意見に大賛成。ベッツィにイメチェンのアドバイスを求めるついでに、ティムのことをいろいろ質問すればいいわね」

グレースは首を横にふった。「スザンヌ、からかっただけよ。そのままでもほぼ完璧だわ」

「お世辞はけっこう。でも、店内に足を踏み入れる口実にはなりそうね。あなたの演技力を発揮して、ベッツィと話をしてちょうだい。わたしのほうで合わせるから」

グレースは久しぶりに満面の笑みを浮かべた。

店に入ったとたん、わたしは自分の提案を後悔した。《ヴォーグ》や《エル》から抜けだしたような服ばかり。〈シアーズ〉や〈ウォルマート〉の世界ではない。わたしったら、いったいどこに迷いこんでしまったの？

若い美人の店員が近づいてきた。ベッツィ・ハンクスでないことは、ネームタグを見なくてもわかった。五、六歳どころの差ではない。

「どのようなものをお探しでしょう？」わたしの服を嘲笑する気配などいっさい見せずに、店員は尋ねた。しかし彼女がグレースに目を向けたとたん、表情を大幅に和らげたことに気づいて、わたしはなおさら居心地が悪くなった。

「ベッツィ・ハンクスに会いたいんだけど」グレースが言った。

若い店員――ネームタグによれば、名前は〝シンシア〟――はほんの一瞬、眉をひそめた。

「わたくしでも充分、お買物のお手伝いができると存じますが」

しかし、グレースはひきさがらなかった。「ごめんなさい。でも、ベッツィを強く勧めてくれた人がいるの。どうしても彼女にお願いしたいわ」

シンシアは一瞬、ムッとした表情になったが、すぐさま作り笑いを顔に貼りつけた。

「承知いたしました。少々お待ちくださいませ」

彼女が奥へ姿を消したところで、わたしはグレースに訊いた。「いまの、どういうこと?」

「きっとコミッション制なのね。ほかの店員の顧客を横どりする例を、わたしもけっこう見てきたわ。うちの会社が固定給制でほんとによかった。お給料のために毎月あくせくしてたら、誰だってめちゃめちゃ性格が悪くなりそう」

奥からおしゃれな感じの年配の女性が姿を現わし、笑顔で近づいてきた。髪にちらほら白いものが交じり、着ているスーツがスタイルのよさをひきたてている。でも、十歩離れたところからでもわたしの注意をとらえたのは、にこやかな笑みだった。微笑で顔全体が生き生きと輝いている。ティムが彼女との交際を望んだ理由がわかるような気がした。どことなく見覚えのある顔だ。うちの店にきたことでもあるのかしら。

「わたくしを勧めてくださった方がおいでだそうですね」こちらの予想よりやや低めの声で、ベッツィは言った。その顧客の名前を知りたがっているのは明らかだったが、わたしには返事ができなかった。

どうやら、グレースにも無理なようだ。「じつは、ちょっと焦ってるの」誰の推薦でこの店にきたのかという遠まわしな質問を完全に無視して、グレースは言った。「この友達が今夜、急に服が必要になったものだから。しかも、黒じゃないとだめなの。お悔やみの場なので。アドバイスをいただけないかしら」

ベッツィにじっと観察されて、わたしはひどく気詰まりな思いをした。彼女がわたしのまわりを一周するあいだ、その視線に焼かれてこちらの身体に穴があいてしまいそうだった。

「お似合いになりそうな品が何点かご用意できます」

「まあ、ありがとう」グレースは言った。「命の恩人だわ」

ベッツィが服を見つくろうために姿を消したところで、わたしはグレースにささやいた。

「わたし、そんなにひどい格好？」

「この店のためには、そう思っておいたほうがいいわね。店の人々にとって、とんでもない悪夢ってところかな。でも、現実の世界ではどうかしら。いまの格好があなたにぴったりだと思うわ」

「あのう、褒められたような気がしないんだけど」

「褒めてないもの」グレースはかすかな笑みを浮かべて答えた。

ベッツィがワンピース三着とスーツ一着を抱えて戻ってきた。値札を見るまでもなく、わたしが買えるような服でないことははっきりしていた。わたしは子供のころから着飾ることに興味のないタイプで、その傾向は歳月を経てもあまり変わっていない。

試着室へ案内されるときに、わたしは言った。「急なことでごめんなさいね。でも、とても親しかった人が亡くなって、内輪だけのお通夜に行くことになったの」

これを聞いて、ベッツィがわずかに狼狽したのでは？「お悔やみを申しあげます」機械的にベッツィは言った。「お気に召したものはありまして？」

ワンピースのひとつを選ぶと、試着室に通された。でも、試着室のドアを閉める前に、わたしは言った。「じつはね、わたしたちの伯父さんのお通夜なの。ティム・リアンダーがいなくなって、これからとっても寂しくなるわ」

ベッツィが抱えていたワンピースのひとつが床に落ちた。残りも続いて落ちた。

「今夜がお通夜なんですか」ぎこちない口調で訊いてきた。

「ええ」わたしは言った。

グレースがベッツィをじっと見て、わかりきったことを尋ねた。「ティム伯父をご存じだったのね？」

「じつは、亡くなられるまで交際しておりました」ベッツィは正直に認めた。

グレースは眉をひそめ、それから言った。「無神経なことを言って申しわけないんだけど、伯父の交際相手はほかにまだ二人いたようよ」

「知っていました。わたしたちのあいだにはなんの秘密もなかったので。二人ですごした時間は幸せでした。今夜のお通夜ですけど、アンジェリカかジーナが招かれているかどうかご存じありません？」

「たぶん、こないと思うけど」わたしは言った。ベッツィが何事も包み隠さず正直に話してくれているようなので、できれば、その性格のよさにつけこむようなことはしたくなかった。

ベッツィはすなおに受けとったようだった。「だったら、いいんです。明日のお葬式に伺うことにします。ところで、このワンピースですけど。サイズがぴったりかどうか試してごらんになったら?」

わたしは試着室のドアを閉めたが、細い隙間を残しておいて、ワンピースを着ながら外の様子を窺《うかが》った。試着室は天井部分がなく、ドアの下に隙間があるので、ベッツィとグレースの話し声を聞くことができた。

グレースが言った。「わたしたちが遺体を見つけたのよ。ご存じでした?」

ベッツィの顔に恐怖の色が浮かぶのが見えた。「なんて恐ろしい経験をなさったのかしら。心の傷が一生癒えないでしょうね」

「二人ともすごくショックだったわ」グレースは言った。「簡単に忘れられそうもないわ。ティムが殺された夜、自分がどこにいたのかを、あなたもきっと覚えてらっしゃるでしょうね」

みごとな誘導尋問。ティムのことを苦もなく会話にすべりこませたグレースを、わたしはたいしたものだと思った。

「考えるのも辛くって」ベッツィが言った。

しかし、グレースはそんなことでひきさがりはしなかった。「話をすれば気持ちが楽になるものよ。ほんとよ」

わが親友の手並みはみごとなものだ。わたしだけがサイドラインで見物してるなんてつまらない。でも、ワンピースのサイズがいくらぴったりでも、いま出ていくわけにはいかない。会話の流れを遮ることになる。魔法が解けてしまったら、もうとりかえしがつかない。

ベッツィは少し声を詰まらせ、それから言った。「そのことで自分を責めつづけてるんです。そんな必要はないって、心の奥ではわかってるのに。ただ、どうしても罪悪感がふりはらえなくて。だって、事件のあった夜、わたし、べつの男性と一緒だったんですもの」

まさしく爆弾発言。ベッツィがティムを熱愛し、ほかの愛人たちに嫉妬していたという説はこれで消えた。怒り狂って殺人に走ったとは考えにくい。

「その男性って?」グレースが優しく尋ねた。

ベッツィの反応が見たくて、ドアをわずかにあけた。あける瞬間、思わず息を止めたが、二人には気づかれずにすんだ。ベッツィがその質問に答えるかどうか、わたしは疑問に思っていたが、彼女の返事を聞いた瞬間、思わずあえぎ声が洩れそうになるのを必死にこらえた。

「オーソン・ブレインと一緒だったんです。べつに真剣なつきあいではなかったけど。向こうが思いきって誘いをかけてきて、その夜ちょうど、ティムとのデートの約束がキャンセルになったので、ほんの気まぐれで誘いに応じただけ。オーソンと出かけたのはその一回だけで、ティムのことを知って、オーソンとは交際が始まりもしないうちに終わりにしました。いまでも罪悪感に苛まれてるの。ティムを裏切ったような気がして」

グレースは言った。「あんなことになるなんて、誰にも予想できないわよ。あなたとのデートをキャンセルした夜、ティムがどうしてたか知ってる？」

「あの人、最初は言いたくなさそうだったけど、ついに白状したわ。ジーナ・パーソンズと会うことになってたんですって」

グレースがわたしを見た。ドアがあいたことに彼女が気づいていたとは知らなかった。試着室から出るよう、グレースが目で合図をよこしたので、それに従うことにした。試着室の外に出ながら、「どう？　似合ってる？」と訊いた。

グレースが口笛を吹いた。「最高よ。あなた自身の感想は？」

「お金があれば、いますぐ買いたい。でも、残念ながら、わたしには手が出ないわ」

ベッツィが値札を見て、それから言った。「値引きして差しあげたいところだけど、入荷したばかりなの。よかったら、お取り置きしておきますよ」

わたしは残念そうに首をふった。「買えるだけのお金が貯まるころには、身体が入らなくなってるかも。でも、とにかくありがとう」

手早く着替えをすませ、別れの挨拶をしたあとで、グレースとわたしは店を出た。

「試着室のドアをあける前から、会話はすべて耳に入ってたんでしょ」車に乗りこみ、ジーナに会いに行くために車をスタートさせてから、グレースが訊いた。

「一語も洩らさず聞いたわ。あなたの足をひっぱっちゃったかもしれないわね。あなた一人で立派にやってたのに」

褒められてグレースはうれしそうだった。「恐れ入ります。あなたという最高の教師から学んだのよ。あの程度のことなら、あなただって簡単にベッツィから聞きだせたに決まってるわ」

「優しいお言葉。ベッツィとのデートをキャンセルしたのはほかの女性と会うためだったなんて、ティムがほんとに白状したと思う？」

グレースは肩をすくめた。「ベッツィの言によればね。裏がとれればいいんだけど」

「同感」車で走りつづけるあいだに、わたしは言った。「ジーナ・パーソンズとの会話がどういう展開になるのか、想像がつかないわ」

「そう長く想像しなくても大丈夫よ。あと十分で着くから。ねえ、正直なところ、ベッツィの話をどう思った？」

ベッツィがグレースに語ったことを思いかえしてみて、それから言った。

「本当のことだったような気がする。だって、裏をとるのは簡単だし、それに、ティムにふられたからべつの男とデートした、なんて嘘をつく女がどこにいるの？　オーソンには一応確認してみるけどね。ジェイクとジョージに頼んでもいいし。でも、いまのところ、ベッツィとオーソンはわたしの容疑者リストから除外だわ」

「今後の調査が楽になるわね」

わたしは考えこみ、それから答えた。「ある面では。でも、むずかしくなる部分もありそう。友達の母親をどうやって追及すればいいのかわからない」

「繊細な心遣いを発揮しなきゃ」

14

「どこへ行けばジーナに会えるかしら」アイアン・フォージへ向かう車のなかで、グレースが言った。わたしも何年か前に行ったきりだが、あのときも昔とそれほど変わっていなかった。以前より古ぼけて、さびれていただけだった。独立戦争のころはアイアン・フォージも栄えていたそうだが、住民の数が頂点に達したのは、たしか一七〇〇年代の終わりごろだったと思う。以後、衰退の一途をたどり、いまでは地図上の小さな点にすぎなくなっている。

わたしは金物店と郵便局と軽食堂がひとつになった建物を指さした。「あそこにいる誰かがジーナのいるところを、もしくは、家を知ってるんじゃないかしら」

「かもしれない。でも、わたしたちに教えてくれると思う?」

「そこがまた問題ね」南部の小さな町の多くは町民のことに関して口を閉ざす傾向があり、よそ者を相手にするときは、とくにそれが顕著だ。グレースとわたしはここから車で一時間足らずのところに住んでいるが、それでもよそ者に変わりはない。言葉のアクセントが同じだから、調査が多少はかどるかもしれないが、それをあてにするわけにはいかない。

「いい考えがあるわ」グレースが言った。

「聞かせて」

「ペニーの友達だってことを、あなたから町の人たちに言えばいいのよ。ほんとのことなんだし」

わたしはその方法についてしばらく考え、それから言った。「ええ、たしかに友達よ。そして、これからも友達でいたいと思ってる。ペニーのお母さんを疑ってるだけでもまずいのに、友情まで持ちだすなんてできないわ」

「ちょっと思いついただけ」

「じゃ、思いつくだけにしておいて」わたしは笑顔で言った。

金物店と郵便局と軽食堂を兼ねた〈フレンドリー〉という建物の前に、グレースが車を止めて言った。「とにかく誰かに質問して、どうなるか見てみましょう」

二人で店に入り、わたしが作り話をしようとしたとき、ジーナ本人が軽食堂のカウンターに一人ですわっているのが見えた。グレースに合図をして、わたし一人でペニーの母親と話をするから、しばらくあたりをぶらついていてほしいと身振りで伝えた。こちらがタッグを組んでいるような印象を与えないほうが、ずっとうまくいくだろう。

グレースは即座にすべてを悟り、戦術を変更して、郵便局の窓口のそばに置かれたデスクの上のハガキを物色しはじめた。

「あのう、この席、空いてます？」わたしは訊いた。

「ええ、どうぞ」ジーナが答えたので、わたしは彼女のとなりに腰かけた。彼女をじっと見るふりをして、それから言った。「お目にかかったことがありますよね。わたし、ペニーと友達なんです。ペニーのお母さんでしょ？」

そう言われて、ジーナの顔に笑みが浮かんだ。がっしりした体格、くすんだ金色のショートヘア、分厚い眼鏡をかけている。体格からすると、ティムの遺体を持ちあげる姿が苦もなく想像できるが、勝手な想像は禁物だ。偏見抜きで話をしなくては。でないと、こちらの魂胆を見透かされてしまう。

「あなたも看護師さんなの？」ジーナが訊いた。

嘘をついてもいいし、本当のことを言ってもいい。でも、この会話のことはいずれペニーの耳に入るだろうから、最初から正直にいくことに決めた。「いえ。〈ドーナツ・ハート〉という店をやってます」

「ペニーがあなたの話をしてたわ。スザンヌね？」

「スザンヌ・ハートです」わたしは片手を差しだした。

「なんの用事でこの小さな町に？」

どんなふうに質問を進めていくかを決めるときがきたが、じっくり考えている時間はなかった。

結局、ほかに方法がないときは真実を語るべしという結論に達したので、それに従った。

「じつは、あなたを捜してここまできたんです」

この返事に、ジーナは驚いた様子だった。「わたしを？　どうして？」

「わたし、ティム・リアンダーと仲のいい友達でした」わたしは低い声で言った。いまから相手を当惑させかねない質問をするのだ。町の人々の耳に入れる理由はない。

ティムの名前を出されて、ジーナはひどく青ざめた。「ええ、わたしもティムと知りあいだったわ。と言っても、知りあいはたくさんいますけどね」

「単なる知りあい以上の親しいおつきあいだったそうですが」こんなふうに追いつめるのは気が進まなかったが、ほかにどんな選択肢があっただろう？

ジーナは狼狽の表情を見せたが、厨房を出てこちらにやってきたエプロン姿の若い女性のおかげで救われた。少なくとも、しばらくのあいだは。女性はジーナの前に皿を置くと、「大丈夫？」と尋ねた。そして、わたしに険悪な視線をよこした。

「大丈夫よ、クリスタル」ジーナは答えた。「こちらはスザンヌ。うちの娘のお友達なの」

「何にします、スザンヌ？」ウェイトレスが尋ねた。もっとも、わたしの注文をとろうという気がまったくないのは明らかだった。

ジーナの前に置かれたのはクラブサンドで、見るからにおいしそうだった。「わたしも同じものを」

「お友達のほうは？」

「友達？」何が言いたいの？ グレースとわたしが友達だってことを、すでに見抜いてるわけ？

「一緒に入ってきた女性ですよ」クリスタルはそう言って、必死に透明人間になろうとしているグレースのほうを指さした。

「あなたもクラブサンドでいい？」わたしは向きを変えてグレースに訊いた。「一緒に食べましょうよ」

「その前に、ここにあるハガキを買わなきゃ」グレースはそう言って、適当に何枚か手にとった。

クリスタルが言った。「食事代と一緒に払ってくれればいいですよ」

グレースはジーナのそばを避けて、わたしのとなりにすわった。

ジーナが言った。「ランチは静かにとりたいの。話はまたの機会にできないかしら」

「食事のあとではどうでしょう？」わたしは訊いた。「申しわけないんですが、こちらも時間がないので」

「来週あたりを考えてたんだけど」ジーナは答えた。

彼女ができるだけ先延ばしにしたがっているのは、火を見るよりも明らかだった。わたしは笑みを絶やさずに言った。「大丈夫です。長くはかかりませんから。いますぐでもいいんですよ。早く終わらせたいとお思いなら」最後のところは必要以上に大きな声にした。

「ランチがすんでから」ジーナはきっぱりと言った。

彼女は会話もせずにクラブサンドを食べはじめ、わたしたちの分が運ばれてきたときもまだ食べていた。おいしいサンドイッチだったが、三人とも、ゆっくり味わって食べようという気分ではなかった。

「話はどこで？」サンドイッチの代金を払いながら、わたしはジーナに訊いた。彼女の分も払うと言ったのだが、向こうは拒絶した。

「わたしの家へ行きましょう」

「遠いんですか」わたしは訊いた。

「通りを渡って一ブロック先よ。近いから歩いていけるわ」

「よかった」

ジーナはグレースのほうを見てわたしに訊いた。「その人も一緒に？」

グレースが返事をしてくれたので、わたしは何も答えずにすんだ。

「いえ、行きません。帰る支度ができたら、わたしを見つけてね、スザンヌ」

グレースがいなくなったあと、ジーナは多少くつろいだ様子になった。

外に出ると、やや冷えこんでいたので、わたしはジャケットをかきあわせた。

ジーナの家に向かって二人で歩きながら話をした。

「うちの子とは長いおつきあいなの？」

「二、三年ぐらいでしょうか。わたし、ペニーが大好きなんです」

ジーナの微笑が目に入った。「わたしもよ」

「でしょうね」この女性に強引に迫って、忘れたいはずの話をさせるのは気の毒だが、ほかに方法がなかった。「ジーナ、辛い思いをさせて申しわけないんですが、どうしてもティムのことを伺いたくて」

「すでに警察に話をしたわ」ジーナは言った。わが町の警察署長もけっこう抜け目がないようだ。「もう一度最初からくりかえさなきゃいけないの？」

「ティムの身に何があったのかを突き止める助けになりますから。強引にお話を聞かせてもらうわけにはいきませんけど、わたしの身にもなってください。ティムの遺体を見つけたうえに、現場はわが家の近くで、夢にうなされそうなんです」それは本当だ。目を閉じるたびにティムの姿が浮かんできて、そのあとにようやく眠りが訪れる。いつの日かその光景を消し去って、修理作業をしているティムの楽しげな笑顔に変えることができるのかどうか、いまはまだわからない。

「その気持ちはわかるわ」ジーナはようやく言った。「わたしで何か力になれるかしら」

「ほかにもつきあっている女性がいることを知ったのはいつでした？」

「あなたがティムを見つけた翌日だったわ」ジーナは悲しげに答えた。「じつは、あの日、ペニーと一緒にあなたのお店のそばにいたのよ。あの子がわたしの気を紛らそうとして、ドーナツの屋台のとなりにある古着屋へ連れていってくれたの」

うちの店を〝屋台〟と呼ばれても、わたしは平気だけど、ギャビーが〝古着屋〟と呼ばれたことを知ったら、発作を起こすに決まっている。ギャビーは何年もかけて築いてきた店の名声をとても誇りにしているし、必要だと思えば、その名声を守ることをためらうような人ではない。だが、いまはそんなことより、ジーナの話がわたしの知っている事実と一致していることのほうが重要だ。彼女と娘のペニーがティムの事件について話しているのを、わたしがギャビーの店で立ち聞きしたのだが、あの試着室にわたしがいたなんて、彼女は知らなかったはずだ。正直な人であることはたしかだ。

「ほかにも交際相手がいたことを知ったときは、さぞショックだったでしょうね」

「そのときの気持ちは、とうてい言葉にできないわ」歩道を進むジーナの足どりが急に遅くなった。「愛しあってると思ってたのに。少なくとも、わたしは愛してた」

「ほかの女性のことをティムが話したことはありました？」プレイボーイのティム・リアンダーというのは、やはり、わたしが彼に抱いているイメージにそぐわない。

「ほかの女と出かけることもあるって、何回かさりげなく言ってたけど、そのときは、わたしに嫉妬させるつもりだとしか思わなかったわ」

わたしはそのあとの言葉を慎重に選んだ。「で、効果はありました？」

ジーナはかすかにうなずいた。「ええ、あったわね。彼を独占したいと思うようになった。正直に認めるわ。でも、わたしは殺してないわよ、スザンヌ」

そう言った瞬間、ジーナは怒りをあらわにした。すぐまた無表情に戻ったが、わたしはそれを見てしまった。忘れられそうにない光景だ。この女性が嫉妬に駆られることがあるなんて想像もしなかったが、それは間違いだったのかもしれない。わたしがいまの言葉をどう受けとったかに、ジーナも気づいたに違いない。さらに続けて言った。

「チャンスがあれば、ティムと別れてたと思うけど、彼に危害を加えるなんて、わたしにはぜったいできないわ」

「ふつうの状態ならね。でも、あなたは怒っていた。ご自分でも認めたでしょ」

意外なことに、ジーナは微笑した。「スザンヌ、怒ってはいたけど、殺したくなるほどではなかったわ。失恋の経験は前にもあるし、これからだって大いにチャンスがあるはずよ。失恋を怖がってたら、ふたたび愛にめぐりあうことなんてできないわ」

この教訓はぜひともジェイクに学んでもらいたい。母もいま、必死にそれを学ぼうとしている。わたし自身はマックスに苦い思いをさせられたが、怒りの矛先は彼に向いただけで、男性全般を非難するには至らなかった。

「明日のお葬式、いらっしゃいます？」どんな答えが返ってくるだろうと思いつつ、訊いてみた。

「行かないつもりだったけど、よく考えたら、やっぱり出たほうがよさそうね。気持ちの整理をつけなくては。そのためにはお葬式に出るしかない。あなたも参列するんでしょ?」

「ええ。ティムはわたしの友達でしたから」

ジーナはうなずいた。この言葉に安らぎを見いだしたかのように。

「わたしはいまでも、ティムがわたしだけのものだったと信じたい。もちろん、ほかの女たちがいなければよかったのにという思いはあるけど、いまさら誰にもどうにもできないものね。彼は逝ってしまった。お別れを言う最後のチャンスを失うわけにはいかないわ」

ジーナは足を止め、フロントポーチに花が咲き乱れている瀟洒《しょうしゃ》な平屋を指さした。

「ここがわたしの家よ。入っていただきたいけど、用事が山ほどたまってるの。話はこれですんだかしら」

あとひとつだけ質問があった。最後までとっておいたもの。いま質問しなければ、永遠にできなくなる。

「ジーナ、ティムが亡くなった夜、どこにいたか覚えてます?」

ジーナは一瞬、わたしに不快そうな顔を向け、それから答えた。

「覚えてるわ。ただ、証明できないけど。一人で家にいたわ。テレビで古い映画を見てたの」

さらにしつこく尋ねるしかなかった。「誰かに電話したり、人が訪ねてきたりしませんでした？　もしかして、ペニーと電話で話をしたとか」

ジーナは首をふった。「いいえ。娘に電話しようと思ったけど、あの晩、ペニーはダブルシフトだったの。訪ねてきた人も、電話をくれた人もいなかったわ」

さっきベッツィに聞いた話と一致しない。ステップをのぼろうとするジーナに、わたしは言った。「変ねえ。わたしの聞いた話と違ってるわ。あの晩、あなたがティムとデートしたって、ある人から聞いたんですけど。ぎりぎりになって決まったとか」

「いったい誰がそんなことを？」わたしのほうに顔を向けて、ジーナは言った。

そろそろ本当のことを言って、ジーナがどう弁明するか、聞いてみることにしよう。

「ベッツィ・ハンクスから聞いたんです。あの晩、ティムとデートの約束だったのに、あなたと出かけるからって、直前に断わられたんですって」

ジーナはムッとした表情になった。「だったら、ベッツィ・ハンクスは愚かなうえに嘘つきだわ。真っ赤な嘘よ。さて、悪いけど、ほんとにもう失礼しなきゃ」

わたしが何も言えずにいるうちに、ジーナは家に入ってしまった。

なんとも興味深いこと。

ティムの交際相手の一人がわたしに嘘をついている。

さて、どっちが？

それが問題だ。でも、残念ながら、いまのところ証明する方法がない。

金物店と郵便局と軽食堂を兼ねた建物に戻ると、その前のセンター・ストリートに止まっている車のなかで、グレースが待っていた。わたしが車のドアをあけたときは、低俗なゴシップ雑誌を読んでいる最中だった。

「軽めの読書?」わたしは訊いた。

「あーあ、退屈だった。ようやく見つけたのがこの雑誌なの。悲しいことね。今後こういう事態になったときのために、家に帰ったらすぐ、車のシートの下に本を何冊か押しこんでおくことにするわ。さて、もったいぶらずに話してちょうだい。ジーナのほうはどうだった?」

「ティムを殺したのは自分じゃないって言ってたわ」わたしは簡潔に答えた。「エイプリル・スプリングズに戻ることにしない? 話は車のなかで」

「そうしましょ。この町の見るべきところはすべて見たし、本日二度目のランチをとるため、シャーロットへ行かなきゃならないから」

「あ、ごめん。遅刻にならないといいけど。わたしの責任だわ。ジーナと話を始めたら、時間をすっかり忘れてしまって」

「心配しなくていいのよ。クラブサンドを半分食べたから、シャーロットでは軽くすませることにするわ。せっかくご馳走してもらえるのに遠慮するわたしを見て、ボスが感心して、お給料を上げてくれるかも。で、ジーナの件の続きだけど」

「あんまり成果なし。無実を信じたいけど、アリバイがないのよね。ベッツィの話だと、ティムは殺された夜にジーナと会ってたそうだけど、そんなの嘘だってジーナは言うのよ」

グレースは話を最後まで聞いてから質問した。「どっちを信じればいい？」

「いまのところ、よくわからない。もう少し調べてみないと」

「うん、いいわね。嗅ぎまわるのは大好き。午後からあなたを置いて出かけなきゃいけないのが、ほんとに残念だわ」

「悩まなくていいのよ。わたしはジェイクとジョージの調査にくっついていくから。二人が許可してくれればね。ステュとオーソンがジェイクに問い詰められてどう反応するのか、この目で見てみたいと思ってたの。プロの刑事のコツを少し盗めるといいんだけど。わたしも手柄を立てられるように」

「いい考えだわ。コツをつかんだら、わたしにも教えてね。二人がどこにいるかわかってるの？」

「ちょっと待って。いま連絡してみる」

携帯であわただしく言葉を交わしたあと、落ちあう場所をジェイクが指示してくれたが、いまは話している暇がないと言って、いきなり電話を切られてしまった。

「どうだった？」グレースが訊いた。

「二人とも忙しいみたい。でも、会う約束はできたわ。ドーナツショップでおろしてくれたら、〈ボックスカー〉へ行ってジェイクたちを待つことにする。心配しないで。あなたが帰ってきたらすぐに、何もかも報告してあげるから」

「期待してる」グレースは笑顔で言った。「写真とビデオも用意してくれるなら、ぜひ見せてほしいわ」

「わかったことだけ報告するっていうのは？」

「ま、べつにいいわよ」

〈ドーナツ・ハート〉に着くと、わたしが車をおりるが早いか、グレースは猛スピードで走り去った。「ごめん。急がなきゃ」と言って。

「運転、気をつけてね」わたしは遠ざかる彼女に向かって叫んだ。聞こえていないだろうけど。

〈ボックスカー・グリル〉へ向かおうとしたとき、ジェイクの車がドーナツショップの駐車場に入ってきた。わたしはまわれ右をしてひきかえした。ジョージも一緒にいるものと思ったが、ジェイク一人だけだった。

「ごめん、ランチはもう入らない。きみがすでに食べたのならいいんだが」

「すませたわ。あなたのパートナーはどこ？」

「リハビリの前に腹ごしらえをしておきたいとジョージに言われてね。そのあと、リハビリセンターまで送ってきたところだ。明日、リハビリが終了する。知ってた？」

「よかった」

「ランチのこと？　それとも、リハビリ終了のこと？」

「両方」わたしはにっこりした。「グレースとわたしはサンドイッチを食べてから、ジーナ・パーソンズと話をしてきたの。ジョージのリハビリも効果が出たようで、ほんとによかった」

ジェイクがわたしに笑顔を見せ、わたしは心臓が飛び跳ねるのを感じた。

「今日の午後は、きみとぼくの二人きりってことだね」

「うれしい。そちらはもう誰かから話を聞いた？」

「いや」ジェイクは正直に答えた。「朝から追った手がかりはどれも無駄足だった。だけど、午後に期待をかけてるんだ」

「こっちは二打数二安打よ。興味深いことがいくつかわかったから、あなたに報告しようと思ってたの」

「聞かせてくれ」

ジェイクにくわしく話したあとで、わたしは尋ねた。「ねえ、どっちを信じればいい？ベッツィか、それとも、ジーナか。ティムがどちらと会うつもりでいたのかがわかれば、それが決め手になるんだけど、どうやって証明すればいいのかわからない」

ジェイクはうなずき、いまわたしが言ったことについてしばらく考えた。

「ティムが日記をつけてなかったのが残念だな。デートの約束を書きこんだ予定表でもいいんだが」

「日記や予定表がないとは言いきれないでしょ」わたしは言った。「ティムがデートの約束をメモか何かで残していれば、彼の身に何が起きたかを推測する重要な手がかりになる。

ジェイクは肩をすくめただけだった。「マーティン署長に尋ねてみたんだが、見つかったのは壁にかかった古いカレンダーだけで、仕事の予定がびっしり書きこんであったそうだ。私生活に関するメモは何もなし」

「署長がそこまで話してくれるなんてすごいわね」

ジェイクはニッと笑った。「おいおい、忘れないでくれ。ぼくは正式な捜査員という身分なんだぞ」

「仲間の一人がそういう身分でよかった。あとの二人が調査に戻るのを待つ必要はないわね？　一分一秒たりとも無駄にしたくないの」

「同感だ。ただ、ひとつ言っておきたいことがある」

「何かしら」

ジェイクはわたしをじっと見てから言った。「ぼくがリードする。何か見落としてることがあると、きみのほうで思ったら、自由に口をはさんでくれてかまわないが、こういう調査ではぼくのバッジと肩書きがものを言うんだ。調査が非公式なものであることは、なるべく伏せておくほうが、相手から返事をひきだしやすいと思う。いいね？」

「了解。あなたがボスよ」

ジェイクはわたしにキスをして、それから言った。「それが嘘だってことは、おたがいわかってるけど、とりあえずいまだけは、その幻想に浸らせてもらおう」

口を閉じておくぐらいなら、わたしにもできそうだ。少なくとも、できると思いたい。

「じゃ、まず誰と話をしにいくの？」

「ステュと話したい」ジェイクは言った。「オーソンのほうも調べてるんだが、レイニーって女がまだつかまらない」

「パートタイムのバーテンダーね。午前中に追ってた手がかりのひとつがその人だったの？」

ジェイクはうなずいた。「オーソンのアリバイが確認できれば、そっちの線を追う必要はなくなるって、ジョージとぼくで判断したんだ」

「それで何がわかったの？　その女性バーテンダーがどこにいるのか、見当はついたの？」

「いまから二時間後にバーに出てくるそうだ。そのあとで話を聞きにいけばいい。彼女に会おうとして、この午前中、三つの郡を駆けずりまわったのに、あと一歩のところで逃してばかりだった」

なんとなくひっかかる。「わざとあなたたちを避けようとしてたんじゃない？」

「いや、ぼくたちが追いかけてるなんて、向こうは知らないはずだ。逃してばかりだったのは、単なる偶然だと思うよ」

わたしは彼に笑いかけた。「偶然は信じないって、以前わたしに言ったくせに」

ジェイクは肩をすくめた。「基本的には自分の主義を守ることにしてるけど、たまに例外もある」

「容疑者とはデートしないという主義を破るとか？」わたしは笑顔で訊いた。わたしたちが初めて出会ったときが、まさにそうだった。あのときのわたしは容疑がまだ晴れていなかった。

「きみはずっと容疑者だったわけじゃない」

「少なくとも、いまこの瞬間は違うわね」わたしは答えた。「ステュはどこへ行けば見つかるの？」

ジェイクは腕時計にちらっと目をやって、廃線になった線路のほうを指さした。

「ぼくの情報源によると、もうじき〈ボックスカー〉から出てくるはずだ」

「うちの駐車場でぐずぐずしてたのは、そういうわけだったのね」わたしは車をおりようとした。「ステュが食べおえるまでここで待ってることもないでしょ」

ジェイクはわたしの腕に手をかけた。「そう焦らないで、スザンヌ。話をするなら人目のない場所のほうがうまくいく」

「まさか、痛めつける気じゃないでしょうね」おりるのをやめて、わたしは言った。「ステュと話してるところを誰かに見られたら、何かまずいことでもあるの？」

ジェイクは大きく息を吐き、それから言った。「ぼくと一緒にいるところを見られただけで、その人間は犯罪者扱いされてしまう」わたしが口をはさむ前に、彼はあわててあとを続けた。「きみのことを言ってるんじゃないよ。それはわかるね？　だけど、州警察の警部という立場にある以上、犯罪者だけじゃなく、罪のない人々に対しても、ぼくがどんな影響を及ぼすかを考慮しなきゃいけないんだ」

わたしはこれまで一度も、彼の立場から考えてみたことがなかった。

「たしかにそうね。ごめんなさい。わたしってときどき、自制心をなくしてしまうの。諭してもらってよかったわ」

「ぼくのラペルピンに向かって、もう少し大きな声で言ってくれないかな」ジェイクが笑顔で言った。「記録に残しておきたいから」

わたしはピンを片手でおおって答えた。「録音してるのを知ってたら、まったく違うことを言ったのに」

ジェイクはそれにコメントしようとしたが、そこで小道のほうを指さした。

「噂をすればなんとやらで、ほら、出てきたぞ。あれがステュだ」わたしが視線を上げると、〈ボックスカー〉を出たとたん安物葉巻に火をつけている男の姿が見えた。

「行きましょ」そう言うなり、わたしは車をおりた。

「リードするのはぼくだ。覚えてるね？」

「もちろんよ。あなたがいい仕事をしてくれるなら」

「そして、ぼくが推測するに、審判役はきみしかいない。そうだろ？」

わたしは彼にウィンクしてみせた。「あら、理解が早いこと。苦もなく理解できるようになったのね」

近づいていくわたしたちにステュ・ミッチェルが気づいたときには、こちらはすでに彼から三メートルのところにいた。ステュはわたしたちをよけて立ち去ろうとしたが、ジェイクが行く手をふさいだ。

「おたくがステュアート・ミッチェル？」ジェイクは尋ねながら、ジャケットを開いてバッジを見せた。わたしはまたもや、そんなことをしていいのかと心配になった。正式にティムの事件を担当してるわけじゃないのに。でも、きっと、ジェイク自身が心のなかで問題なしと判断したのだろう。

「ふだんはステュと呼ばれてる」男性は訂正した。スーツをきちんと着ているが、袖と襟のあたりがずいぶんくたびれた感じだし、下からのぞいたシャツは長いあいだ洗濯もアイロンがけもしていないように見える。靴もよく磨いてはあるが、やはり古びている。ちょっと待って。この人、立ったまま、少しふらついてない？　トリッシュの店ではアルコール類を出していないが、わたしの目に狂いがなければ、ステュはお酒を飲んでいたようだ。

「じゃ、ステュ」ジェイクは愛想よく言った。「ちょっと話を聞かせてほしい」

「おれはティム殺しとなんの関わりもない。ほんとのことだ」ステュはわたしたちに向かって言葉をぶつけるように言った。「人に罪を着せようったって、そうはいかん。無駄なことはやめるんだな」

「なんの話だ、ステュ？」ジェイクの声が優しくなった。彼を知らない人なら、好意的な口調だと思いこむだろう。ジェイクはどうも何かをつかんだらしい。だから、冷静さを装っているのだ。そのあたりはたいしたものだ。

「あんたはティム・リアンダーのことを訊きにきた。それぐらいお見通しだぜ」ステュはわたしを指さした。

「ぼくの知りあいだ」ジェイクは言った。「そいつは誰だ？」

恋人にそんな言い方をされたのが、わたし的にはおもしろくなかったが、考えてみれば、ジェイクは口の利き方にかなり神経を遣わなくてはならない立場にいる。

「おれはやってない」ステュはふたたび言った。「好きなだけ尋問してくれ。おれの話がぶれることはぜったいない」

ジェイクは首を横にふった。まるで小さな子供に失望したかのようだった。

「ステュ、ぼくを追い払いたいのなら、簡単な方法がひとつある」

「なんだよ、それは」ステュは訊いた。充血した目がジェイクを見据えていた。

「ティムが殺された夜、きみはどこにいた？」

「ひと晩じゅう、女友達をもてなしてた」

「ほんとに？」

「女友達ぐらい何人もいるさ」ステュは身構えた。

「もちろん、そうだろう」ジェイクが言った。「で、相手の名前は？」

ステュは顎を掻きながらあたりに目をやった。正直に答えるべきかどうか迷っているのは明らかだった。彼に決心をつけさせるには、ジェイクがジャケットを軽く開いて銃を見せるだけで充分だった。べつに物騒なしぐさではなかったが、言わんとすることは伝わった。

「はいはい、わかったよ。じつは女じゃなかった」ステュはあたりに目をやったが、近くに誰もいなかったので、ついに白状した。「どうしても知りたいんなら言うけどさ、血液センターへ献血に行ってたんだ。ふところがちょっと寂しくなって、現金が必要だった」

「で、朝までそこにいたと言うつもりか」ジェイクは言った。ステュを信じていないのは明らかだった。「なあ、ステュ、献血がそう時間のかかるものじゃないことは、おたがいわかってるよな」

「そのあとでちょっと問題が起きたんだ。しばらく休んでいくように言われた。そうだ、臨時でセンターにきてた看護師に訊いてくれ。ずっとおれに付き添っててくれたから」

そう、間違いない」

「ああ、もちろん。ニッケルだ。いや、待てよ、ちょっと違うな。あ、ペニーだった。そう

「よく思いだしたわね」わたしは言った。「でも、ペニー・パーソンズならひと晩じゅう病院のほうで勤務してたはずよ」

わたしがこの情報を提供すると、ジェイクは驚きの表情になった。ステュに視線を戻した。

「嘘をつくつもりか。ぼくは人に嘘をつかれるのが嫌いでね」

「ほんとだってば」ステュが言った。声に怒りがにじんでいた。「看護師に訊いてくれ」

ジェイクはそれを信じたようで、やがてうなずいた。「よし、わかった。聞きにいってくる。町を離れるなよ、ステュ。あらためて話を聞く必要があるかもしれん」

「何も隠してなんかいないよ」ステュの怒りが薄れていき、防御の口調になった。

「それが真実であることを祈るとしよう。きみのために」

ステュはわたしたちの横を通りすぎ、バス停へ向かった。家がどこにあるのか知らないが、バスを待つ彼を羨む気にはなれなかった。わが町のバスの運行は迅速という評判にはほど遠い。遅れを見越してバス停にくるのを三十分ほどずらし、バスが定刻どおりにきたことを知って啞然とする人々もいるぐらいだ。

「ペニーが夜勤だったことをどうして知ってるんだい?」ジェイクの車まで歩いて戻るあい

だに、彼が訊いた。

「今日、ジーナと話をしたときに、向こうがそう言ったの」

ジェイクが車に乗りこんだので、わたしもあとに続いた。「あててみましょうか。いまから病院へ行くつもりね？」

「ステュの名前を容疑者リストから消すのが早ければ早いほど、あとが楽になる。きみ、べつにかまわないだろ？」

わたしはうなずきながら、わたしが母親をかなりきびしく追及したことに、ペニーがどう反応するだろうと考えていた。「ペニーがまだお母さんと話をしてないといいんだけど」

15

「スザンヌ・ハート、あんまりだわ。友達だと思ってたのに」

それはわたしがペニーの姿を見たときに期待した挨拶ではなかった。彼女が母親とまだ話をしていませんようにという願いはこれでつぶれた。わたしたちがいるのは混雑した救急救命室《ER》で、交通事故の被害者や切り傷を負った人が運びこまれていたが、ペニーの声のせいで、そちらよりわたしたちのほうに注目が集まっていた。

「いまも友達よ」わたしは冷静な声を崩さないように努めた。「ペニー、警察の疑いを晴らすために、どうしてもお母さんと話をしなきゃいけなかったの。ほかに方法がなかったし、わたしはお母さんの力になろうとしたのよ。害を与えるつもりはなかったわ」

「母から聞いたけど、あなた、母のことを人殺しだと非難したそうね」ペニーは言った。「うわ、めちゃめちゃ怒ってる。

「ペニー」わたしは鞭《むち》をふるうようにピシッと彼女の名前を呼んだ。「お母さんはこころよく話をしてくれたように見えたわ。最初のうちはとくに。お母さんへの非難なんて、わたしはひとことも口にしてない。本当よ」

「母のアリバイを尋ねたじゃない」ペニーは言った。ジェイクのほうをちらっと見た瞬間、彼女の声がいくらか冷静になった。ジェイクは、ここではわたしにすべてをまかせることに決め、ペニーとわたしが話をするあいだ、いっさい口をはさもうとしなかった。

「さっきも言ったように、わたしはお母さんの疑いを晴らそうとしてるのよ。この郡の人たちからお母さんが殺人犯かもしれないなんて思われたら、あなただっていやでしょ。わたしも以前、疑いをかけられたことがあるけど、愉快な経験とは言えないわ」

ペニーも少しはわかってくれたようだ。「話を整理させてちょうだい。あなたは母の一日をズタズタにしたけど、本当は母を助けようとしただけだった。そう言いたいの？」

「お母さんに辛い思いをさせたのなら謝るわ。でも、よかれと思ってしたことなの」わたしは答えた。ペニーをふたたび怒らせたりしたら大変。

ジェイクがようやく、乗りだすことに決めた。「きみに確認したいことがあるんだ。それさえはっきりしたら、すぐ退散する」

「母に関することだったら、答える気になるかどうかわからないわ」

「そうじゃないのよ」わたしは言った。「仕事の邪魔をしてごめんね。忙しいことはよくわかってる」

ペニーは首をふった。「べつに忙しくはないわ。いまのところ、人手が余ってるから、ついさっき退出のタイムカードを押したばかり」

「じゃ、時間は大丈夫だね」ジェイクが言った。

「少しなら。でも、予定が入ってるの」

「わかった。ティム・リアンダーが殺害された夜、きみはここでダブルシフトの勤務だったそうだね」

ペニーは眉をひそめ、それから答えた。「ううん、それは違うわ」

「ペニー、お母さんがそう言ってたのよ」ジェイクの手間を省くために、わたしのほうから言った。

ペニーは首を横にふった。「母の勘違いだわ。ERのシフトを担当して、そのあとで血液センターへまわったの。臨時収入になるから、病院のほうが忙しくないときはセンターへ行ってるのよ。どうして？　今度はわたしが疑われてるの？」

「細かい点をはっきりさせようとしてるだけ」

ジェイクが訊いた。「スチュアート・ミッチェルって名前の男を看護した？」

「ええ、したわ。ステュはあの夜ずっとセンターにいたの。献血が終わったとたん、フラスクからお酒を飲みはじめて、ドアにたどり着く前に意識をなくしてたわ。心配ないことが確認できるまで、帰すわけにいかなかったの」

「きみが目を離した隙に、こっそり抜けだすなんてことはなかった？」ジェイクが訊いた。

「ありえないわ。法廷で証言してもいいわよ」

ジェイクはうなずいた。帰ろうとして彼が向きを変えた瞬間、わたしはペニーの母親のことで彼女と話をするなら、いましかチャンスはないと思った。

深く息を吸い、それからペニーに質問した。「たしか、お母さんはあの夜、ティムとデートだったんでしょ？」

「とんでもない。デートなんかしてないわ」返事のタイミングがちょっと早すぎる感じだった。「一人で家にいて、映画を見てたのよ」

オーケイ、母親もわたしにまったく同じことを言った。でも、それが真実だという裏づけにはならない。「お母さんにそれが証明できるかしら」

ペニーは露骨にいやな顔をした。

「そんな証明はする必要もないと思うけど、あの晩、わたしの携帯に母のメッセージが十回以上入ってたわ。母が寂しくなってもわたしが電話に出られないとき、よくそうするのよ。通話記録を確認してみたら？」

「携帯を使えば、どこからでもきみに電話できるだろ」ジェイクが言った。

ペニーは笑った。「うちの母親をご存じないのね。いくらわたしが頼んでも、携帯には近づこうともしない人よ。電話はすべて家からだったわ。通話記録を調べてちょうだい。それで母の疑いは晴れるはずよ」

発信元をごまかす方法なら、五つでも六つでも考えられるが、わたしは何も言わないことにした。

「あなたがお母さんを大事にしてることはよくわかる。わたしたちはただ、真実を知りたいだけなの」

「でも、うちの母の人生を探ったところで、何も見つかりっこないわ。わたしの人生についても同じよ」

「わかった」わたしは言った。

「だといいけど」

このまま別れることはできなかった。ペニーとの友情はとても大切だもの。

「ペニー、今回のことは忘れてもらえない？　悪気はなかったのよ」いい友達を失いたくはない。ペニーの母親が無実だったらなおさらだ。もし無実でなくて、ジェイクとわたしがそれを突き止めた場合は、ペニーを永遠に失うことになるだろう。でも、まだそこまでいっていないし、そうならないよう願っている。

ペニーは肩をすくめた。「母にいきなり襲いかかるような真似はやめてほしいの」

わたしは彼女の手をとった。「ペニー、約束する。今度お母さんと話をするときには、まずあなたに電話するから、一緒にきてちょうだい。それでどう？」

ペニーは口もとをほころばせたが、そこであわてて笑みを消した。

「オーケイ、それならよさそうね。さてと、悪いけど、そろそろ行かなきゃ。あと一時間で血液センターの仕事なの。その前に軽く食べる時間がほしいし」

ペニーが立ち去ったあとで、ジェイクとわたしは彼の車に戻ることにした。その途中で彼が訊いた。

「なぜまた、今度はペニーにも一緒に行ってもらうなんて言ったんだい？」

「そのときには、わたしが行くことはおそらくないと思うから。ジーナ・パーソンズにもう一度話を聞きにいくことになれば、たぶん、あなたが一人で行くでしょうね。あるいは、ジョージと二人で。だから、さっきの約束も簡単にできたわけなの。ペニーのお母さんが無実だった場合に、しこりが残って友情がこわれてしまうのはいやだしね。わかってくれる？」

「よくわかる」ジェイクは手を伸ばして、わたしの手をさっと握りしめ、それから放した。

「そういうことをしなかったら、きみはきみじゃなくなる」

「このままの自分でいたいのかどうか、自分でもよくわからないけどね」わたしは言った。腕時計をちらっと見て、つけくわえた。「例のバーテンダーがそろそろシフトにつく時間よ」

「では、きみにコークをおごってあげよう」

バーに入ると、今日も店内はがらんとしていた。経営を成り立たせるためには、ひと晩でどれぐらいの客が必要なのだろう？　男性客が二、三人、カウンターにすわっていたが、オーソン・ブレインの姿はなかった。

しかし、射るような青い目と豊満な身体をした背の高いブルネットの女性が、カウンターの奥で働いていた。

「きみ、レイニーだね」カウンターに近づきながら、ジェイクが言った。

「あなたがそう言うのなら、ハンサムさん、きっとそうね。どういうご用件？」その瞬間、自分を追いまわしている男だと気づいたらしく、一瞬ためらったのちに、カウンターの下に隠してある野球のバットに手を伸ばした。「とっとと出てって。邪魔なんだから」

「まあまあ」ジェイクは宙に両手を上げて言った。「どうしたんだい？」

「朝からあたしを追いかけてたそうね。あたし、前にもストーカー被害にあったことがあるから、あんたみたいな変質者をどう扱えばいいか、ちゃんと心得てるのよ」レイニーはわたしをちらっと見て続けた。「なかなか利口じゃない。ごまかすためにべつの女を連れてくるなんて。さてと、自分の足でこのバーから出ていく？　それとも、手と膝で這って出ていくように、あたしが仕向けてあげようか。自分で選んでよ。あたしはどっちでもかまわない」

ジェイクはジャケットをゆっくり開いてバッジを見せた。

「事件の捜査をしているところだ」

バッジを見て、レイニーはバットをおろした。「じゃ、教えてよ。一刻も待てないぐらいの緊急の用件っていうのがなんだったのか」

ジェイクは肩をすくめた。

「きみが店に出ることは、今日の午前中に寄った最後の場所で初めて知ったんだ。ストーカーをやってたわけじゃない。信じてくれ」

「とりあえず信じることにするわ」レイニーは譲歩して、バットをカウンターの下に戻した。さっきのバットの持ち方からすると、再度彼女を悩ませようとするストーカーはきっと一人もいなかったことだろう。「女がいくら用心しても、しすぎってことはないものね。あんたたち二人に飲みものを出したあとで、どういう用か聞かせてもらおうじゃないの」

「コークを二杯もらおう」ジェイクは言って、レイニーがグラスにコークを注いだあと、二杯分の代金を払い、それよりさらに多額のチップを置いた。

「へーえ。なんだか急にしゃべりたくなってきた」チップをポケットに入れながら、レイニーは言った。

「オーソン・ブレインのことなんだが」ジェイクが言った。

「あいつなら」レイニーは目をぎょろっとさせた。「熱烈な恋愛中よ」

「あなたに?」わたしは訊いた。それが本当なら、オーソンについてこちらで調べたことにことごとく反している。

訊かれてレイニーは笑いだした。「とんでもない。恋の相手は、酒のおかわりを注いでくれる人間なら誰でもいいの」

この方面の捜査は行き止まり。

「ティム・リアンダーが殺された夜、オーソンがこの店にきてたかどうか、ひょっとして覚えてないかな？　きみはあの時間帯のシフトを担当していた。すでに調べはついてるんだ」

「ええ、あたし、店に出てたわ。オーソンもきてた。オーソンはずっと飲みつづけてて、店を出るころには、酔いすぎて注文もできないほどだった。ま、そのほうがよかったけどね。こっちもそれ以上飲ませるつもりはなかったから」

「オーソンがその晩ずっとここにいたかどうか思いだせる？」わたしは訊いた。

レイニーは顔をしかめた。「ああ、それなら簡単。けっこう記憶に残る夜だったから。どこで百ドル札を手に入れたか知らないけど、とにかく、オーソンがそれで払おうとしたの。でね、お釣りがないってあたしが言ったら、一緒にきてた十人以上の飲み仲間に酒をおごったの」

「よくあることかい？」ジェイクが訊いた。

「月食という珍しい現象が起きて、それがたまたま火曜日にあたっていた、という程度の低い確率ね」レイニーは答えた。

「飲み仲間の誰かを知ってる？」わたしは訊いた。

「初めて見る顔ばかりで、それ以後も顔は見てないけど、すごく柄の悪い連中だったわ。なかの一人を女性用トイレから追いださなきゃいけなかったし、ようやくそいつを追いだしたら、今度はべつの男がカウンターの奥に入りこんで、店のスコッチを勝手に飲もうとするのよ」

レイニーは答えながら、ビールを注いで、カウンターの端にすわった男性の前に流れるような動作で置いた。

「ここからが重要なんだが」ジェイクが言った。「その晩、オーソンが何かの用で店を出たことはなかったかな?」

レイニーは顔をしかめ、やがて、ドアのそばのブースを指さした。

「飲み仲間と一緒にあそこの席にすわってたから、あたしが見てないときに抜けだした可能性がないとは言いきれない。あの晩はめちゃめちゃ忙しくて、あたしは顔を上げる暇もなかった。ただ、断言はできないけど、あたしの勘では、一度も店を出てないと思う。これでいい? ねえ、コークに口もつけてないって、バーテンダーを侮辱することになるんだけど」

わたしたちのグラスを指さして、レイニーはつけくわえた。

わたしはコークをまだひと口も飲んでいなかった。ジェイクもそう。それぞれ少しだけ飲んで、そのあとでジェイクが言った。

「ほかに何か思いだしたら、電話をもらえるとありがたい」カウンターの向こうへ名刺をすべらせた。

「何も思いださなくても、あなたとおしゃべりしたくなったときはどう?」

満面の笑みを浮かべ、魅力を全開にして、レイニーは訊いた。ほんの一瞬、わたしの顔を苛立ちがよぎったに違いない。なぜなら、彼女があわてて身をひき、わたしに向かって言ったからだ。

「ごめん。てっきりパートナーだと思ったの。いわゆるパートナーじゃなくて。この意味わかる?」

「いいのよ、気にしてないから」

ジェイクが低くクスッと笑い、わたしたちはバーを出た。

「いまの笑いはなんなの?」

「不思議なことだが、女性二人がぼくをめぐって争ってくれるなんて経験は、過去に一度もなかったから」

「現在もないはずよ」わたしはそう言って、彼の頰に軽くキスした。

「なんというご冗談を。友達に自慢してまわるつもりだから、楽しみにしててくれ」

「妄想にふけってなさい、ジェイクくん。彼女の話だけど、信じられる?」

ジェイクは肩をすくめた。「きみはどう思う?」

「曖昧な点もかなりあったけど、ほんとのことを言ってるような気がする。少なくとも、知るかぎりのことを話してくれたんじゃないかしら。あなたはどう? 何かご意見は?」

ジェイクは首をふった。「じつを言うと、彼女の話がちょっと気になるんだ。自分の目で見たままを語ってくれたが、それでも、オーソンがこっそり店を抜けだして、ティムを殺して枝に吊るし、オーソンの姿がないことに誰も気づかないうちに戻ってくる時間はあったと思う。あの夜、オーソンがじつは完全なしらふだったとしたら？　みんなに酒をおごったのも、騒がしさに乗じてそっと抜けだすためだったのかもしれない」

「ねえ、あなたって人を信用することはあるの？」

ジェイクは不意にわたしを両腕に包みこみ、すてきなキスをしたあとで、身体を離して言った。「きみのことは信用してる」

「じゃ、いまはそれで充分ね」

「もちろん」

ふたたび彼の車に乗りこんでから、わたしは尋ねた。「さっそくオーソンを捜しに行く？　いろいろ質問したいでしょ？」

ジェイクは腕時計に目をやった。「今夜はやめておこう。この調子だと、遅くなってしまう」

「じゃ、これからどこへ？」

「きみの家で残りものを食べる予定だっただろ。覚えてる？」

わたしは微笑した。「いまから帰るって、母に警告しといたほうがよさそうね」

「車のなかから電話すればいい。腹が減って死にそうだ」

母が玄関に出ていて、笑顔で迎えてくれた。「ジェイク、夕食をつきあってもらえてうれしいわ」

「お邪魔します、ドロシー」ジェイクはそう言って、深く息を吸ってから続けた。「ガーリックブレッドを作ったんですね。大好物だ」

「わあ、わたしも食べたい」わたしは微笑を浮かべて言った。

母は舌をチッチッと鳴らした。「あら、あなたの分まではないかも」

「ひどーい」わたしは言った。ダイニングルームに入ると、すでに母の手でテーブルが用意されていた。残りものを食べるにしては、とっても優雅なセッティング。「急におなかがすいてきた」

「ぼくも何かお手伝いしましょうか」

「ありがとう。でも、大丈夫よ。スザンヌ、サラダを運んでちょうだい。ママはメインコースを用意するから」

「いいわよ」わたしは母と一緒にキッチンへ行った。「ママ、すごく張り切って準備してくれたのね」

「ジェイクがうちにくることはめったにないでしょ。家庭の安らぎを味わってもらいたいの」

「だから、ママって大好き」母をさっと抱きしめて、わたしは言った。

このお世辞を母は喜ぶと同時に、驚いてもいるようだった。

最初にジェイクと二人で食べたときと、今夜と、どちらがおいしく感じられたのか、よくわからない。すばらしい味だったことだけは間違いない。

みんなでテーブルの片づけにとりかかったとき、玄関ドアにノックが響いた。わたしはジェイクが反射的に銃に手をかけたことに気づいた。横の窓からのぞくと、外にマーティン署長のパトカーが止まっていた。「大丈夫。署長よ」

ジェイクはうなずき、母が「玄関に出てくれない？　たぶん、あなたに用があってきたんだわ」と言った。

「喜んで」ジェイクは言った。

わたしもあとについていくと、玄関をあけながら、ジェイクがわたしにニッと笑った。

「いらっしゃい、署長さん」ジェイクが言った。

「やあ、ジェイク、スザンヌ」

「どうされたんです？」ジェイクが訊いた。「事件に何か新たな進展でも？」

「いや、事件のことではない。あんたのお母さんと二人だけで話ができないかと思ってな、スザンヌ」

「ちょっと待ってね。呼んでくるから」

「ジェイク、きみが行ってくれないか」

「いいですよ」ジェイクが答えた。署長の頼みに、わたしと同じく困惑している様子だった。

ジェイクがキッチンへ去ったあとで、署長は言った。「あのアドバイスにあらためて礼を言いたかったんだ」

自分が何を言ったのかほとんど忘れていたが、そのとき、ふだんの自分でいるようにと署長に助言したことを思いだした。署長は今夜、それを実行しているわけだ。いきなり訪ねてきたし、しかも制服のままだ。

「効果があるよう祈ってるわ」わたしがそう言っているところへ、タオルで手を拭きながらキッチンから母が出てきた。

「フィリップ？　どうしたの？　何かあったの？」

「ポーチでちょっと話ができないかな、ドロシー」署長が頼んだ。「約束しよう、すぐすむから」

「いいわよ」母はうなずき、横を通りすぎるさいに、わたしにタオルをよこした。

玄関ドアが閉まったとたん、わたしは外で起きることを見物できないかと思い、窓辺へ走った。

ジェイクがわたしを見て言った。「スザンヌ、まさか、自分の母親をスパイする気じゃないだろうな」

「あなたがそうやってうるさく話しかけてくるんじゃ、スパイなんかできないでしょ。声もほとんど聞こえないし」

「そういう意味で言ったんじゃない。わかってるくせに。さあ、二人のプライバシーを少しは尊重しよう」

わたしは首をふって窓辺からあとずさった。「それのどこがおもしろいの？」

ジェイクが笑いだし、わたしもつられて苦笑した。「いいことを思いついた。皿洗いをすませてしまおう。あの二人、しばらくかかりそうだから」

「そうかしら」

「どうなるかわからないだろ」

たしかにジェイクの言うとおりだった。ようやく母が戻ってきたのは、皿洗いがほぼ終わったころだった。母の顔に、長いあいだ見せたことのない笑みが浮かんでいた。

「話ってなんだったの？」

「明日の夜、また出かけることになったの」母は答えた。「この前会ったときに比べると、あの人、どことなく変わったみたい」

「具体的にはどんなところが？」

「自信が出てきた感じ。なかなかすてきだったわ。明日、〈ボックスカー・グリル〉へ行く約束をしたのよ。食事をしながら、気軽におしゃべりできるでしょ」

「あまりロマンティックな雰囲気じゃなさそうね」

「だから楽しみなの」母はそう言ったあとで、わたしたちが皿洗いをしていたことに気づいた。「あらあら、ママが洗うつもりだったのに。二人でリビングへ行ったら？　あとはママがやっておくから」

「二人で洗ってしまうわ」わたしは言った。ジェイクも同意した。「ママこそ、のんびりしてて」

母はうなずいた。「じゃ、しばらく本を読むことにするわ。この本、ちょうどいい場面にさしかかったところなの」

母がいなくなったあとで、わたしはジェイクにささやいた。

「いまの、いったいどういうことだと思う？」

「恋に悩む署長に、きみがすばらしいアドバイスをしたようだね」ジェイクは笑顔で答えた。

「そうみたい。でも、正直なところ、人助けをするつもりはなかったのよ」

「残念ながら、アドバイスはもう撤回できない。そう悪い気はしないだろ？　お母さんのあんな幸せそうな顔を見たら」

「すごくうれしい。明日のデートが前よりうまくいくよう願うのみだわ」

ジェイクがいきなりキスしてきたので、わたしは驚きのあまり、手にしたグラスを落としかけた。「ぼくたちだって理想的なスタートとは言えなかったけど、ほら、いまはこんなにラブラブだ」

わたしは微笑した。「じゃ、世界には希望があるわけね」

「少なくとも、ハート家の女性たちにとっては」ジェイクが答えた。

16

翌朝、店をオープンする直前に、エマが奥から出てきてわたしに質問した。

「訊くのを忘れてた。お葬式は何時？　うっかり参列しそこねたら大変だわ。そうでしょ？」

「二時からよ。いつもの閉店時刻まで働いて後片づけをしても、充分間に合うわ。あなたも出るつもりだとは知らなかった」

「ゆうべ、エミリーから電話があって、一人じゃ心細いから一緒に行ってほしいって頼まれたの。電話のときに、時間を訊くのを忘れちゃって。エミリーがすごく落ちこんでたから」

「ティムと親しかったものね。落ちこむのも当然だわ」

エマはほかにも何か言いたそうだった。その思いが目に出ていた。

「何か胸にしまいこんでることでもあるの？」わたしは訊いた。

「あ、あのう、八時ごろ、エミリーがここにくるんですって。短時間でいいからスザンヌと話ができないかって言ってた」

「わたしと話をするのに、アポイントをとる必要なんかないでしょ。どうしちゃったの？」

エマは肩をすくめた。「事件のことなの。スザンヌの調査が進んでるかどうか、エミリーに何回も訊かれたけど、あたしとしては、何もわからないって答えるしかなかった。そんな返事じゃ、エミリーが満足するわけないけどね」

「わたしに言えるのは、真相に近づきつつあるってことだけよ」

「どれぐらい近づいてるの？」エマが訊いた。エミリーったら、この子にどれだけプレッシャーをかけたのかしら。

「ちょっと答えられないわ。事件の関係者を見つけだして、なるべく多くの人から情報を集めてるところだけど、いつ突破口が見つかって事件の全貌が明らかになるのか、予測がつかないの。誰かの言葉や行動が、こちらですでに耳にしていたべつの何かと結びつくかもしれないし、あるいは、なんの関係もなさそうな二つの事柄に関連性が見つかるかもしれない。そのあたりの判断はむずかしいし、調査の進み具合を教えちゃいけないのかもしれないけど、けっこう進展してるような気がするわ」

「それだけ聞けば充分よ。で、誰が犯人？」エマはニッと笑って訊いた。

「まだ教えてあげられない」わたしは答えながら、照明をつけ、表のドアをあけた。外でステュ・ミッチェルが待っていたのを知って驚いた。さらに驚いたことに、一滴もお酒を飲んでいないようだった。

「おはよう」入ってきた彼に、わたしは言った。「何にします？」

ステュは目をこすって眠気を追い払った。「あんたがここで働いているって人から聞いたんだ。毎日、こんな早くから仕事かい？　よくそんなことができるなあ。おれなんか、コーヒーをもらわないと、目も開かない。いちばんでかいサイズを頼む」

わたしはステュのために特大カップをとると、なみなみと注ぎ、彼にカップを渡し、代金をもらうついでに言った。「これで早いなんて思ってるようだけど、わたしは毎日、夜中の二時前にはここにきてるのよ」

「きっと、バンパイアの血が混じってんだな」最初のひと口を飲んで、ステュは言った。

「ああ。コーヒーでようやく生きかえった」

「社交的訪問ってわけじゃないわよね、ステュ。なんのご用かしら」

「ティムを殺したのはおれじゃない」ステュは強い口調で言った。

「きのうもそう言ったわね」

「きのうは、あんたもわかっていたと思うが、おれは酔っぱらってた。だが、いまはしらふだ。だから、あらためてちゃんと聞いてほしかったんだ」

「じゃ、任務完了ね」

ステュはわたしを長いあいだしげしげと見てから、ふたたび口を開いた。

「信じてないんだな」

真剣な口調だった。こちらも率直に答えなくては。「本心を聞きたい？　判断がつかないの」

ステュはその返事を受け入れた。「ま、仕方ないな。ただ、警察が早まった結論を出すのは見たくない。あんたと一緒にきたあのおまわりなんか、おれを見るたびに、殺人鬼に会ったような目をするんだぜ」

わたしは説明した。「多少の慰めになるかもしれないから言っておくと、彼は容疑者全員をそういう目で見る人なの」

「安心していいのかどうか、よくわからん」

「ティムのお葬式には出るつもり？」

ステュはコーヒーをふたたびたっぷり飲み、それから答えた。

「どうしようか迷ってるんだが、たぶん、出ないだろうな。うしろ指をさされるのはいやだから。ティムとは意見の合わないことばっかりだったが、死んでほしいとは思わなかった。ほんとだぜ」

ステュはさらにコーヒーをがぶ飲みしてから、カップをわたしのほうに押しもどした。

「とにかく、それが言いたくて寄ったんだ」

彼が帰ったあとで、厨房のドアからエマが出てきた。

「いまの、なんだったの？　すでに言ったことをもう一度スザンヌに言うために、わざわざ出かけてくるなんて、どういうこと？」

「立場が逆だったら」

「立ち聞きしてたの？」

「スザンヌだってたぶんそうしたでしょ？　あの人、良心が咎《とが》めてたのかも」

わたしはエマにニッと笑って答えた。「きっとそうね。早くジェイクに話したくてうずうずした。

ステュがいきなり姿を見せるなんて、どう考えても奇妙だ。

八時少し前に、エミリー・ハーグレイヴズが入ってきた。黒の装いで、一人きりだった。わたしはふっと妄想に駆られ、ウシとマダラウシとヘラジカも黒のスーツに着替えてニュースタンドで留守番をしているような気がしたが、そのイメージは心に浮かぶと同時にすぐ消えた。ふざけている場合ではない。わたしの親しい友であり、エミリーの伯父がわりだった男性が亡くなり、今日が埋葬の日なのだ。

「残念だわ」カウンターに近づいてきたエミリーに、わたしは言った。「辛くてたまらないでしょうね」

「なんとか乗り切るつもりよ」エミリーは健気に言った。「何か成果はあった？」

それ以上言われなくても、質問の意味はよくわかった。「解決に近づいてはいるけど、逮捕までどれぐらいかかるか、まだわからないの」

「あなたが調査を続けてくれるだけで、希望を持って待つことができるわ」

「エマを誘ってくれて、優しい人ね」

エミリーは首をふった。「優しくなんかないわ。エマの支えがほしかったの。でないと乗り切れそうにないから。あなたも参列する?」

「ええ、もちろん。ジェイクと一緒に出るわ。ジョージも」

「よかった。ティムを好きだった人たちがたくさん出てくれれば、ティムも喜ぶわね」

「おうちのほうへ何か届けてもいいかしら。ドーナツを二、三ダース、箱に詰めて持っていきたいの」

「うれしいけど、食べるものがすでにどっさり届いてるのよ。もう充分。お気持ちだけありがたくいただいておくわ」

「何かわたしにできることがあれば連絡してね」

「すでに力になってくれてるじゃない」エミリーはそう言って、店を出ていった。

それから二十分もしないうちに、真っ黒なスーツ姿のジョージが入ってきた。歩き方からすると、リハビリがめざましい効果を上げたようだ。もっとも、杖はまだ手放せないようだけど。

「あら、わたしの仲良しさん、とっても元気そうね」

「事故にあった年寄りのわりには?」ジョージはニッと笑って訊いた。

「無条件で」わたしは答えた。ジョージの背後に目をやったが、わたしの恋人の姿はどこにもなかった。「ジェイクはどこ? あなたと一緒に寄ってくれると思ってたのに」

「まだきてないのかい？」あたりを見まわして、ジョージは訊いた。「十分前にここで落ちあう約束だったんだが」

わずか十分のことなのに、わたしは不意に狼狽し、ジェイクが何か窮地に陥って、そこから逃れられずにいるのではないかと不安になった。「心配しないで。電話してみる」そう言って携帯に手を伸ばした。

でも、ジェイクの応答はなく、呼出音が四回鳴ったあとで留守電に切り替わった。

「ジェイク、スザンヌよ。このメッセージを聞いたら、すぐ電話ちょうだい」

「大丈夫だよ」携帯をしまうわたしにジョージは言った。「たぶん、なんでもないさ」

「たぶんね。コーヒー一杯とドーナツ二個、いかが？　店のおごりよ」

「どっちも断われないな」カウンターにすわりながら、ジョージは言った。

コーヒーとドーナツをジョージの前に置き、もう一度ジェイクに電話しようとしたら、そこに本人が入ってきた。

「遅くなってすまない。待たせてしまったかな、ジョージ？」

「いや、待つあいだに朝食をとるつもりだった」ジョージは彼に笑いかけた。ジェイクに事件の調査を手伝ってもらえて、ジョージとわたしのどちらがよけいに喜んでいるのか、判断がつけがたい。

ジェイクがカウンター越しに身を乗りだし、わたしに軽くキスしてくれた。

「ごめん。心配させるつもりはなかったんだが」

「ええっ、わたしが心配してたっていうの？」

ジェイクは軽く笑った。「スザンヌ、留守電メッセージを聞いたぞ。心配そうな声だった」

わたしは彼に微笑した。「ばれてたのね。ええ、心配だったわ。あなたと理想の距離まで近づくのに、ずいぶん時間がかかったでしょ。ほかの誰かと一からやりなおすなんて面倒だわ」

「ほんとに距離が近くなった？」

わたしはカウンターをまわって、ふたたび彼にキスをした。「もっと近づいてもいいと思うけど、そうね、いまのところ、すごくいい感じよ」

「同じ言葉をきみに返そう」ジェイクはそう言って、つぎにジョージのほうを向いた。「ぼくのほうはいつでも出かけられますよ」

「何か食べていかなくていい？」わたしは訊いた。

「せっかくだけど、さっき朝食をすませたから」

店内のお客に聞かれないよう、わたしは声を落とした。「いまから誰に会いに行く予定？」

「ステュを追ってるんだ」

「ステュなら、けさ早くここにきたわ」わたしは不意に、早朝の来店のことを二人に報告していなかったことに気づいた。

ジェイクにとってはうれしくない情報のようだった。「正確には何時ごろだった？　何を言いにきたんだ？」

「ここにきたのは五時半よ。裁判官みたいに完全にしらふだった」

「ぼくが知ってる裁判官のなかには、その定義にあてはまらないのが何人もいるけどな」

「はいはい、じゃ、〝絶対禁酒者みたいに〟に変更。ステュが言うには、自分の無実を訴えるためにやってきたんですって。お願いだから信じてほしい、って顔だったわ」

「ぼくの勝手な思いこみかもしれないが、ハムレットの母親のセリフのごとく、そいつ、誓いの言葉が多すぎるんじゃないかなあ」ジェイクはジョージの肩を軽く叩いた。「ステュからどんな話が聞けるか、たしかめに行くとしよう」

ジョージはドーナツの最後のひと口を呑みこんだ。「ありがとう、スザンヌ。うまかった」

二人が出ていったあとで、わたしはティムを殺して愛国者の木に吊るすステュ・ミッチェルの姿を想像しようとした。豊かな想像力に恵まれているおかげか、心のどこか敏感な部分でステュは有罪だと思っているためか、よくわからないけど、頭に浮かぶイメージはくっきりと鮮やかで、なかなか消えそうになかった。

もうじき十一時というころ、店が暇になってきた。これがわがドーナツショップの典型的な一日だ。従来の正午閉店をやめて、毎日十一時ぐらいに閉めることにしてはどうかと、エマとたびたび話しあっている。だって、ドーナツをランチにする人はあまりいないし、そういう人がいたとしても、早めの時刻に店にきてドーナツを買っていけばすむことだ。正直なところ、わたしは閉店時刻を早める案に惹かれている。毎日、真っ暗なうちからエマと二人で店に出てるんだもの。今後、この案を真剣に考えてみなくてはならない。

びっくり仰天したことに、ベッツィ・ハンクスとジーナ・パーソンズが一緒に店に入ってきた。どちらも黒い服に身を包んでいて、お化粧の具合からすると、二人とも泣いていたようだ。うちにやってきたお客の組みあわせとしては、かなり妙なほうだが、これで終わりではなかった。そのすぐあとで、アンジェリカ・デアンジェリスまで入ってきた。ティムの交際相手だった三人が顔をそろえたわけだ。

「いらっしゃいませ」わたしは言った。「みなさん、大丈夫？」

「テーブルと、コーヒーと、ささやかなプライバシーがほしいの」アンジェリカがかすかな微笑を浮かべて言った。

「じゃ、そちらへ」わたしは窓ぎわの席を指さした。ちょっと汚いやり方かもしれないけど、そこならレジにけっこう近いので、盗み聞きができる。

「二人ですわっててね。コーヒーができたら、わたしが持っていくから」アンジェリカに言われて、あとの二人はすなおに従った。

「いったいどういうこと？」わたしはカップにコーヒーを注ぎながら、声をひそめてアンジェリカに尋ねた。

「斧を埋めて和解することにしたの。あら、斧だなんて物騒な言葉ね。三人ともティムのことが大好きだったから、今日という大切な日に、ティムを許してあげなきゃという気持ちになったのよ」

「アンジェリカ、偉いわ」わたしは彼女の手を軽く叩いた。

「褒めすぎだわ。じつは、ベッツィがゆうべ、わたしに会いにレストランのほうにきて、そうすべきだって、わたしを説得したの。すでにジーナにも話をして、お葬式に一緒に参列することになってるって言うのよ。そうまで言われたら断われないでしょ」

ベッツィ・ハンクスに対するわたしの評価がぐんと上がった。そこまで提案するには、大きな勇気が必要だったに違いない。「ドーナツも三人分つけましょうか」

「みんな、何も喉を通らないかもしれない」アンジェリカは言った。

「いつもあなたのお店でおいしいものを食べさせてもらってるのよ。この前もそうだったでしょ。だから、とにかくドーナツをサービスさせてちょうだい」試食用にひと皿用意して、それから言った。「少しだけ待ってくれる？　コーヒーはこのあとで」

「あなたはドーナツだけ運んで。コーヒーはわたしが持っていくから」アンジェリカは言った。「ご存じのように、わたし、ウェイトレスの仕事は得意なの」

「助かるわ」

アンジェリカがコーヒーをテーブルに出すあいだに、わたしは試食用の皿を置いて言った。

「大切な人を亡くされたことに、心からお悔やみを申しあげます。これ、ほんの気持ちですので、みなさんでどうぞ」

「スザンヌ、優しいのね」ジーナが言った。しかし、わたしと目を合わせようとしなかった。

「ほんと。あら、あなた、きのうのお客さんね」ベッツィは少し驚いたようだが、ティムを失って悲しみに沈み、辛くてたまらない様子だ。でも、ティムを大切に思う心から、自分の感情を抑えてあとの二人に気高く手を差しのべたのだ。ここにすわっている女性のなかの一人に殺人犯の可能性があることは、わたしも承知しているが、いまこの瞬間、それを信じる気にはなれなかった。

三十分後、三人はそろって立ちあがり、順番にわたしに会釈してお礼を言ってから、店を出ていった。

今日の〈ドーナツ・ハート〉はほんとにめまぐるしいこと。

しかも、このあとでお葬式に出なくては。

なだらかな起伏を描く墓地にジェイクと並んで立ったわたしは、ティムの友達や、親しかった人々や、彼を崇拝していた人々など、最後の別れを告げにきた参列者の数の多さに、呆然とするばかりだった。生前のティムが接触を持った人々の数ときたら、まさに驚異的だ。彼を失ったいま、エイプリル・スプリングズはこれまでと同じではなくなるだろう。朝のうちはよく晴れていたのに、お葬式への気遣いなのか、雲が出てきて、午後から天気が崩れそうな気配になってきた。

参列者を見まわすと、アンジェリカ、ベッツィ、ジーナというティムの交際相手三人が一緒にすわっているのが見えた。手をとりあい、涙をこらえている。参列者のなかには、気丈に悲しみに耐えている人々もいた。オーソン・ブレインも顔を出し、爪楊枝をしっかりくわえて式の様子を見守っている。わたしはジェイクの手を強く握り、こちらに目を向けた彼に、オーソンのほうをそっと示した。ジェイクはうなずき、つぎに、近くの霊廟のほうへ視線を向けた。彼が何を見ているのか、最初はわからなかったが、やがて葉巻の臭いが流れてきた。ほどなくステュが身動きしたので、わたしは彼が遠くからお葬式を見守っていることを知った。変ねえ。参列するつもりはないと言ったのに、こうして顔を出している。ジェイクと話をするチャンスができたら、いったいどういうことなのか検討してみなくては。

ジェイクはわたしの手を放すと、ステュのいるほうへ歩いていった。でも、二、三分すると戻ってきて、わたしの横に立った。「いた?」わたしは声をひそめて訊いた。

「いや、逃げられた」ジェイクは答えた。くやしい思いが彼の顔に出ていた。

さらにあたりに目をやると、エミリーがお墓のそばで声を抑えて泣いているのが見えた。そばにエマがついている。わたしはこのアシスタントのことを誇らしく思った。慰めの言葉をかけているらしく、エミリーの手をしっかり握っている。ほんとにいい友達ね。

式が終わると、参列者はてんでんばらばらに帰っていった。ティムと親しかった人々のために、エミリーの実家のほうで何か用意しているようだが、わたしとジェイクは招かれていないし、こちらから押しかけるつもりもなかった。

ジェイクと二人で彼の車のほうへ戻る途中、彼が最後に参列者をもう一度だけ見まわした。

「グレースはどうしたんだい？」

「ボスが三日間のミーティングを開くことにしたので、シャーロットに泊まりこんでるの」

ジェイクは一瞬わたしを見つめ、それから言った。「ちょっと待って。ここからわずか二時間の距離なのに、ホテルに泊まってるのかい？」

「そうよ、シャーロットで最高級のホテル。電話でグレースが説明してくれたわ。社のほうの予算が余ってて、グレースの部署はこの会計年度の分をまだ消化してないんですって。年度内に使いきらないと、来期の予算を削られてしまうみたい」

ジェイクは首をふった。「理解できない」

「わたしも。だけど、グレースの説明でけっこう納得できた気がする」二、三歩前に出て、それから訊いた。「さっきステュの姿を見かけたけど、どう思う？」

「くるような気はしてた。まんまと逃げられて、じつに残念だ」

「ジェイク、何かわたしに隠してることがあるんじゃない？」

ジェイクは考えこむ様子を見せ、やがて言った。「スザンヌ、これはただの勘だが、ステュが犯人のような気がしてならないんだ。勘がはずれたことはもちろんあるが、しょっちゅうではない。オーソンのアリバイは気に食わないし、三人の女性の誰にでも犯行は可能だと思うが、確たる証拠が見つからないかぎり、とりあえずステュを追ってみるつもりでいる」

わたしはその場で足を止めた。「アンジェリカが犯人の可能性もあるって、いまでも本気で思ってるの？　アリバイがあるんだし、第一、わたしたちの友達なのよ」

「いくら親しくしてても、容疑者からはずしていいってことにはならない。アリバイを証言してるのは誰だい？　実の娘たちじゃないか」

「あの木の枝に一人で遺体を吊りあげるアンジェリカの姿が、あなたは想像できるって言うの？」

「たぶん、やれないことはない。強い動機があればとくに。だが、ぼくが考えてたのはべつの線なんだ。誰が犯人にしろ、人に手伝ってもらったんじゃないかって気がする。男性をあんなふうに吊るすには、相当な腕力が必要だ。そう簡単にできることじゃない」

「あら、どうしてそこまでわかるの？」彼の車に近づきながら、わたしは言った。

ジェイクは答えたくないようだった。彼の目にその思いが表われていたが、ついに折れた。

「けさ、きみがドーナツを売ってるあいだに、ジョージと二人でちょっと実験してみたんだ。葬式の前にその話はしたくなかったが、いまならできる。ティムの体重と同じぐらいの重量の袋を用意して、きみがティムを見つけたあの枝に吊るしてみた」

そんな不気味な実験をするなんて信じられなかったが、効率的な方法ではあるだろう。

「で、どういう結果になったの？」

「ジョージは脚が悪いから無理だったし、正直なところ、ぼくもそう簡単にはできなかった。女性一人ではぜったい無理だな。だが、二人で力を合わせればできたかもしれない」

わたしは三人の交際相手が別れ別れになるのを見守り、ベッツィとジーナが力を合わせてやったのだろうかと考えた。お葬式の前だったら、あの二人が協力して何かをするなんてありえないと断言しただろうが、いまは迷いが生じている。「女性と男性の組みあわせも考えられる？」

「もちろん。できないわけがない。ただ、いまのところ、漠然たる推測にすぎないけどね」

ジェイクの携帯が鳴った。たしか、式が始まったときに電源を切ったはずだ。わたしが見ていないときに電源を入れたに違いない。

「電話に出なきゃ」ジェイクはそう言って一歩下がった。「もしもし？　もしもし？　電波状態が悪いな。丘の少し下まで行ってくる」

彼の姿が消えたとたん、ベッツィが急ぎ足でやってくるのを見てびっくりした。「スザンヌ」軽く息を切らして、ベッツィは言った。「話があるの」

「あらためてお悔やみを言わせてもらうわ」わたしは反射的に答えた。

「もういいのよ。じつは、どうしても話したいことがあって。打ち明けるのをためらってたんだけど、こんな状態で生きていくことはもうできない」

「どうしたの？」ベッツィの目を見ただけで、真剣そのものだとわかった。

「哀れな優しいティムの身に起きたことについてなの。あんな最期を迎えるなんてあんまりだわ。彼の恨みを晴らさなくては」

「ベッツィ」ジーナが近づいてきた。「こんなところにいたのね」

ベッツィは急いでわたしに言った。「一時間後に愛国者の木のところで待ってるわ。聞いてほしいことがあるの」

ジーナがそばまできて、ベッツィの肩に腕をまわした。守ろうとするしぐさ？　それとも、沈黙を強いるため？

「とってもいいお葬式だったって、スザンヌと話していたところなのよ」ベッツィは言った。明らかにジーナの注意をそらそうとしている。

「参列者もすごく多かったわね」わたしは言った。

「多くの人に愛されてたから。でも、わたしたち三人以上にティムを愛した人間は誰もいないわ」ジーナはベッツィのほうを見て言った。「行きましょ。車が待ってるから。ハーグレイヴズ家の人たちと一緒に行くのよ」わたしのほうを向き、さらにつけくわえた。「きてくれてありがとう、スザンヌ」

「どうしても参列したかったの」わたしは答えた。

ベッツィはジーナに連れられて車のほうへ向かいながら、最後に一度だけふりむいた。悲しい表情ではなかった。怯えているように見えた。

17

「呼びだしがかかった」丘の下から戻ってきたジェイクが言った。「グリーンズボロで二人殺される事件が起きて、いますぐそちらへ向かうことになった」

「ジェイク、ついさっきベッツィに言われたの。話があるから、一時間後に愛国者の木のところで会いたいって。出発を少し延ばして、一緒に行ってもらえない？」

ジェイクは一瞬唇を噛み、それから言った。「できればそうしたいが、こっちも緊急なんだ。被害者はどうやら知事の友達のようで、そのため、ぼくの休暇も正式に打ち切りになった。スザンヌ、ぜったい一人では行かないと約束してくれ。すっぽかせとまでは言わないが、とにかく安全第一を心がけてくれ」

「誰に一緒に行ってもらえばいいかしら。グレースはシャーロットへ行ってしまったし」

「どっちにしても、グレースでは援護になりそうもない。マーティン署長に電話するんだ。いや、それはまずいな。きみの横に署長がいたら、ベッツィが怯えて逃げてしまう。それに、署長はステュを捜しに出てるから、公園へ行く時間はない。そうだ、ジョージに頼めばいい」

納得できる提案だったので、ジェイクには出発してもらおうと、わたしも心を決めた。

「やってみるわ。あなたのために」

「ありがとう」ジェイクはわたしにすばやくキスをしてから言った。「ちょっと照れくさいけど、これ、きみに」

ジャケットからグリーティング・カードをとりだし、渡してくれた。「あとで一人になってから開いてくれ」

「まあ、ありがとう」

「いいんだよ。ところで、店に戻るのに、きみ、誰かの車に乗せてもらえる？　ぼくは一刻も早く駆けつけなきゃいけないから」

追悼の言葉を述べた神父さまに母が話しかけているのが見えた。

「行って。こっちは大丈夫よ」

「よし、わかった」ジェイクがもう一度キスしてくれたので、うれしくなった。あわただしいキスだったけど。「時間ができたら電話するつもりだが、いまは何も約束できない」

「気をつけてね」車に乗りこむジェイクに、わたしは言った。

「きみも」ジェイクは微笑した。

車で走り去る彼を見送ってから、母のほうへ行った。神父さまとの話が終わったのを見て、母に近づいた。「ママの車に乗せてくれる?」

「ジェイクはどうしたの?」母はあたりを見まわした。

「グリーンズボロで事件が起きて、緊急に呼びだされたの」わたしは説明した。「お仕事第一。ねえ、乗っていい?」

「もちろんよ」

家に帰り、わたしが着替えを始めたときには、母はすでに用事で出かけてしまった。どこへ行くのか、こちらからは尋ねなかったし、母のほうもくわしい話はしなかった。お葬式が終わってから、ジョージに何度か電話してみたが、どうしても連絡がとれなかった。ついにベッツィと会う時刻になったので、ジェイクに心配をかけないために、行くのをやめようかとも思ったが、それもためらわれた。油断は禁物だが、ベッツィとの約束をすっぽかすわけにはいかない。何か重大な話がある様子だった。ちゃんと聞いてあげなくては。

愛国者の木に近づくにつれて、思わず、視線が高い枝のほうへ向いた。この木を見てもティムが枝から下がっている姿を思いださずにすむ日が、はたしてくるのだろうか。視線を地面に戻すと、暗がりにすわりこんでいる人影が見えた。木の幹の向こう側にもたれている。まったくもう。誰かが最悪のタイミングを選んで、わたしのランデブーの場所で休憩をとることにしたらしい。追い払ったほうがいい? それとも、辛抱強くベッツィを待つことにする？　そちらに近づいたとき、不意に、その人影はわたしが会う約束になっている女性かもしれないと気づいた。「ベッツィ？　あなたなの？」

返事はなかった。早めに着いて、眠りこんでしまったの？　だとしても、ベッツィを非難する気にはなれない。この数日、悲しみに押しつぶされそうだったに違いない。お葬式のときの顔からすると、どれだけコンシーラーを使っても目の下のくまは消せないだろう。起こさずにそっとしておこうかとも思ったが、向こうから会いたいと言ってきたのだ。このまま立ち去るわけにはいかない。

「ベッツィ」もう一度、さっきより大きな声で呼んでみた。

なんの反応もないので、うなじにピリピリするものを感じた。

木の向こうにまわると、ベッツィがいた。目を閉じていたが、うたた寝をしているのではなかった。空っぽになった薬の小瓶が地面にころがり、ブラウスにメモが留めてあった。

こう書いてあった。

〝申しわけありません。わたしが彼を殺しました。この苦しみを抱えて生きていくことはもうできません〟

わたしは恐怖のなかであとずさり、木の根につまずいた。葉と小枝がジーンズの折りかえし部分にからまり、倒れまいとした拍子に、石にぶつかって片手にすり傷をこしらえた。よろよろと立ちあがり、九一一に電話をした。

「愛国者の木のところに死体が」息を切らしながら言った。

三分後、署長が飛んできたので、わたしはベッツィの遺体を指さした。

署長は現場を調べ、悲しげに首をふった。「自分の罪を抱えて生きていくことができなかったんだろう。死んで罪を償ったんだな」

「いったいどうやってあんなことを?」わたしが言ったのはティム殺しのことで、自殺のことではなかったが、署長は誤解した。

「よくあることさ、スザンヌ。またしても死体を見つけることになって、あんたも災難だったな」

グラント巡査が背後にやってきたので、マーティン署長が彼に言った。

「スザンヌを家まで送ってくれ。それから現場を立入禁止にするんだ。わたしは検死官に電話する」

友達づきあいをしている巡査にコテージまで送ってもらうあいだに、わたしは言った。

「自殺だとは思えない」

「なぜ?」

「ここで会ってほしいって、ベッツィがわたしに頼んできたのよ。人生を終わらせる気でいたのなら、どうしてそんなことするの?」

「自分のやったことをきみに告白したかったのかもしれない。だとしても、ちっとも意外だとは思わないな。殺人犯がどんなに卑劣な連中か、きみ、想像できる？」

「できない。ただ、ベッツィがそういうタイプだとは思わなかった」

「殺人犯のタイプというのがあるかどうか、よくわからないけどな」ポーチに着いたところで、グラント巡査は言った。「誰かに電話して、一緒にいてもらう？　車寄せを見たけど、お母さんの車はないようだし。グレースは近くにいないのかい？」

「シャーロットへ行ってるの。心配しないで。一人でも平気よ」

グラント巡査はわたしをちらっと見て、それから言った。「死体をひとつ見つけるだけでもショックなのに、きみは一週間のうちに二つも見つけた。ほんとに大変だったね。誰かと話したくなったら、いつでも電話してくれていいよ」

「ありがとう。そうさせてもらうかも」

家に入ると、すべてが現実から遊離しているような感覚に包まれた。ベッツィはどうしてあんなことを？　嫉妬から殺人に走り、罪の意識に苛まれてみずから命を絶った？　いえ、信じられない。ジェイクに電話してみたが、話し中だった。すでに事件捜査にとりかかっているに違いない。留守電にメッセージを残してから、ジーンズと靴と汚れたTシャツのままカウチに横になり、なぜこういう展開になったのかを、じっくり考えようとした。

まさか眠れるとは思わなかったが、いつのまにか、うとうとしていたらしい。つぎに気がついたときは、眉をひそめた母がわたしにのしかかるように立っていた。

「スザンヌ、たったいま、パトカー三台が公園から出ていくのが見えたけど、どういうこと？」

わたしは身体を起こし、目をこすった。「ベッツィ・ハンクスが愛国者の木の近くで自殺して、わたしが遺体を見つけたの。またしても」

けわしかった母の表情がたちまち和らいだ。

「まあ、災難だったわね。怖かったでしょ」

「でも、わたしは信じない」

これを聞いて、母は混乱の表情になった。

「二人の遺体を見つけたことを？　否定するつもり？」

「ううん、遺体を目にしたことはぜったい忘れられない。ただね、ベッツィが自殺したとは思えないの。納得できない」

「できなくて当然よ。レモネードを持ってきてあげるから、ゆっくり話を聞かせて」

カウチに母と並んですわり、しばらく話をするうちに、少し気分が落ち着いてきた。母もなかなかできた人で、わたしの服の状態についてはひとことも触れようとしなかった。

「ありがと、ママ」わたしは時計をちらっと見て尋ねた。「そろそろデートの支度をする時間じゃない？」

この質問を母は意外に思ったようだった。「行くのはやめるわ」

わたしはカウチから立ちあがり、伸びをした。「だめよ、行かなきゃ」

母は頑として譲らなかった。「あなた、今日の午後はティムのお葬式に出たのに加えて、大きなショックを受けたでしょ。支えが必要なあなたを見捨てて、ママだけ出かけるわけにはいかないわ」

わたしは母の肩を軽く叩いた。「支えなんて必要ないわ。ベッツィを見つけてショックだったかって？　ええ、それはそうよ。ママに手を握っててもらう必要があるかって？　心配しないで。大丈夫だから」

「そうは思えないけど」

これじゃ埒《らち》があかない。アプローチ法を変更しよう。「デートをキャンセルする電話、まだかけてないんでしょ？」

母は眉をひそめた。「ええ。でも、フィリップに電話しようと思ってたところ」

わたしは母の手をとった。

「お願いだから出かけてちょうだい、ママ。デートをする日々に戻るのにママが抵抗を感じる気持ちは、わたしにもわかるのよ。でも、いまやめたら、ママは二度と挑戦しなくなってしまう。いまが大切なときなのに」

「あなたも大切だわ」母は言った。母の目に涙がにじむのがはっきりわかった。

「ママが愛してくれてることは、よくわかってる。でも、わたしを信用してほしいの。さっきのショックがじわじわ効いてくるのは、もう少し先だと思うけど、しばらく一人になって心を静めるための時間が必要なの。わたしとしては、ママが今夜マーティン署長と出かけてくれるほうがありがたいのよ」

母は軽い動揺を見せた。デートを先延ばしにするうってつけの口実を、わたしに奪われてしまったかのように。

「フィリップはきっと、その新しい事件で忙しいと思うわ」

「署長は殺人だなんて思ってないわ。さっき言ったでしょ。すべて解決ずみだと思ってるはずよ」

母は長いあいだじっとわたしを見た。

「でも、あなたは思っていない。そうなんでしょ？」

「見込み違いかもしれないけどね。世の中にはもっと妙なことだってあるもの。ベッツィがティムを殺して自殺するなんて想像できないけど、人がなぜなんらかの行動に出るのか、傍の人間にわかると思う？　わたし、納得してはいないけど、やたらと分析しすぎるのは避けなきゃね。ママがこのまま家に残ってたら、二人であぁでもないこうでもないって分析を続けて、結局、自殺説を受け入れられないままで終わってしまう。いまのわたしには、ある程度の時間と自分だけの小さな空間が必要なの」

「じゃ、デートが中止になってないかどうか、電話で確認してみるわ」母は家の電話に手を伸ばした。警察の番号を調べもせずに電話するのを見て、わたしはびっくりした。「フィリップ、今夜の約束だけど、キャンセルしなくていいの？　必要ない？　ほんと？　大事な仕事の邪魔をするのは申しわけないし」母は声をひそめ、それから言った。「あの子？　ううん、大丈夫だって言ってる」しばらくすると、母の声がふつうに戻った。「わかったわ。じゃ、あとで」

母は電話を切り、わたしのほうを向いた。「フィリップはデートの支度をするために、ちょうど署を出ようとしてるところだったわ。ねえ、グレースに電話したら？　まだシャーロットのほうなの？」

「最後に噂を聞いたときはね」

母は心配そうな顔になった。「ジェイクはグリーンズボロへ出かけてしまったし、ほんとに一人きりになってしまうわよ」

「ママには悪いけど、まさにそれがわたしの望みなの」

母はあとひとつだけ質問した。「本心から？」

「そうよ」わたしは微笑した。「さてと、デートの支度をするのに手伝いが必要かしら」

母も微笑を返した。「今夜はカジュアルな服でって言われてるの。食事は〈ボックスカー〉だし、そのあと、フィリップが何か気軽なことを計画してるみたいよ」

「楽しそう」

「ママもそう思う。でも、あなたにしゃべったことはあちらには内緒よ」

約束の時刻ぴったりに、わが家の玄関にノックが響いた。ドアをあけると、マーティン署長が立っていた。馬にひかせた馬車も、バラの花束も、三十人編成のオーケストラもなし。制服を脱いで着替えていたが、ズボンは新品ではないし、シャツはどう見てもアイロンが必要だった。

「やあ」少なくともわたしにとっては珍しい笑みを浮かべて、署長は言った。

「どうぞ入って。母もすぐきますから」

母がわたしのうしろにいてくれて助かった。あんな出来事のすぐあとで、署長とどんな世間話をすればいいのかわからなかったから。署長が母をデートに連れだす直前に、わたしと口喧嘩になったりしたら大変だ。

「うーん、きれいだ」母を見たとたん、署長は言った。

「あなたもすてきよ」

家を出ようとして、母が言った。「スザンヌ、何か用があったら、すぐそこの〈ボックスカー〉にいますからね」

「わたしはいい子にしてるから、お子ちゃま二人で楽しんできてちょうだい」

こう言われて母は首をふったが、署長の顔に一瞬だけ笑みが浮かんだのはたしかだった。

二人が出かけたあと、わたしは電子レンジでチンしたばかりのポップコーンをお供に、カウチにもたれ、ゆっくり鑑賞できる機会を待ちつづけていたミステリ映画のＤＶＤを見ることにした。

映画が始まって十分ぐらいすると、ヒロインが姿の見えない謎の人物に怯えるシーンになったので、映画鑑賞はあまりいい案ではないような気がしてきた。ジェイクにもらったグリーティング・カードのことを思いだし、出してきて開いてみた。

手書きメッセージのかわりに、彼の声が三十秒間録音されていた。〝スザンヌ、きみはぼくにとって言葉にできないぐらい大切な人だ。ぼくがきみを心から愛しく思っていることを、そして、二人がずっと一緒に生きていくことを、けっして疑わないでほしい〟

こんな甘い言葉を聞いたのは生まれて初めて。

夕暮れが忍び寄るころ、外のポーチに出て、ブランコを揺らしながらメッセージを何度も再生した。カードの裏にボタンがあって、それを押せば新たな録音ができるようになっているが、わたしが彼のメッセージを消して新しい言葉を吹きこむことはけっしてないだろう。最後に、カードをＴシャツの下に押しこんだ。こうすればわたしの心臓のすぐそばに置いておける。そこがまさにこのカードのための場所だ。

ブランコに腰かけたまま、いままでの出来事を思いかえしてみた。考えれば考えるほど、ベッツィは自殺ではないという確信が強くなった。最後にベッツィの顔を見たとき、その顔に浮かんでいたのは怯えだった。絶望ではなかった。話を聞いてほしいと彼女がわたしに言ったのは、良心の疼《うず》きを消すためではなかった。わたしにはわかる。

事件に関連のある何かを、わたしに打ち明けるつもりでいたのだ。

そして、緊急に打ち明けようとしたその何かをわたしに伝える前に、何者かの手で沈黙させられたのだ。

もう一度、愛国者の木まで行って、ベッツィに降りかかった災いの真相を知るための手がかりが何か見つからないか、調べてみようと決めた。現場には警察のテープが張りめぐらされていたが、わたしは一瞬の躊躇もなくテープの下をくぐった。立入禁止のルールを破ったことは少しも気にならなかったが、くぐろうとして膝を突いた瞬間、何かが足首をチクッと刺した。蛇ではない。蚊でもなさそうだ。ベッツィの遺体を見つけたすぐあとで木の根につまずいたとき、ジーンズの折りかえし部分に何かがはさまったらしい。折りかえしのところを叩いてみたが、チクッと肌を刺した品は見つからなかった。

放っておくことにした。ところが、またしてもチクッとした。

かがみこんで折りかえし部分を伸ばすと、小さな木切れが手に触れた。

というか、そのときは小さな木切れだと思った。

よくよく見ると、噛みつぶされた爪楊枝だった。

それを知った瞬間、誰がティム・リアンダーを殺し、あとの口封じのためにベッツィ・ハンクスを始末したかがわかった。

これが意味するものはただひとつ。
犯人はオーソン・ブレインだったのだ。

18

「おれのかわりに見つけてくれたんだな」背後で声がした。

わたしは爪楊枝を手のなかに隠して、うしろを向いた。「何を見つけたというの？」

三メートルほど向こうに、オーソンがナイフを握りしめて立っていた。それをわたしの心臓に突き立てるのになんの抵抗もないように見えた。

「こっちによこせ、スザンヌ。いまあんたが爪楊枝をしげしげと見てたのを、おれもちらっと目にしたんだよ。さっききたときに落としたのはわかってたんだが、警察に拾われたんじゃないかと思って、気が気じゃなかった。おれのＤＮＡが検出されてしまう。この町と永遠におさらばするつもりだったが、暗がりでもう一度捜してみようと思ってきてみたら、あんたがやってくるのが見えた。おれにとってラッキーな一日になった。そうだろ？」

「わたしよりあなたのほうがラッキーだったわね」武器にできそうなものはないかと、あたりに目を向けながら、わたしは言った。この男の注意をしばらくよそへそらすことができれば、誰かが通りかかって、わたしたちに気づいてくれるかもしれない。「レシピノートを盗んだのはあなただったのね。ノートが消えた日、あなたが店にきてたなんて知らなかったわ」

「〝ドキドキワクワクの火曜日〟で、店内はものすごい混雑だったからな。おれの姿に、あんたは気づかなかったと思う。様子を探りに行ったんだが、列に並んで待ってたとき、レジのそばのカウンターにノートがのってるのが見えたんで、あんたがよそを向いてる隙にノートをつかんで店を出たんだ」

「そもそも、どうしてノートなんか盗む気になったの？」

「ビッグセールの前の晩にあんたがなんて言ってたかを人から聞いて、事件を嗅ぎまわるのをやめることはぜったいないだろうと思った。あんたがどんなに詮索好きな人間か、町の連中が気づいてないとでも思ってるのかい？　おれの女友達が〈ボックスカー・グリル〉へ行ったら、ちょうどあんたと背中合わせの席になり、あんたがティムのことを話してるのを耳にしたんだ。行方を捜すつもりだったそうだな。翌日、おれはあんたの様子を自分で探りに行くことにした。レシピノートを盗んだのは、そうすればあんたのお節介を阻止できるかもしれんと思ったからだ」オーソンは見るからに腹立たしげな様子で言った。

突然、わたしがずっと不思議に思っていた謎が解けた。「その同じ日にうちの店のゴミを盗んだのも、あなただったのね」

オーソンはうなずいた。「おれのやったことをあんたがどこまで探りだしたか、手がかりになるようなものがあるかもしれんと思ってね」ムッとした顔でわたしを見た。「ところが、ただのゴミばかりだった」深く息を吸い、それから続けた。「あんたのほうはティム殺しを探るのをやめる気配もないから、第二の警告として、おたくのポーチでレシピノートを燃やすことにした。家を全焼させるに至らなくて残念だったよ。そうすりゃ、あんたも事件どころじゃなくなっただろうに」

その可能性を考えて、わたしは思わず身を震わせた。母と一緒に暮らしているコテージを失ったら、耐えていけるかどうかわからない。わたしにとって、コテージは聖域、嵐が吹き荒れる世界から逃れるための避難港だ。

ここで何か行動に出ないと、それも機敏にやらないと、まずい展開になる。反撃の手段を見つけなくてはならないが、武器にできそうなものは何も見あたらない。

「ティムと仲が悪かったことは知ってるけど、憎むあまり殺してしまうなんて、どういうこと？」

オーソンは首をふった。「何バカなこと言ってんだ？　殺すしかなかったんだよ。あいつはとんでもない食わせ者なのに、町の連中はこれといった理由もなしにやつをちやほやしてばかりだった。おまけに、おれはやつから何度もひどい目にあわされた。男にも我慢の限界ってものがある。おれが何か手に入れようとするたびに、ティムが横からさらっていくんだ。いつも負かされてばかりで、おれはつくづくうんざりして、しまいには、ティムの声を耳にするだけでヘドが出そうだった。やつが〈ゴー・イーツ〉に顔を出すたびに、殺してやりたいと思った。その思いが頭にこびりついて離れなくなった」

「あなたがよそで食事すればよかったのに」些細なライバル意識がなぜこうまで根の深い憎悪に変わったのかと驚きつつ、わたしは言った。

オーソンは頭のおかしな人間を見るような目をこちらに向けた。「尻尾を巻いて逃げだせというのかい？　そんなことしてたまるか。心の奥でちゃんとわかってた。ティムを追い払うことさえできれば、おれの人生はよくなるってな。やつにベッツィを奪われたとき——」オーソンはここで黙りこみ、片手を額にすべらせた。「ついに堪忍袋の緒が切れた。それを知った瞬間、間違いを正さなくてはと決心した。ティムは罰を受けなきゃならなかったんだ。おれは自分のやったことを後悔していない」

オーソンがこれ以上具体的なことを話してくれそうにないのは明らかだった。自分がいかに病んでいるか、本人はおそらく自覚していないのだろう。誰から見ても筋が通っているとは言えない理由を並べて、人を殺したことを正当化しようとしている。

「でも、なぜベッツィまで殺したの？」わたしはそう尋ねる一方で、武器にできそうなものを探しつづけた。

「以前は知らなかったが、じつは弱い女だったんだ」オーソンはわたしのほうにゆっくり歩いてきた。わたしは反射的にあとずさったが、彼は同じペースで歩きつづけた。わたしの胸に向けられたナイフの切っ先は揺るぎもしなかった。「おれがティムを裏切り者の木に呼びだしても、くるわけがないのはわかってたから、ベッツィを使うことにした」

オーソンの誤りを正している場合ではなかったが、愛国者の木が〝裏切り者の木〟に変えられたのを聞いてムッとした。

「そこで、ベッツィを使って、殺すつもりでティムをおびきだしたのね。どうやってベッツィを説得したの？」

オーソンはニヤッと笑った。「ティムがアンジェリカにプロポーズしてイエスの返事をもらった、とベッツィに言ってやったんだ」

「あら、二人は結婚する気なんかなかったわ」わたしは反論しながら、さらに一歩下がった。

「そりゃそうだが、ベッツィは知らなかった。で、おれはベッツィに言った。ティムをここに呼びだしてくれたら、やつに恥をかかせて、あんたを踏みつけにした仕返しをしてやろうってな。ただ、殺すつもりだってことは言わなかった。向こうが話に乗ってこないに決まってる。仕返しを望んでいても、あの気の弱さじゃ、おれがやるつもりだったことには賛成しなかっただろうな」

「それで、彼女がティムをここに誘いだし、あなたが殺したのね」わたしはまた一歩下がった。森に近づくことができれば、うまく逃げられるかもしれない。この瞬間、よろめいて小さな木にぶつかるふりをしたが、それはあるべつの動作をごまかすためだった。

「おれがあのロープでティムを絞め殺したときの、ベッツィの顔を見せてやりたかったよ。おれに飛びかかってきたんだぜ。信じられるか？　あんな男の味方をするなんて、やつがベッツィに何をしてくれたというんだ？　おれを止めようとするかわりに、手を貸すのが本当なのに」

「ティムが死んだあと、木に吊るすときはベッツィも手伝ったの？」

オーソンは腹立たしげに首をふった。「そこの草むらに身を投げだして、迷子の子供みたいに泣きじゃくるだけだった。おれはベッツィに言ってやった。いまの出来事をひとことでも洩らしたら、おれに不利な証言をする前に息の根を止めてやるってな。ベッツィがどうあがこうと、共犯者であることは間違いない」

「警察はそう思わないかもしれないわ」わたしは言った。さらに一歩下がると、背中が木の幹にぶつかった。これ以上下がる余地がなくなった。オーソンはなおも近づいてくる。

「いや、大丈夫だ。おれの言葉には説得力がある」

「利口なやり方だったわね。仲間たちにお酒をおごり、みんなが酔っぱらって騒いでるあいだにこっそりバーを抜けだした。ほぼ成功だった」

オーソンは首をふった。「立派に成功したさ。バーテンダーの女がおれの話を裏づけたって聞いたぜ。そこで、始末しなきゃいけない問題はあとひとつになった。さあ、その爪楊枝を渡してくれるか？　それとも、死体になったあんたの指からもぎとらなきゃいけないのかな」オーソンの声がとても冷静なことには、ただもう驚くだけだった。これまでの行動パターンから考えれば、怒りが煮えたぎっているに違いないのに。

「ほら、あげる」わたしはオーソンに向かって爪楊枝を投げた。

丈の高い草むらで彼が爪楊枝を捜しはじめたら、その隙に逃げだすつもりだったが、爪楊枝が空《くう》を飛ぶあいだ、彼の視線はわたしから離れなかった。

「おれを怒らせる気か」

「あの爪楊枝を見つけるのはもう無理ね。あなたの犯行だってことは、ジェイクが知ってる。それから、警察署長も」嘘っぱちだが、オーソンにわかるはずはない。少なくとも、そう願いたい。

「あんたの恋人はいまごろグリーンズボロのほうだ。それから、警察署長はあんたの母親のことで頭が一杯だから、なんにも気づいてない。おれの身は安泰さ」

「愚かな行動に走る前に、よく考えてみることね。三件の殺人が無関係だなんて、誰も信じてくれないわよ。それとも、わたしの死も自殺に見せかければうまくいくと思ってるの?」

「いや、あんたは公園でたまたま強盗にあって殺されるんだ。気の毒だが、あまり楽しい経験とは言えんだろうな」

「じゃ、やめなさいよ」どの方向へ逃げるのがいちばんいいかを考えながら、わたしは言った。

「残念ながら、やめるわけにはいかん。ティムはおれの妻を盗んでおれの人生を破滅させ、ベッツィは警察へ行くと言っておれの自由を危険にさらした。あんたをこのままにしてはおけん。あんたはおれのリストにのってる最後の項目だ。これを片づけたら、おれは晴れて自由になれる。さらばだ、スザンヌ」

オーソンは息に混じった玉ねぎの臭いがわかるぐらい近くにきた。タイミングをうまく計れば、わたしにも最後に一度だけチャンスがある。

ナイフがふりかざされるのが見え、つぎの瞬間、目にも留まらぬ速さでオーソンがナイフを突きだした。わたしはかろうじてよけ、彼の腕を横へふりはらおうとした。わたしの狙いは完全にそれたが、まったくの偶然から、ナイフの刃はわたしの胸ではなく、木の幹に突き刺さった。

オーソンが刃を抜こうと必死になっているあいだに、わたしは残された最後のチャンスに賭けた。

森のなかに駆けこんだ。方角がわからなくてもかまわなかった。とにかくオーソンから逃げること。大事なのはそれだけだ。〈ボックスカー・グリル〉まで走るという手もあるが、見通しのいい場所で逃げおおせるかどうか自信がない。

となれば、残るは公園内の森だけだ。

子供のころから慣れ親しんだ場所なので、このあたりのことはよく知っている。それにひきかえ、オーソンのほうはたぶん、公園にはあまりきたことがないだろう。

右へ曲がり、二本並んだレッドオークのそばを通りすぎ、小さいときにそばでよく遊んだ古いカエデの木のほうへ向かった。そこまで行けば、低い枝を使って上までのぼることができる。その枝が上のほうでヒッコリーの木の枝と交差しているので、そちらへ飛び移ればいい。地面からはぜったい見えないし、上空からですら、見つけるのはむずかしい。逃げられるかどうかは五分と五分。高い確率ではないが、このチャンスに賭けるしかない。

予想よりも早く、背後から、藪《やぶ》を踏みしだく音が聞こえてきた。どうやら、オーソンが思ったより短時間のうちに幹のナイフをひき抜いたようだ。

「待て、スザンヌ。逃げつづける気なら、あとで痛い目にあわせてやる」

何かどなりかえしてやろうかと思ったが、無駄口を叩くのはやめにした。

目的の木はもうすぐそこ。タイミングさえ合えば、オーソンに追いつかれる前に枝をつかむことができる。

空中へジャンプした。両手が枝に届いた瞬間、助かったと思った。

そのとき、片足をつかまれるのを感じた。

オーソンもジャンプしたのだ。ただし、枝に向かってではなかった。

彼に足をつかまれた瞬間、二人分の体重がかかったために、わたしが握った枝にひびが入り、靴紐がちぎれるみたいにポキッと折れて、二人一緒に地面に叩きつけられた。

その一瞬、死を覚悟したが、やがて、地面に投げだされた瞬間、オーソンがナイフを落としてしまったのだと気づいた。周囲の地面を見まわしながら立ちあがり、薄れゆく光のなかで、ナイフはどこかと目を凝らした。

あとで考えたら、それが間違いだったのだ。

オーソンの手がわたしの喉に巻きついた。彼が凶器を変更したことを知った。オーソンはナイフ捜しをあきらめ、両手でわたしの息の根を止めようとしている。

オーソンの体重と圧迫を受けて、わたしは地面に膝を突いた。世界が暗くなりはじめた。最後の息を吸おうと膝に力を入れた瞬間、何かが手に触れた。

ナイフだった。

意識が薄れていくなかでナイフをつかもうとあがき、ようやく握りしめて、やみくもに背後へ突きだすことができた。

オーソンの心臓に突き立ててやりたかったが、かわりに、ナイフは彼の脚に刺さった。オーソンが苦悶の絶叫を上げた。喉の圧迫が不意にゆるんだが、いつまでこのままでいられるかわからない。必死に立ちあがり、ふたたび逃げだすことにした。

今度はオーソンも追ってこられないかもしれない。

ああ、どうかそうでありますように。

不意打ちだの、対決だのといった考えはすべて捨てた。わたしにできるのは走ることだけ。

そして、脚を怪我したオーソンが追ってこられないよう祈ることだけ。

背後をちらっと窺うと、オーソンもすでに立ちあがり、脚に刺さったナイフを抜こうとしながらわたしを追ってくるのが見えた。あの異常な力はどこから湧いてくるの？

さっきの場所の近くまで戻ったとき、オーソンの手に肩をつかまれ、地面にひきずり倒されるのを感じた。彼がわたしに馬乗りになったので、こっちは頭に浮かんだ唯一の手段をとった。思いきり力をこめてオーソンの鼻を殴りつけてやった。

またしても悲鳴が上がったが、わたしのTシャツに鼻血を垂らしながらも、オーソンは馬乗りになったままだった。

強烈な逆襲をしたつもりなのに、充分ではなかったようだ。

「この償いはしてもらうからな」

オーソンがわたしに向かってわめき、この言葉が硬いこぶしのようにわたしにぶつかった。わたしは武器にできそうなものがほかに何かないかと地面を探ったが、かき集めることができたのはわずかな石だけだった。その石を手にとり、オーソンの顔めがけて投げつけると、彼が悲鳴を上げて両手で目を覆い、その拍子にナイフが地面にころがった。オーソンが苦痛に身悶えしながらわたしから離れたので、わたしはナイフを奪われないうちに拾いあげた。彼の視力を生涯奪ってやることができたのかどうか、この時点ではまだわからなかった。

「立って」わたしは言った。自分の声だとは思えなかった。

「目が見えん」

「目が見えなくても立てるでしょ。十秒たっても動かなかったら、動く理由を与えてあげる。ナイフはわたしの手のなかよ。覚えてる？」

オーソンが軽くよろめきながら立ちあがったので、わたしはその背後にまわり、わが家のほうへ彼を押した。二人で歩いていくあいだ、オーソンは危なっかしい足どりだったが、情け容赦なく追い立ててやった。

家のすぐそばまできたとき、一台目のパトカーが近づいてくるのが見えた。

グラント巡査だった。その困惑の表情からすると、わたしだと気づいているのかどうか定かではなかった。

「どういうことだ？」銃を構えて、グラント巡査は尋ねた。「二人が争っているのを誰かが目にして、警察に電話してきたんだが」

わたしは叫んだ。「この男がティムを殺したのよ。そして、犯行をばらすと脅されて、ベッツィも殺した。何もかもわたしに白状したわ」

「嘘だ」不意に冷静な声になって、オーソンが言った。「頭のおかしなこの女がおれをここに誘いだし、ナイフで襲いかかってきたんだ。この脚を見てくれ。こんなに血が出てる」

グラント巡査がわたしに視線を戻したので、わたしは言った。「そもそもの始まりは、わたしが犯行現場近くでオーソンの爪楊枝を見つけたことだったの」それは本当だ。わたしのジーンズの折りかえしにはさまるまで、とにかく、爪楊枝は現場近くにあったのだから。

「この女に切りつけられたときに落としたんだ」オーソンは反論した。

「その目はどうした？」グラント巡査がオーソンに訊いた。

「必死に逃れようとしたら、女がおれの目をつぶそうとしやがった」

「その前に、オーソンのほうから攻撃してきたのよ」

黙って聞き流すオーソンではなかった。「嘘っぱちだ」

「証拠があるわ」わたしは冷静に言った。

オーソンは一瞬、不安な顔をしたが、わたしが爪楊枝を投げるのをさっき目にしている。

「見せてもらおうじゃないか。はったりに決まってる」

わたしはTシャツの下からグリーティング・カードをとりだし、開いてみせた。さっき、オーソンが自分の犯行を語りはじめるまで待ってから、ボタンを押したのだ。万が一、わたしが殺されることになっても、オーソンが犯人だという証拠を残しておくために。

そのかわりに、これのおかげで、二件の殺人でオーソンを刑務所に放りこんでやれることになった。

今回カードを開いたときに聞こえてきたのは、ジェイクの愛のメッセージではなかった。オーソンの声だった。くぐもってはいるが、言葉は聞きとれる。〝おれがあのロープでティムを絞め殺したときの、ベッツィの顔を見せてやりたかったよ。おれに飛びかかってきたんだぜ。信じられるか？　あんな男の味方をするなんて、やつがベッツィに何をしてくれたというんだ？　おれを止めようとするかわりに、手を貸すのが本当なのに——〟

不意に声が消えたが、これだけでも充分すぎる。

「さあ、行くぞ」グラント巡査がオーソンに手錠をかけながら言ったので、わたしもようやく、握りしめていたナイフを草むらに落とした。

グラント巡査がオーソンをパトカーの後部シートに押しこんでいると、マーティン署長と母が走ってきた。

「どうしたの？　デートがうまくいかなかったの？」転倒したときに顎についた土を払いながら、わたしは訊いた。

「とっても楽しかったわ」母が言った。「でも、サイレンが聞こえたから、あわてて走ってきたの。スザンヌ、大丈夫？」

「いまはちょっとね。でも、しばらくすれば大丈夫よ」わたしは言った。地面にぶつけた箇所があちこち疼いていたし、わたしの息の根を止めようとしたオーソンに首を絞められたせいで、声もほとんど出なかった。でも、いまからゆっくりお風呂に入れば、これらの後遺症はほとんど消えて、新品同然に元気になるに決まっている。

少なくとも、外見だけは。

これまでのことを署長と母に話し、カードに録音された告白を二人のために再生した。

署長がわたしからカードをとりあげて言った。「みごとな機転だったな、スザンヌ。その程度の怪我ですんで、ほんとによかった」

「同感よ」わたしはにっこりした。「でも、ジェイクに殺されそう。そのカードに特別すてきなメッセージを吹きこんでくれたのに、消してしまったから」

「心のなかでは許してくれると思うよ」署長が言った。

署長は去りぎわに母のほうを見て言った。「ドロシー、今夜は楽しかった。短時間で終わってしまったが」

驚いたことに、母が笑って署長にさっとキスをした。そのあとで言った。「心配しないで。これからもっと楽しくやれるわ。焦らずに時間をかけましょうよ」

これを聞いて署長とわたしのどちらがよけいに驚いたのか、わたしにはわからない。


ゆっくりお風呂に入り、清潔な服に手早く着替えたあとで、ようやくジェイクと電話で話すことができた。声を出すとまだ喉が痛かったが、いまは耐えるしかない。何があったかを、ひとつ残らずジェイクに報告しなくては。くわしく説明していったが、彼のメッセージを消してしまったことを話したときは、声が少々詰まってしまった。

「あんな甘い言葉を聞いたのは生まれて初めてだったわ」そう言ったあとで、どういうわけか涙が出てきた。「それなのに、消してしまった」

「いいんだよ、スザンヌ」ジェイクが慰めてくれた。「明日、新しいカードを作っておくから。そばで手を握ってあげられなくてごめん。今夜のきみはほんとに勇敢だった」

「あなたの声が聞けただけで、もう充分よ」

「明日はドーナツショップを休みにするんだろ？」

「ううん、いつものように営業するわ」

電話の向こうから聞こえてくるジェイクのクスッという笑い声がすてきだった。

「ぼくが少しも驚かないのはなぜだろう？　じゃ、そろそろ切るね。無事でよかった、スザンヌ。おやすみ」

「おやすみ」わたしはそう答えて電話を切った。

睡眠が必要なことはわかっていたが、いろいろありすぎたため、眠れそうになかった。一階におりると、驚いたことに、うちの母を前にして、エマとお母さんがカウチにすわっていた。

「あら、お客さまだなんて知らなかった」わたしは言った。

「電話中だったから、邪魔しないことにしたのよ」母が微笑した。

エマのお母さんが立ちあがった。その手に白い箱がのっていた。「スザンヌ、許してちょうだい。あなたの許可も得ずに勝手なことをしてしまったの」

「そんなに悪いこと？　想像できない。でも、今夜はとっても寛大な気分よ」

「その箱、スザンヌに渡してあげて」エマがにっこり笑って言った。

「わあ、何かしら」わたしは言った。「プレゼントなら大歓迎。何が入ってるのか知らないけど」

エマのお母さんが微笑して、箱を渡してくれた。それをあけた瞬間、心臓がドキンとした。わたし自身の手書き文字がのぞいていた。レシピノートの表紙がコピーされている。一枚ずつ手早くめくっていくと、最新の思いつき以外はすべてそろっているのがわかった。

ざっと目を通すわたしに、エマのお母さんが説明してくれた。

「これまで何回かお店を手伝って、レシピのことで苦労したから、あなたに無断でコピーをとっておいたの。余白にわたしの書きこみがあるけど、あなたが書いたものはすべてそのまま残ってるわ。これで許してもらえないかしら」

「永遠に失ってしまったと思ってた」わたしは箱を床に置き、エマのお母さんを抱きしめた。人目もはばからず泣いてしまった。ここ何日かストレスがたまっていたのだろう。いや、単に、大切にしていた品が戻ってきたおかげかもしれない。

エマがわたしの肩をなでて言った。「スザンヌ、ノートをなくす心配は二度としなくていいのよ。全部スキャンしてあたしのパソコンにとりこんで、それ以外にも一ダースぐらいの場所に保存してあるから。クールでしょ？」

「これまでの経験のなかで最高にクールだわ」涙を拭きながら、わたしは言った。エマのお母さんに視線を戻して言った。「どうやって感謝すればいいのかわかりません」

「怒らずにいてくれるだけで、わたしにとっては充分な感謝だわ」

「ああ、こんな幸せなことってないわ」わたしは母のほうを向いて訊いた。「ママのパイ、残ってない？　ちょっとつまみたくなってきた。ねえ、パーティをやりましょうよ」

エマが腕時計を見た。「スザンヌったら、冗談でしょ？　いつもどおりにお店をあけようと思ったら、七時間後には起きなきゃいけないのよ」わたしの母に顔を向けてつけくわえた。

「パイが食べたくないわけじゃないですけど」

母は言った。「あなたたち子供はもうベッドに入って、大人だけにしてくれない？　おやすみ、お嬢さんがた」

「おやすみなさい」わたしたちは声をそろえて言い、エマが家に帰るあいだに、わたしは二階の自分の部屋へ行った。そのまま寝たほうがいいのはわかっていたが、レシピノートのコピーのなかに存在しているわが人生のページをめくらずにはいられなかった。

いちばん大事な最後の部分もちゃんと残っていた。

それはジェイクのために作るつもりでいた特別ドーナツのレシピ。でも、これまで試してみる機会がなかった。

あとひとつだけ、やっておきたいことがある。

ジェイクの電話番号を押しながら、このニュースを彼に伝えたらどんなに喜んでくれるだろうと思った。

こんなとき、人生でふたたび大切な人にめぐりあうという幸せに、わたしはしみじみと浸ることができる。

【作り方】

1. 卵を溶いてから、砂糖、バターミルク、溶かしバターを加えて、よく混ぜる。
2. べつのボウルを用意して、小麦粉、重曹、パンプキンパイ・スパイスミックスをふるい入れ、1を加える。
3. 生地を5ミリほどの厚さに伸ばしてから、ドーナツの輪とホールを型抜きする。
4. 小麦粉、ベーキングパウダー、重曹、ナツメグ、シナモン、塩を合わせてふるう。
5. 190度に熱したキャノーラ油に投入して4分揚げる。途中で1度ひっくり返す。
6. ペーパータオルかラックにのせて油を切り、粉砂糖かアイシングをかける。どちらにするかはお好み次第。

＊全レシピ、1カップは米国の1カップ（約240ml）として記載

バターミルクドーナツをちょっとアレンジ

とってもおいしいドーナツです。バターミルクとパンプキンパイ・スパイスミックスを組みあわせるのがコツ。シナモン、ジンジャー、ナツメグ、オールスパイスといった香辛料が入っているので、おいしくないはずがありません。

【材料】（ドーナツとホール約6個分）

卵……1個
砂糖……½カップ
バターミルク……½カップ
溶かしバター……大さじ2
小麦粉……2カップ
重曹……小さじ1
パンプキンパイ・スパイスミックス……小さじ2

【作り方】

1. 卵を溶き、砂糖、バターミルク、サワークリーム、バニラを加える。よく混ぜあわせ、休ませておく。
2. べつのボウルに、小麦粉、ナツメグ、重曹、ベーキングパウダー、塩をふるい入れてから、3回に分けて1に加えながら、よく混ぜあわせる。
3. 生地を5ミリ〜1センチほどの厚さに伸ばしてから、ドーナツの輪とホールを型抜きする。
4. 180度のキャノーラ油で3分揚げてから（途中で1度ひっくり返す）、ペーパータオルにのせて油を切る。
5. 粉砂糖をまぶすなら、すぐでも大丈夫だが、アイシングとスプリンクルをかける場合は、冷めるまで待つこと。

サワークリーム
ドーナツ

これはおいしいこと間違いなしのレシピで、このドーナツの奥深い風味をみごとにひきだしてくれます。わが家ではアイシングをかけて食べるのが好きですが、そのままでもおいしく食べられます。

【材料】(ドーナツとホール6～8個分)

小麦粉……2カップ
ベーキングパウダー……小さじ1
重曹……小さじ½
ナツメグ……小さじ½
塩……少々
サワークリーム……¼カップ
バターミルク……¼カップ
砂糖……½カップ
卵……1個
バニラ……小さじ1

【作り方】

1. 卵を溶いてから、ダークブラウンシュガー、溶かしバター、アップルジュースを加える。
2. べつのボウルに、小麦粉、ナツメグ、シナモン、ベーキングパウダー、重曹、塩をふるい入れる。
3. 2を3回に分けて1に加えながら、よく混ぜあわせる。
4. 生地を冷蔵庫で30分寝かせたあと、5ミリ～1センチほどの厚さに伸ばす。
5. ドーナツカッターでドーナツの輪とホールを型抜きし、190度のキャノーラ油で3～4分揚げる(途中で1度ひっくり返す)。
6. ペーパータオルに乗せて油を切り、すぐに粉砂糖をまぶす。または、冷めるまで待ってから、アイシングとスプリンクルをかける。

アップルジュースドーナツ

このレシピでは、アップルジュースのかわりにシードルを使うこともできますが、シードルを常備している家庭は少ないかもしれません。アップルジュースなら、どこの冷蔵庫にも入っていますよね。どちらを使っても、おいしいドーナツができますよ！

【材料】（ドーナツとホール8～10個分）

ダークブラウンシュガー……½カップ
卵……1個
ナツメグ……小さじ½
シナモン……小さじ½
塩……少々
溶かしバター……大さじ3
アップルジュース
（またはシードル）……½カップ
小麦粉……2½カップ
ベーキングパウダー……小さじ1
重曹……小さじ½

【作り方】

1. 卵を溶き、溶かしバター、砂糖、シナモン、牛乳を加え、最後に、溶かしたチョコレートを加える。
2. べつのボウルに、小麦粉、ベーキングパウダーをふるい入れ、ゆっくりと1に加える。
3. 生地を約5ミリの厚さに伸ばしてから、ビスケットカッターかドーナツカッターを使ってドーナツの輪とホールを型抜きする。
4. 180～190度のキャノーラ油で両面を2分半ずつ、もしくは、濃い茶色になるまで揚げる。
5. 油を切ってから、好みに応じて、粉砂糖をまぶすか、アイシングやスプリンクルをかける。

チョコレートドーナツ

ケーキドーナツより濃厚で歯ざわりがカリッとしています。少々こってりした感じですが、わが家では、いつものグレーズドーナツに飽きて目新しいものがほしくなると、これを作ることにしています。ほんの少しアイシングをかけるだけでフレーバーに深みが加わるのは、まさに驚きです。

【材料】(ドーナツとホール10～12個分)

卵……1個
砂糖……½カップ
溶かしバター……大さじ1
チョコレート……¼カップ
(ビタースイートタイプ、溶かしておく)
シナモン……大さじ1
牛乳……½カップ
小麦粉……2カップ
ベーキングパウダー……小さじ1

ドーナツパフ

うちの家族の大好物。作るのが簡単で、肌寒い日には、コーヒーやホットココアにぴったりなんです。でも、大事なコツがひとつあります。クッキー用のスクープを使いましょう。油に投入するたびに、真ん丸のきれいな形になりますよ。

【材料】(約1ダース分)

卵……2個
砂糖……½カップ
牛乳……½カップ
ナツメグ……小さじ1
塩……少々
小麦粉……1½カップ
ベーキングパウダー……小さじ山盛り1

【作り方】

1. 卵を溶き、砂糖と牛乳を加える。
2. 小麦粉、塩、ナツメグ、重曹をふるって、1に加え、よく混ぜる。
3. 小型のクッキースクープを使って、190度のキャノーラ油に投入し、3分揚げる。途中でひっくり返す。
4. 冷めてから、粉砂糖かアイシングをかける。

バナナドロップ

わが家では、アイシングを薄くかけ、スプリンクルを少し散らして食べるのが好きです。揚げるとき、バナナから蒸気が発散されるので、ドーナツはしっとりした仕上がりになります。熱いうちに食べたい誘惑に駆られるでしょうが、冷ましたほうが、バナナの風味が強くなります。

【材料】(約1ダース分)

小麦粉……1½カップ

重曹……小さじ1

砂糖……小さじ4

塩……少々

卵……1個

バナナ……中ぐらいのサイズを2本
(つぶして、レモン汁を少しかけておく)

【作り方】

1. 小麦粉、重曹、砂糖、塩を合わせてふるっておく。
2. べつのボウルで卵を溶き、牛乳を加える。
3. 1と2を合わせて、よく混ぜる。
4. 3に、つぶしたバナナを加える。レモン汁がバナナの黒ずみを防いでくれる。
5. 小型のクッキースクープを使って、ボール形のタネを190度のキャノーラ油に直接投入する。2~3分揚げたのちに、ペーパータオルで油を切る。冷めてからめしあがれ。

クルーラー

熱々がおいしくいただけます。でも、冷めてもおいしい。
ちょっと濃厚なので、コーヒーやココアがぴったりです。

【材料】(ドーナツとホール10〜12個分)

卵……3個
砂糖……⅔カップ
溶かしバター……大さじ3
牛乳……¼カップ
重曹……小さじ1
小麦粉……3カップ
ナツメグ……小さじ1
シナモン……小さじ1
クリームターター……小さじ1

【作り方】

1. 卵を溶き、砂糖と溶かしバターを加える。
2. 牛乳に重曹を溶かして1に加える。
3. べつのボウルに、小麦粉、ナツメグ、シナモン、クリームターターをふるい入れる。
4. 3を3回に分けて2に加え、よく混ぜる。
5. 生地を5ミリの厚さに伸ばして、ドーナツの輪とホールを型抜きし、190度のキャノーラ油で3〜4分揚げる。
6. ペーパータオルにのせて油を切り、粉砂糖をまぶす。

訳者あとがき

エイプリル・スプリングズの空が〝カロライナ・ブルー〟と呼ばれる美しい青に染まる秋の季節、ここしばらく平穏無事な日々を送り、ドーナツ作りに追われていたスザンヌだったが、その彼女にまたしても災難が降りかかった。

〈ドーナツ・ハート〉の少し先でニューススタンドを経営している仲良しのエミリーが、朝早くドーナツを買いにきたあと、姿を消してしまったのだ。スザンヌは最後の目撃者として警察署長の事情聴取を受けるやら、エミリーがいなくなったのはスザンヌのせいだと町で噂を立てられるやら、さんざんなことになる。

おまけに、騒ぎはこれだけでは終わらない。町のみんなに愛されていた便利屋のティムも行方がわからなくなる。エミリーと一緒にいるの？　それとも、二つの件は無関係なの？不安と焦燥のなかで、スザンヌは二人の行方を突き止めようとするが、その先には悲劇が待ち受けていて、スザンヌは否応なく事件の渦に呑みこまれていく。

今回は被害者が親しい人とあって、彼女にとっていささか辛い事件となり、おまけに大切なレシピノートを盗まれて途方に暮れるが、プライベートのほうは順調そのもの。シリーズ三作目『雪のドーナツと時計台の謎』で一時的に危うくなった恋人ジェイクとの仲も、すっかり修復されて、作中のいたるところで熱愛ぶりを見せつけている。

スザンヌだけではない。彼女のママ、ドロシーにも大きな変化が訪れる。亡くなった夫だけを愛しつづけてきたママだが、ようやく、ほかの男性とデートしてもいいという心境になったようだ。デートの相手は警察署長。なにしろ、小学校のころからドロシーに憧れていたようで、前作で妻と離婚し、めでたくデートを申しこめることになったのだ。

しかし、こちらはまだまだ前途多難で、デートのたびに署長がやたらと張りきるものだから、かえって空回りするばかり。読者としては、思わず署長を応援したくなる。ママとの交際が今後どうなっていくのか、かなり楽しみだ。

さて、このシリーズには毎回おいしそうなドーナツが登場するため、わたしなども翻訳中、「ドーナツは炭水化物と糖分と油でできてるわけだし、やめたほうがいいんだけど……」とつぶやきつつ、つい食べたくなって自宅近くのドーナツショップへ何回か走ってしまった。今回も楽しいドーナツがたくさん出てきて、おいしそうな描写の誘惑に抗しきれず、体脂肪が増える結果となった。

冒頭には、〝ブルーベリードーナツにチョコレートのアイシングをかけ、スプリンクルと星をちりばめ、虫の形をした甘酸っぱいグミキャンディをてっぺんにのせる〟という、ものすごく個性的なドーナツが登場。スザンヌの店では、お客の注文に応じて、こういうこともやってくれるのね。

〝ドキドキワクワクの火曜日〟というイベントの日にスザンヌが作るのは、虹色のアイシングをかけたオレンジケーキドーナツ。虹の七色のドーナツなんて、想像しただけでうっとりしてしまう。どこかのお店で作ってくれないだろうか。

今後のイベント用に、スザンヌはハワイ風のドーナツなども考案中だ。パイナップルとココナツを使ったドーナツ。それにコナコーヒーを合わせる予定らしい。いずれ、シリーズのどこかで登場するかもしれない。期待していよう。

コージーブックス

ドーナツ事件簿《じけんぼ》⑤

誘拐《ゆうかい》されたドーナツレシピ

著者　ジェシカ・ベック
訳者　山本《やまもと》やよい

2014年　10月20日　初版第1刷発行

発行人　成瀬雅人
発行所　株式会社　原書房
〒160-0022 東京都新宿区新宿1-25-13
電話・代表　03-3354-0685
振替・00150-6-151594
http://www.harashobo.co.jp
ブックデザイン　川村哲司（atmosphere ltd.）
印刷所　中央精版印刷株式会社

落丁・乱丁本はお取り替えいたします。
定価は、カバーに表示してあります。
 ISBN978-4-562-06032-0 Printed in Japan